ブラック・サバス殺人事件

Black Sabbath

小林 一成

Kobayashi Kazunari

文芸社

もくじ

序章　OVER TURE（序曲）

牧村家とそれに関わる人々をめぐる連続殺人事件を述べていく前に、どうしても一言前口上を言っておく必要を私は感じる。

それは人間が持つ潜在的な意識についてである。

ある心理学者の説によると、どれほど文明、科学が進歩しても、人間の心の奥底に眠っている原始人的な感情は、どうにも動かせないものだと言う。私もこの説に同意する。

例えば霊魂について考えてみよう。日本は怨霊《おんりょう》信仰の国、日本人は怨霊信仰の民族だと言われるが、現代において昼間に霊の存在や怪談の話をしても多くの人々は、

「そんなものありはしないよ」

とか、

「科学的に証明できない」

などと言って取り合わないだろう。

しかし、そう発言した人々も、深夜に唯一《ただ》人山奥に取り残されたとしたらどうだろうか。そこまで極端な例でなくても、誰しも幼少時に夜トイレに行くのが恐くてなかなか用を足しに行けなかった記憶があるのではないだろうか。

理屈で考えて霊的なものは存在しないと思っているのに、闇夜が恐いと感じるのは、理性では否定していても、本能では、

「霊的なものは存在するかもしれない」

と秘《ひそ》かに認めているからにほかならない。

我々人間というものは、何かのきっかけで何百年、何千年も前の祖先の経験や感覚が呼び起こされた時には、どれほど理論的な思考をしようと思っても古代人的な本能からくる恐怖を抑え切れないものなのだ。

この事件の犯人は、様々な呪術的小道具を使うことにより、人々に原始人的な恐怖心を呼び起こさせた。呪術さえかければ放っておいても人が死んでいくのではないかという妄想にかられた者も少なくあるまい。

読者諸君はこれから展開される不気味な殺人事件の数々を、ディクソン・カーや乱歩の時代のミステリーが探偵小説と呼ばれた頃の遺物だと感じるかもしれない。

しかし、一見怪奇趣味に思えた犯人の一連の行動は、全て綿密に計算され、練り尽くされたものだった。人々が感じた恐怖心は、まさに犯人の思い通りで、それがために事件の解決はもはや困難かと思われた時さえあったのである。

そういう意味で、これから述べる連続殺人は本格推理小説の立場からの、読者諸君への挑戦と受け取っていただきたい。

リアリティを重視しすぎ、エンターテイメント性が不足しがちな昨今の推理小説の現状を鑑み、筆

者はあえて推理小説を〝お化け屋敷〟に戻してみようと思う。
読者の感想や如何《いか》に？

第一章　臥竜と孟徳

梅雨も明けたかと思ってしまうくらい暑い六月二十九日の午後、私は自分で経営するCDショップの店番を若い者に任せて、西新宿界隈をブラブラと歩いていた。

とにかく暑い、早くどこかの店に入ってコーヒーでも飲もうか、でも一人では退屈だ、話し相手が欲しい、などと考えながら歩いていると、背の高い女がこちらに向かって歩いてくる。知り合いの金子美香という女である。

「臥竜《がりょう》先生じゃないか」

と私が言うと、

「モートクさん、お久し振り。店を出て何をしに行くの？」

「意味もなくブラブラ。君こそ何してるの。事務所にいなくてもいいのかい」

「三時半になるとお客さんがみえるけど、それまで時間があるので散歩でもと……。もっともこの暑さなのでコーヒーでも飲もうかなと思っていたところだけど」

「それで僕とぶつかったわけだ。ちょうどいい。一緒にお茶でも飲もう。お互い話し相手が見つかったわけだからね。ここへ入ろう」

私はさっそく、彼女をさそって近くの喫茶店に飛び込んだ。

「モートクさん、私たちは今喫茶店にいるわけだけど、何をするためにここにいるんだろう」

「何でも理屈で割り切ろうとする君らしい質問だね。話をするためじゃないか」

「そうよね。だけど話をするためだけだったら何もわざわざお金を使って喫茶店でなくってもいいわけよね。つまり公園でもモートクさんのCDショップでも不都合があるわけじゃないわ」

「そりゃそうだけど、会話というものは公園で盛り上がるというものではないし、とりとめのない雑談はCDショップには合わないよ。それにコーヒーなどの飲み物が会話の潤滑油になるということもあるだろう」

「その通りね。だけど飲み物という点だけ考えれば、私の家なり事務所でもあるわけだから絶対条件というわけでもないわ」

「なるほど、そうすると君は人間が金を出して喫茶店に入るのは、話をする、飲み物を飲むほかに何か理由があると言いたいんだね」

「そうよ。お金万能の社会の中で、人が理屈で考えれば不合理なことにお金を使うということは、そこに理屈では説明できないサムシングがあると考えるべきなのよ」

「そうか。でもそうは言っても君のことだから、そのサムシングとやらを、臥竜先生らしく説明できるんじゃないか」

　私は、金子が例によって何か一席ぶつのかと思いながら挑発的な質問をしてみた。

「いえ、説明はできない。もちろん気持ちの潤いとか漠然とした説明ならできなくはないけど、それ以上追究するのは心理学者とかの領域で、私の守備範囲ではないの。私の商売ではそこまで立ち入る必要がないわ。ただ目の前で起こっている現象を事実と認識したうえで、何故《なぜ》そうなっているんだろうと疑問を持って考えるという習性が必要ね。注意力！　そう注意力ね。モートクさんだって喫茶店にしょっちゅう入っているのに、その理由について疑問を持ったことがなかったのよ」

「シャーロック・ホームズみたいな能書きを言うが、小説でも現実でも探偵には同じ心構えが必要なのかい」

「厳密に言うと必要だけど、実際上注意力を最大限活用しなきゃいけない場合は限りなく少ない。どういうことかというと、犯罪なんてたいていはバカなことなので、知恵のある人間はまず手を出さない。手を出す人間は知恵のない人に多いので、ほとんどの場合普通の思考法ですぐに真相が判明してしまう」

「そうすると推理小説に出てくるような恐ろしく頭の切れる犯人は現実にはいないというわけだね」

「少なくとも私がこの仕事を始めてからは見たことはないわ。モートクさんみたいな女性礼賛《らいさん》者には不快な言い方かもしれないけど、感情むき出しの『あの人は浮気をしてるんです。相手を見つけてください』という依頼は数多くあるの。ほとんどの場合、夫は無罪だけどね」

「女は感情的でロクなものじゃない、という君のいつもの持論だね。どうもそれだけはついていけないな。素晴らしいものだよ、女性とは……。だいいち、君自身も女性なんだから少しは同性を信用してみたらどうだね」

「この商売をやっていると女の浅はかさを思い知らされることが多すぎるの。そうそう、この間もあるクイズ番組を見ていたんだけど、そのクイズは答えた人がパネルを取っていくオセロゲーム方式だから、自分が現在トップだとしたら二番手の人のパネルを消していくか、二番手の人のパネルが一気に増えないようにパネルを取っていくのが勝つための鉄則なわけよね。ところがこのトップの女性は、それまでの過程で一番この人の足を引っ張ってきた四番手の人に感情的に怒りを覚えて、二番手の逆転の可能性を摘《つ》むパネルを取らずに四番手の人のパネルをなくす方を取ったの。ビタ一文賞金をあげるものですか、という感情を抑え切れなかったようね。結果、次の問題を二番手に答えられて最終的には逆転されてしまったというわけ。一時の感情に流されさえしなければ余裕でトップだったのにね」

「そんな人がいたのかい。だけどかなり極端な例だと思うけどね。話を戻すが、恐ろしく頭の働く奴が犯罪を実行するということになると、君と面白い勝負になるんじゃないか。やってみたらどうだい」

「頭の切れる人間が冷静に犯罪を計画し実行したとしたら、そんな恐ろしいことはないわ。そんなことがあってはいけないと思うけど、今も話したようにそんな人間は滅多にいるもんじゃないわ。私がそんな勝負をすることはまずないでしょうね」

世の中一寸先は闇と言うが、この会話から一時間もしないうちに我々はあの忌《い》まわしい大事件に巻き込まれていくのであった。

私はここで、金子美香という女の経歴と、まったく自慢にならない私自身の経歴を、読者に一応ご紹介しておこうと思う。

金子美香は弱冠十六歳でセッターとして全日本入りしたバレーボールの天才少女だった。数多くの国際大会で大活躍したのだが二十五歳の時、足に大怪我をして回復するも、現役の続行は不可能になる。現役引退後は一七四センチの長身と美貌を生かしてスポーツキャスターにでもなるのかと思われたが、テレビ局に出入りしている時に起こったいくつかの怪事件で、その天才的な怪腕を振るい、次々と事件を解決していった。そのため、今では警察も一目置く存在となっている。数年前から西新宿で小さな事務所を借り、「私立探偵 金子美香」という看板をかかげている。約三年間の療養生活中に何千冊もの書物を読んで博学となり、内外の歴史にはなかなか詳しい。私、立花猛徳《たけのり》と知り合ったのは歴史愛好家のセミナー、講座でのことである。そこでも彼女は持ち前の推理力を発揮し歴史の謎に新しい考え方を示しているので五、六十代の愛好家たちから諸葛孔明に因《ちな》んで「臥竜《がりょう》先生」とか「諸葛亮子《りょうこ》」とか呼ばれて可愛がられている。

ちなみに私が「モートク」と呼ばれるのは、魏の始祖・曹操《そうそう》の字《あざな》、「孟徳《もうとく》」と私の猛徳が読み方が同じで字もよく似ているからである（随分と間が抜けた曹操であるが）。

いかに知り合いでも女性の年齢を書いてしまうことはいささか気が引けるのだが、金子美香の年齢は私の記憶が正しければ三十二歳である。美人のわりには未だに独身だ。このことを聞くといつも自嘲気味に、

「相手にいいトスを上げられそうもないからね」

というのが口癖《くちぐせ》になっている。

また、既に述べたように女性でありながらあまり同性を信用していない。

「私はどうしても女という存在を尊敬する気になれないの。諸悪の根源は女にあるように思える時さ

えあるわ」

と時々真面目に言うことがある。

「だけど君だって、その女だぞ」

と言うと、

「そうだけど、だから私は女の発想はしない。世間がよく『女は子宮で考える』なんて言うけど、私に言わせれば女性のほとんどが感情優先で行動しているから、世の男たちにそう思われるということは当然の結果なのよ。こういう言われ方に目くじらたてる前に、まず自分の行動から直していくべきじゃないかしら」

と強気のコメントだが、そのせいか女性の友人は少なく、側《はた》から見るとかなり寂しそうな感じがする。私立探偵という職業がそうさせるのだとしたら気の毒な話である。

私、立花猛徳は一九七〇年代に青春時代を過ごしたが、この時期はロック・ミュージックの全盛期に当たり、新感覚の音楽が次々と勃興したため、音楽少年だった私はギター青年、兼ロック評論青年と化していた。

私や同級生の何人かはブルースやプログレッシブ・ロックを論じ、スターギタリストのフレーズを少しコピーしただけで、一応判ったつもりになってヘンドリックスやクラプトンのギターワークについて語り合ったものだった。今から考えると冷や汗ものだが、その頃の自分の部屋にはロリー・ギャラガーやロイ・ブキャナンのポスターが貼ってあり、結構本気で将来はプロのギタリストになるつもりだったのである。

しかし、このロック熱中症も社会に出る頃になると少しずつ薄らいできて――と言えば聞こえは良いが、実際にはプロになれるのは限られた僅かな人間だということと、その中で成功するのはさらに一部の人間だという現実が判ってきただけの話なのだが、仲間のほとんどはいわゆるリクルートカットで企業訪問をするようになった。

愚かだったのはかくいう私で、音楽病は一向に治まらず、ミュージシャンが駄目ならせめて評論家にでもなれないかと頑張ってみたものの一向にうだつがあがらず、そうこうしているうちにすっかり遊び好きのなまけ者になってしまった。

こうなるとまともなサラリーマンにはとてもなれないので、西新宿の一角にロックマニア向けのCDショップを始めて今日に到っている。さいわい売上げも安定し、生活の不安もないので、今の気楽な身分は大いに結構と負け惜しみを言っているのだ。

これまでの人生で忘れられないのは、五年前に最愛の恋人を事故で失ったことで、それが心の傷になっているのか、もう三十八になり四十も近いというのに、未だに独身である。そして、自宅で母と暮らしている。

時計を見たら三時を少し過ぎたところだったので、

「そろそろ仕事に戻らなくちゃいけないんだろ」

「そうね。私にはあまり関心のないことだけど、モートクさんには興味のあるお客様かもしれないわ」

金子は意味ありげな笑顔で、私を見て言った。

「女性客か」

私は思わずこう言ってしまった。

「さすがはモートクさん。女のにおいを嗅ぎつける嗅覚は天才的ね」

「どんな人だ。若くて美人かね」

「そう慌てないで。私も初対面なんだから」

「で、事件ならまた手伝わせてもらえるんだろうね」

一つ言い忘れたが、私は結構時間に余裕がある身分なので、状況によっては金子の仕事の手伝いをすることがある。

「依頼の内容によってはね。ただし思い込みの浮気調査ならモートクさんの出番はなしよ」

金子はこう言うとテーブルの上に置いてあった伝票をつまんで席を立った。

私もそれに続いたが、これから会うことになる依頼人の女性のことが妙に気になってきたのである。

第二章　依頼人（CRAZY TRAIN）

事務所に入ると金子美香は、

「依頼人の名前は牧村悦子。直接本人が電話をかけてきたんだけども、用件は自身のことではなくて家庭、主にお父さんのことらしいわ。もちろん、お父さんも承知のうえでの依頼よ。ちなみに牧村恭一という名前だけど、モートクさんは聞き覚えがない？　牧村という姓は、ありそうだけど実際には少ない姓よ」

と説明しながら謎をかけてきた。

「牧村製薬のオーナー社長がたしか恭一という名前だったと思うんだが、もしや……」

「その通りよ。モートクさんは意外と経済界にも詳しいわね」

金子はやや感心した目つきで私を見た。

「君よりは少し長く生きてるからね。それにバブル時代、随分経済誌を読んだからね。その時の記憶が少しは残っていたんだろう。するとこれから来る人は金持ちのお嬢さんということかい」

「断定はできないけどその可能性は高いわ。紳士録や興信録を見ると牧村恭一という実業家の名前がある。そして、その長女に悦子という二十四歳の娘がいることが記してあるわ。これからみえるお客さんがその人と同一人物であるかどうかはまだ判らないけど、牧村悦子という女性が存在している事実だけは確かなことね」

これだけ材料が揃っているのに断言をしないところが金子らしいが、私の頭の中では予測が確信に変わっていた。

「お客さんが来る前に、興信録でも見て予備知識を得ておいたら？」

金子はこう言ってデスクトップのコンピューターの電源を入れた。一昔前はかなり分厚い本を開いて調べなければならなかった情報が、今はボタン一つで手に入る。これが時代というものなのだろう。

牧村恭一（五十三歳）
二十五歳の時、権利を買い取り、製薬会社を興す。成功して今日に至る。現在牧村製薬株式会社社長、その他関連企業の代表を歴任。（様々な役名はここでは略す）
家族は夫人良子《りょうこ》（四十八歳）、長女悦子（二十四歳）、次女良美《よしみ》（二十一歳）、三女恭子（十七歳）、長男恭平（十三歳）、弟恭三（四十五歳）。

これが興信録に記されている牧村家の情報であった。

「なるほど、正真正銘のお嬢さんだね」

「モートクさんは本物のお嬢さんが来ればご満悦といったところでしょうが、私は依頼の内容が気がかりよ」

「仕方ないさ。本物の令嬢に会える数少ないチャンスだからね」

私がこう言った時、来客を告げるベルが鳴った。こういう場合、一応は遠慮するのが筋なので私は席をはずそうとしたが、金子はそれを目で止めて、私が腰を下ろすのを見ると来客を迎えに行った。

約三十秒後に部屋のドアが開いて一人の女性が入ってきたその瞬間を、私はおそらく一生忘れないだろう。

私は危うくアッと叫んでしまうところであった。

少し前に喫茶店で依頼人が女性であると聞いただけで、私は直感でかなりの美人であるような気がしていたのだが、たった今私の目の前に現れた女性は予感通りの、いやそれ以上の美しさではないか！

金子式の思考でいくと、これから確認できるまで、この女性が如何に美しかろうが、当の牧村悦子本人かどうか判らないということになるのだが、そんなことはもはや私の中ではどうでもいいことになっていた。名前など何でもいいし、牧村悦子本人でなくても一向に構わない。

けれども依頼は相当なものでないと困るぞ、金子があっさり解決してしまったり、断ってしまったりする用件では困る……おっと、私は自分のことばかり記して、この女性のことをまったく書いていなかった。

この女性は見たところ二十五歳前後、服装はパンツルックに薄めのジャケットで華美ではなく、ごく普通である。

容貌は既に述べたように美しいというに尽きるのだが、それが半端ではないのだ。

私は金子も美人と紹介したが、あくまで一般人としては——あるいは元スポーツ選手としては——というレベルの話で、映画スターと較《くら》べてもというほどの話ではない。ところがこの女性はそのレベルの美しさなのだ。ただし芸能人と違うところは、育ちのせいか彼女たちにはない気品、気高さ、知性などが感じられるのだ。

これは私のまったく個人的な見解なのだが、この女性の印象は、ヴィヴィアン・リーが日本人に生まれ変わるとしたらこんな感じになるだろう、という感じなのだ。特に大きな目がそういった気高さと理性を印象付けている。

女性は私の姿を認めると、ややとまどった様子を見せたが、

「私が金子美香です。こちらへどうぞ。ここにいるのは、非常勤で当事務所の仕事を手伝ってもらっている立花という者です」

と声をかけられ、

「では失礼いたします」

と示された椅子に腰かけた。

「牧村悦子さんですね。お電話を頂きお待ちしておりました。ここにいる立花猛徳はＣＤショップをやっているのですが、道楽商売なので主に私の手伝いをしてくれているのです。ですから、私同様のご信用を賜りたいと思いますし、また私も保証いたします。したがって何でも安心して話してください」

女性は私たちにていねいに挨拶をした。

「私、牧村悦子と申します」

「私は立花猛徳と申します。今金子が申し上げました通り、当事務所の仕事を手伝っている者です」

ボイスレコーダーで録音して聞いたら、さぞかしひどい挨拶だったろう。私は牧村悦子の美しさに圧倒され、たどたどしくこれだけ言うのが精一杯であった。

私は既に述べたように正式なこの事務所の職員ではない。しかし、このように言って私の信用を高めてくれた金子の好意には、ここで感謝の意を表したい。

もっとも、私がこの時、牧村悦子の美しさに心を奪われなければ、これから起こる惨劇の数々に関わることもなかったのであるが、その代わり牧村家の美しい娘たちとも会える機会はなかったろう。

「立花は仕事は確かなのですが、大変なフェミニストなので、あなたのような若くて美しい方がみえると、いつも少し堅苦しくなってしまうんですよ」

女性を信用せずという金子だが、職業柄女性に対しては社交的だ。

「私のような者が時々依頼に来ることがあるのですか」

「ええ、しばしばです。最近ではめずらしいことでも何でもないですよ」

女性の依頼客が自分だけではないという確信が牧村悦子を安心させたようで、

「では依頼についてお話しいたします」

悦子は自分に言い聞かせるように、こう言い出した。

「どうぞご遠慮なく。ただ、あらかじめ申し上げておきますが、ここにおいでになる以上、かなりの事情があるのでしょう。したがってここに来ること自体、既に秘密になっているかもしれませんね。

しかし、私を信用しておいでになった以上、どうか何事も隠さずに言ってください。もちろん秘密保持は改めて保証します。これだけはくれぐれもよろしくお願いいたします」

「もちろんです。一度金子さんを信用してお訪ねした以上、全てをお話しするつもりです。父の了解も得ています。ただ、漠然としたところもありますので、どこまで金子さんに取り合ってもらえるのか少し不安なところもあるのですが……」

「構いません。何でも遠慮なくおっしゃってください」

「実は父宛にこのような物がしばしば送られてくるのです」

牧村悦子はこう言って、持参した紙袋から二つの物を取り出した。

一つは蠟人形で、人間でいうと心臓に当たる部分に針が突き刺してあった。

もう一つはありふれたコピー用紙にワープロで打った脅迫状と言うべきもので、文言は次の通りである。

おごれる者たちへ

二十年来の呪いをこめる。牧村家と大石家はこの人形と同じ運命をたどるであろう。

「私の父は、金子さんも立花さんもご存じかもしれませんが牧村恭一と申しまして、牧村製薬の社長をしております。しかし、この脅迫状と蠟人形が届けられるようになってからは、段々と仕事が手につかないようになって参りまして、最近では家の書斎に一日中引き籠もっていることが多くなっているのです」

「牧村さん、あなたのお父様が牧村製薬の社長であることは存じあげています。その脅迫状と蠟人形が届けられるようなったのはいつ頃からですか」

「三ヶ月ほど前からです」

「過去三ヶ月で何回脅迫状と呪術人形が来ましたか」

「十回ほどだと思います」

「判りました。話を続けてください」

「私には父の態度が理解できませんでした。確かにあのような物が何回も届けられれば誰だって気味が悪いし怖いです。しかし、父くらいの規模で会社を経営していれば、どうしても人の恨みを買うこともあるはずで、いちいち気にしていたら身が持つものではありません。ところがあの脅《おび》えようです。私は父があの脅迫状に関して心当たりがあるに違いない、と思いました。

そこで思い切って『お父様、脅迫状には身に覚えがあるの？』と聞いてみましたら、『お前の気にすることではない、心配いらない』と申しました。そこで『お父様が話してくれないなら、大石のおじ様に聞いてみるわ』と言いますと——あの、申し遅れましたが大石というのは父の友人で牧村製薬の顧問弁護士の大石健二のことです——『大石に聞いても何も出てこない。聞いても無駄だ』と言うだけなのです。その後も脅迫状と人形が届くたびに父の恐怖はつのり、母も心配でオロオロするばかりです。『警察に相談しては』と母も私も言ってみたのですが、『警察は駄目だ。それに今現在何の事件も起きていないんだ。取り合ってくれるはずがない』と言うだけです。確かに何かが起きないと警察は動きにくいとは思いますが、何もしてくれないとも思えません。それよりも脅迫状の心当たりを話さなければならなくなってしまうことの方が、父にとっては嫌なように感じられるのです。

また、父のこのような態度が続きますと、私たち家族も心配と恐怖がつのって参ります。私たちの家族は父、母良子のほかは私が長女で妹が二人、弟が一人、それから後で事情は話しますが父の弟、私から見ると叔父になる恭三がいます。次女の良美は女子大生で現在二十一歳、三女の恭子が十七歳、長男の恭平が十三歳です。叔父の恭三は実は二十年ほど前から精神を病んでおりまして、一人では社会生活が不可能なので、父が当家で面倒を見ているのです。そして困ったことに何年か前から黒魔術という悪魔信仰に凝ってしまいまして、今回の件をこれに結びつけて『悪魔の呪いだ、悪魔の祟《たた》りだ』などと吹聴して歩くものですから、家族全員が脅えてしまいましてどうにもならなくなってしまいました。そんな時、父が会員の経済同友会理事の山上昭一松山電産会長から『そういう事情なら私立探偵を使ってみては』というご助言を頂きまして、今回の依頼になったのでございます」

ここで一つ補足しておくと、山上昭一氏は日本経済界の大立者と言うべき人物で、現在は経営者としては引退して悠々自適の生活を送っているが、有望な人材の支援をしたり、後進の経営者の相談に乗ったりしている。そうした中で歴史セミナーで知り合った金子の才能を認めて探偵事務所が軌道に乗るまで資金面などで随分と援助をしたようだ。そして牧村悦子が言ったように恭一に金子を紹介したのも山上氏だったのだ。

「今までのお話でおおよそのところは判りました。脅迫状や人形は気味が悪いけれど、これといった事件が起こっていない現状とお父様の態度では警察には相談できない。かといって放置しておくわけにもいかないので脅迫状の送り主とその動機、背景を調査してほしい。そういうことですね」

「そうなのです。私たち家族全員の依頼と言って過言ではありません。何とかお願いできないでしょうか」

「一つ確認したいのですが、お父様、あるいは大石弁護士の持つ心当たりについてはお話しいただけるのですね。もちろん秘密厳守を条件としてですが……」

「はい、その点は父も了解済みです。つきましては父が直接金子さんにお話ししたいと申しておりますので、大変ご足労ですが五日後に私どもの家に来ていただけないでしょうか。本来父がここに来てお話しすべきであることは、父も私も重々承知しておりますが、何しろ父は体調を崩しておりまして外出できる状態ではなく、ここ五日ほどは仕事を休む関係上、重役陣との引き継ぎに時間を取られてしまい、あいにくとスケジュールを取ることができません」

「それは構いません。では五日後にお宅の方へお邪魔いたします」

金子がこう言った時、来客を告げるベルが鳴った。彼女が出てみると宅配便の業者であったが、配達物を見ると表情が少し変わった。私も近づいて宛名を見ると、

金子探偵事務所内
牧村悦子殿

と書かれている。

「悦子さん。あなた宛に何か届いたのですが心当たりはありますか」

金子の問いかけに、悦子はいぶかしげな表情で、

「あの……今日私がここに伺うことは家族の者以外知らないはずなのですが」

と困惑の色を浮かべた。

令嬢に不安感を与えてはいけない。金子は冷静に落ち着いた調子で言った。

「誰かのいたずらだとは思いますが、一応あなた宛の荷物です。一度見ていただいて差し支えないものでしたら、あとで私に見せてもらいたいと思うのですが」

しかし、悦子は恐怖で顔色が青くなっていた。

「すみません……私恐くなってしまって……勝手ですが開けてもらえませんでしょうか」

こういう時に下手な遠慮は禁物である。金子は少しの遠慮もなく、カッターで箱を切り開いた。

箱の中には例の蠟人形と紙が一枚入っていた。悦子は震《ふる》え出した。

「これは今まで来た物と同じ人形、手紙ですね」

金子は平静を装って、悦子を落ち着かせようとしたようだ。悦子は無言で頷いた。

「ご心配には及ばないと思います。こんないたずらをする人間に限って、何もできないのが多いものですよ」

しかし、悦子は無言のままだ。いや、しゃべりたくてもしゃべれないのだ。

紙は金子が目を通した後、悦子と私の前のテーブルに置かれた。そこには例の脅迫状と同様、ワー

プロで次のように書かれていた。

探偵に何を頼んでも無駄だ。呪いを解くことはもうできない。呪いを解けるのはお前たち一家の血のみだ。早く家に帰るべし。近々恐るべきことが起こるだろう。こんなところにいつまでもいるな。

「手紙の主は、あなたにすぐ家に戻ってほしいようですね」

金子は、にこやかに悦子に話しかけ何とか恐怖心をほぐそうとしたが、それは無駄な努力に終わったようだった。かなりしっかりしているように見えても、悦子はやはりか弱い女性である。私はそう思うと同時にこの卑劣な送り主に対して激しい怒りを覚えた。このような若くて美しい女性に対して、これほどの恐怖を与えるなんて、よしんばいたずらであったとしても許せることではない。

金子としても、もう少し悦子の話を聞きたいところであるが、悦子の恐怖心には勝てなかった。話を続けさせるため、色々と説得してみたが、悦子のもう帰りたいという気持ちは変わらなかった。金子は、今日はこれ以上引き止めるのは無理と判断したのか、

「私としては、それほど心配することはないとは思うのですが、お話を全て伺う前からそう断言するのも早計ですので、今日のところはお帰りになったらいいかと思います。詳しいお話は後日ということでよろしくお願いします。……それはそれとして、まだ明るいとはいえ、このような状況で一人でお帰しするのは少し不安もありますので……」

と言って私の顔を見た。

「いえ、一人で大丈夫ですから」

悦子はそうは言うものの不安の色は隠せない。こういう時こそ私の出番である。

「私、今は時間がありますので、お宅までお送りしますよ」

「初めてお会いしたばかりなのに、図々しくお願いできませんわ」

「悦子さん、大丈夫とは思いますが場合が場合です。お宅へ着くまでの安全確保は当探偵事務所の最低限の義務です。ここは人間の確かな立花に送ってもらいましょう」

金子はこう言ってから私に向かって、

「私から見れば安心だけど、悦子さんはあなたとは初対面よ。流しのタクシーを拾うのもいいけど、万が一ということがあるので国際タクシーへ電話して一台手配してもらって、その車で行ってください」

と言った。

なるほどその通りである。私が事務所の電話の受話器を取ろうとしたその時、逆に電話が鳴った。私は思わず電話を取ってしまったが、その瞬間、受話器から地獄からの声とも形容すべき不気味な笑い声が聞こえてきた。そして、その笑い声のあとでテープの遅回しのような声で、

「手紙は見たか、無駄なことはやめておけ。復讐はこれからだ」

と言ってきた。

「何？　君は誰だ？」

私はついカッとなって少し大きな声で話してしまったが、冷静に考えると、あとで説明するが笑い声、脅迫の声の性質からいって相手に私の声は聞こえなかっただろう。

それよりも悦子が何か異変を感じ取って脅えてしまうことが心配だった。

ふと気がつくと状況を察したのか、金子がそばに来て「何も言うな」と目で合図している。これ以上余計な行動をとって、悦子に心配を与えるな、という意味なのだろう。

「私に電話ね」

金子は私から受話器を受け取ると二言、三言しゃべってから電話を切り、タクシー会社にかけ直した。

「すぐに車が来ると思いますが、それまでに、二、三質問をしてよろしいでしょうか」

悦子が頷いたので金子は続けた。

「お父様宛に届いた人形や脅迫状も宅配便だったのでしょうか」

「いいえ、全てポストに投げ込まれていたようです」

「それと再度確認したいのですが、今のところこれといった事件が起きているというわけではないのですね」

「その通りです」

「それから、今こちらに届けられた物ですが、悦子さん宛になっています。ですから悦子さんが持ち帰ってもいいわけですが、よろしければ私にお預け願いませんでしょうか。宅配便で来た物なので出荷主が判るかもしれませんから。もちろん現物はきちんと保管して何かの時には警察に届けることもお約束します」

悦子はためらいなく人形と脅迫状を金子に託した。そして、ちょうどその時に来車を告げるインターホン越しの声がした。

金子は悦子と私を表まで送り出したが、

「そうはいっても、ここにまでこんな物が届けられるようでは悦子さんが心配されるのももっともです。お父様を説得して、一応警察に行ってみた方がよくはないですか。その点は帰ってから充分相談してみてください」

と言い、私たちが車に乗り込むと、

「じゃあ立花さん、あとはよろしくお願いしますよ。悦子さんが家に入るまで油断しないように。お送りしたらすぐ戻ってきてくださいね」

と言って、悦子に一礼して見送った。

美しい悦子と二人で車に乗って走るというのは気持ちの良いものであった。しかも、運転しなくてもいいので余計な神経を使わなくて済む。最高のシチュエーションであった。

悦子の自宅が都内の閑静な住宅街D町であることは、先ほど見た興信録で知っていたが、私は車があまり速く走って、このドライブを短くしないように、

「くれぐれも安全運転でお願いします」

と運転手に向かって言った。

私は悦子をリラックスさせるために、できるだけ金子の探偵手腕やひととなりについて（女性不信

論者であることは除いて）話をした。

「ですから何も心配するには及びませんよ。仮にどんな悪者が何か企んでいたところで、孔明のように悪事を暴き出してくれますよ」

「私も金子さんにお願いできて本当に安心しているのです。山上様のご紹介だけのことはあると思っています。でも、どうして私が今日金子さんをお訪ねすることが、脅迫状の送り主に判ったのか、それを考えると気味が悪くて……家の者以外は誰も知らないはずなのに……」

「お家の方や使用人の誰かがうっかり他人にしゃべってしまったとか……」

「帰ってから一応は皆に確認しようとは思っていますが、事が事ですのでまさかそんな軽率なことは……」

「そうですね。これは失礼なことを言いました。許してください」

「いえいえ、可能性としてはないとは言い切れないことですもの」

「いやいや敵の手に乗ってはいけません。どういう方法で今日の依頼を知ったかは別として、相手の目的はこの情報をこちらに流すことによってご家族の疑心暗鬼を作り出すことだとも考えられます。冷静に対処して、今日のことを知った方法を突き止めれば、案外簡単に送り主の正体が判るかもしれません」

私にしては上出来な理屈だなと思いながら、何とか悦子に安心してもらおうと努めた。

車は豪邸の建ち並ぶ道を走り、いつの間にか牧村邸の近くに来ていた。その中でも一際大きな邸宅が近づくと、

「あれが自宅です。もうこの辺りで結構です」

「でも、お宅の前まで行きましょう。ご家族に秘密の用件というわけでもないし、万一の事でもあると、ご家族や金子に合わせる顔がありませんから」

そう言うと悦子も納得して、にっこりと微笑《ほほえ》んだ。やはり美しい女性には笑顔が似合う。

私は大きな門の前で車を停車させ、そこで悦子を降ろして、彼女が何事もなく玄関に入るまで見ていた。門から玄関まで二十メートルほどあるが、そこで何かあってもいけないと思ったからである。悦子は玄関の扉を開けると、振り向いて腰をかがめて会釈してから家に入っていったので、私も安心して車を西新宿まで戻らせた。

事務所に戻ると、金子は何かを考えている風だった。

「モートクさん、お疲れさま。素晴らしい騎士《ナイト》が同行で、さぞや悦子嬢も安心だったでしょう」

「だったらいいんだけどね。なるほど素晴らしい邸宅だったよ。悪者に脅かされるのも無理はないなと思ったよ」

私は彼女の前に腰を下ろした。

「ところで、さっきモートクさんが受けた電話は何だったの？　例の送り主からの挑発かしら」

私が頷くと、

「詳しく話して」

と先を促した。

「タクシー会社に電話しようと思ったらベルが鳴ったので思わず取ってしまったら、いきなり不気味な笑い声がした。その後すぐにテープの遅回しのような声で『手紙は見たか、無駄なことはやめておけ。復讐はこれからだ』と言ったんだ。あとは君も知っての通りだよ。ところで君が電話を受けた時はもう切れていたの？」

「切れていたわ。それで取って付けたようなことを二言、三言言ってから電話し直したわけよ」

「悦子嬢にはああ言ったものの、実のところ心配ではないのか？　相手の執拗さも気になるし……」

「確かにいたずらにしては悪質で手が込《こ》んでいるわ。ここに届いた物と電話の内容から考えて同一人物のしたことであることはほぼ間違いないと思うけれど、最大の問題はその人物がどこまで本気で脅迫の内容を実行しようと決意しているかね。ただ、これだけは本人以外には判らないことだから」

「相変わらず慎重だね。これだけ材料が揃っているのに断言を避けるとは……」

「何事も確定するまでは決めつけてはいけないというのは鉄則よ」

「それなら私は臥竜先生にもう一つ材料を提供できるよ」

私は自信を持ってこう言った。

「へェー、モートクさんがね。どんな材料なの？」

金子は興味深そうに言った。

「別に自慢するほどのことではないけど、例の電話の最初の笑い声の正体が私には判るよ」

「誰だっていうの？」

「君も知っている人物さ」

「勿体《もったい》つけずに言いなさい」

「オジー・オズボーンだよ」

「どういうこと？」

どういうことか説明すると、黒魔術やオカルト等、恐怖世界をテーマにした歌詞、音楽をクリエイトする「ブラック・サバス」というヘヴィ・ロックバンドがある。このバンドの初代ヴォーカリストだったオジー・オズボーンが独立して作った最初のアルバムに『ブリザード・オブ・オズ』という作品があるが、そのアルバムの二曲目『クレイジー・トレイン』のイントロの前にオジー・オズボーンの笑い声をフィーチャーしたSE、つまり効果音が入る。例の電話の最初の笑い声は、それをそのまま使ったものなのだ。ちなみにこのオジー自身の声質はかなり不気味で、まさに地獄からの声という感じがするのだ。

金子は私と知り合った頃は、この手の音楽に関してはほとんど知らなかったのだが、私がこんな商売をしている関係上、今ではある程度の知識がある。したがって、今やハードロックの名曲として定着化しているこの『クレイジー・トレイン』も知っている。

「なるほどね。さっき悦子さんが言っていたように牧村家には恭三氏という黒魔術に凝っている身内がいるようね。それを承知でオジー・オズボーンの声を使ったと考える方が単なる偶然と考えるより自然でしょうね。さっきの宅配便といい、随分となめたまねをしてくれるものね」

金子はやや怒ったような調子で言ったが、私の前で女性としては乱暴なことを言ってしまったと思ったのか、いつものように冷静な調子に戻って言った。

「でも、せっかくの凝った演出も、電話の受け手がこの手の音楽を知っていて初めて効果があるものよね。どこまで送り主が演出効果を計算していたのかは疑問もあるわ」

「それはそうだが、人形や脅迫状を含めて随分と自己顕示欲が強い奴だということは確かだね。ところで宅配便には送り主の名前が書いてあるね。そちらはもう調べたのかい？」

「もちろん宅配便会社は送り主が書かれていなければ配送を引き受けない。送り主の電話番号に電話してみたんだけど、まったく別人の家だったわ。もちろん住所もデタラメ。あとから何か事件が起きれば、もちろん証拠として提出するけど、筆跡や指紋から足がつくような人物とは思えないから、そんなもの真相解明には役立たないでしょう」

この後、不幸にして事件が起こり、この送り状は警察によって徹底調査されることになるのだが、先に結論を書いておくと、送り主は見知らぬ人物からコンビニエンス・ストアで少々の謝礼を条件に例の荷物を金子探偵事務所に送ることを頼まれ、請け負ったということだった。当然、筆跡も指紋もこの人物のものということで、依頼者の特徴もよく覚えてはいなかった。もとより依頼者が犯人とは限らず、何人ものダミーの仲介者を使っていれば、真の送り主を特定することはさらに困難になってくる。事実、警察の捜査でもこの線からは何の手掛かりも得られなかったのである。

「モートクさん、脅迫状の送り主の目的が単なる嫌がらせではなく、いわゆる愉快犯でもないとしたら、牧村家に何かが起こることになるでしょうね……。さて、今日のところは何もできることはないので帰りましょう」

彼女にそう言われて、私は少し名残惜しい気もしたが家路についたのであった。

第三章　第一の惨劇

その後四日間は、これということもなかった。そしてその四日目、七月三日の夜になって、私はどうしても眠れなくなった。その第一の原因が牧村悦子という美しい女性の存在であることは間違いなかった。実際に何度も彼女の姿が目に浮かんだ。

二つ目の原因が牧村家を取り巻く不穏な状況であることも確かであった。

悦子の父、恭一が何者かに脅迫状と不気味な人形を送りつけられ、脅えている。あのような小道具は推理小説の中だけのことだと思っていたが、現実に存在しているのだ。加えて金子探偵事務所での宅配物と電話による挑発である。そこまでやるというのは、仮にいたずらだとしてもよほどのことがあるのだろう。しかも恭一はあれほど脅えているのに警察に訴えていない。怖くても警察に訴えられない恭一と送り主との間にある事情とはいったい何なのだろうか。

一代で巨富を築いた牧村恭一は、そうなるまでには恨みを買うようなこともしてきただろうから、彼を恨んでいる人間も少なくはないかもしれない。実際に牧村製薬の創業から現在まで、黒い噂は多い。脅迫者の持つ恨みとは、金銭上のものなのであろうか。それとも同社に多い薬害なのだろうか――。

このように、暗闇の中、とりとめのない様々な考えが浮かんでは消えていく。当然ながら、一つとして答えは出ない。

そして、何よりも強烈に頭に浮かんだのは、あのオジー・オズボーンの声を悪魔の声にみたてた笑い声と、そのあとに聞こえたテープの遅回しの声による挑発であった。悪魔は金子の手腕を知ったうえで、大胆にも挑戦しているのだろうか。

明け方五時頃まで時計を見た覚えがあるので、その後すぐに眠りに落ちたのだろう。私が起きたのは——というより起こされたのは、四日の朝九時近くであった。

「モートクさん、起きてよ」

女性の声に驚いて目を開けると、意外にも金子美香が私のそばに座っている。

「モートクさん、おはよう。朝早くから申し訳ないと思ったけど、緊急事態なので家の人に言って押し入ってきたの」

「ナニッ、緊急事態？　もしや牧村家に……」

「その通りよ。とうとう殺人事件が起こったの」

私はガバッとふとんの上にはね起きた。

「だ、誰が殺された？　まさか悦子嬢が？」

「彼女は友人と旅行中で無事よ。宿泊先のホテルで確認済み。それで今大急ぎで自宅に向かっているところ。殺されたのは彼女のお母さんよ。お母さんの良子さんが昨夜自室で刺殺されたの」

「刺殺……なんて惨《むご》い。で、ほかの人は？」

「ほかの人は全員が無事。なんともないそうよ」

「君はどうしてそれが判ったんだ」

　私は服を着ながら聞いた。

「今朝早くに恭一氏から電話があったの。いつもの朝食の時間にも起きてこないので使用人に部屋を見に行かせたところ、鍵が掛かっているし、呼んでみても反応がない。それで合鍵でドアを開けてみると、良子さんがベッドの上で心臓を一刺しにされて殺されているのが発見されたというわけ」

「それじゃ、密室殺人ということになるのかい」

「その場で確認したところ、部屋の窓も全て鍵が掛かっていたとのことなので、一応そういうことになるわ。ただし、まだそう決めつけるのは早計よ。当然ながらこんな事態になったので警察の捜査も始まっているわ。そんなわけなので既にマスコミでは大騒ぎになっているの。テレビをつけてみて」

　彼女に言われてテレビの電源を入れてみると、先日悦子を車から降ろした見覚えのある玄関の前は、数多くのマスコミ関係者と機材でごったがえしていた。

　画面の見出しも、

「牧村製薬社長邸にて殺人事件！」

とか、

「社長夫人、密室で刺殺される！」

など事件の重大性を反映したセンセーショナルなものが多い。

「牧村氏は私にもすぐ来てくれというので、これから牧村邸に行くんだけれども、モートクさんにもご同行を願おうということで、こうして寝込みをおそったというわけよ。とにかく行ってみましょう」

　私は、悦子が無事ということで、ひとまず安心した。もちろん金子の要請を断る理由は何もなく（むしろ私の方から頼み込んででも同行したかったのだ）、ＣＤショップの方は店員に任せる旨を伝えて、慌てて出掛ける準備を始めた。

「そんなに慌てなくてもいいわ。朝食でも食べたら？　待ってるから」

「いや、朝食どころじゃない。しかし、顔くらい洗わせてくれ」

　私は早々に身だしなみを整え、水分補給してから車を牧村邸に向けて走らせた。

「とうとう事件が起こってしまったね。せっかちな質問だが、犯人が誰かは判らないか？」

「モートクさん、すぐには判らないわ」

「それにしても酷《ひど》い奴だ。脅迫状で予告して、我が臥竜先生を挑発してから、人を殺しやがった」

「その通りね。脅迫者がやったとしたならね」

「ほかに犯人がいるって言うのかい？」

「モートクさん、そういう決めつけが犯罪捜査では一番いけないの。もちろん現時点で脅迫状の送り主や電話をかけてきた人間を捜しだすことは必要よ。だけどその人間が必ず犯人だと決めつけてはいけない。確かにその人間が犯人だと考えるのが一番常識的ではある。でも絶対にそうだとは言い切れないの。もし犯人がその人間でなかったら、真犯人を取り逃がしてしまうことになりかねないわ」

「その理屈は判るが、奴以外だとしたら、どんな可能性が考えられる」

「それを今考える必要はないわ。それがまた間違った予断をする原因にもなるの。大事なことは、頭の中を常にニュートラルにして変な先入観を持たないことね。一つ例を挙げると、脅迫状や人形の送り主を犯人と考えて文面を素直に受け取れば、犯人は外部の者ということになるでしょう。だけど今回の凶行が牧村邸で行われたこと、それが密室だったことを考えると、犯人は内部の者である可能性が高いということが言える。今のところ、この矛盾をうまく説明することはできないわね。安易な断定を軽々にするわけにはいかないということが判るでしょ」

そんな会話をしているうちに、車は牧村邸に到着した。先ほどテレビ映像で見た通り、警察とマスコミ関係の人々でごったがえしている。何しろこの騒ぎなので玄関から中に入るまで大変だったが、使用人たちも事態が事態なので動揺が感じられる。

取り次ぎに出た使用人に金子は名刺を渡しながら、

「長女の悦子さんはもう帰ってこられましたか」

と聞くと、使用人はすぐに、

「はい、ほんの少し前に戻られました。その際に悦子お嬢様から、先生がおみえになったらすぐお通しするようにと申しつかっております。どうぞこちらへ」

と言って応接間に通された。

私たち二人はそこで数分ほど待っていたが、やがてドアが開いて、悦子と初老の紳士が入ってきた。

「金子先生、立花さん、よく来てくださいました……。とうとうこういうことになってしまいまして……」

悦子はこう言ったが、当然ながら先日とはうって変わって痛ましかった。かなり泣きはらしたのだろう。ろくに化粧もしていなかったが、その美しい瞳がより一層哀愁を感じさせた。

「本当にこのたびはとんだことでした。おくやみを申し上げます」

私も金子の言葉を受けて弔意の言葉を述べたが、

「これはどうもすみません。私、我を忘れて先日のお礼も申しませんでした。立花さん、先日はわざわざ送っていただきましてありがとうございました。私の方はおかげさまで無事でしたが、母が……母がとんだことになってしまいまして……」

悦子はハンカチを取り出して再び涙をぬぐった。

「お礼なんてとんでもない。それより何と言ってお慰めしたらいいのか……」

私はこう言った後、言葉が続かなかった。

しかし、折よく初老の紳士が口を開いたので、気まずい沈黙とはならなかった。

「悦子、こちらの方が金子先生で、こちらの方が先日お世話になった立花さんかね。私に紹介してくれないか」

「これは失礼しました。お父様、こちらが金子先生でこちらが先日お話しした立花さん。こちらが私の父です」

悦子はやや慌てて双方の紹介をしたが、無論私も金子も牧村恭一の顔は新聞、雑誌などで知っている。しかし、たび重なる脅迫と現実に起こった妻の殺害のため、表情はやつれ切って大起業家としての面影はあまりない。ここでドヤドヤと警官が何人か入ってきて、家族及び関係者を集めてこれまでの捜査の状況、結果を説明することになった。

第四章　捜査

この事件の捜査主任は木村力也という四十五歳の警部で、私と金子美香は以前ある事件において知り合いになっているので、その点では幸いであった。

木村警部は殺人事件の捜査一筋できた人物で、今が一番脂《あぶら》の乗っている時期であろう。

一同が集まると彼は捜査の説明を始めた。

「皆様、このたびは本当におくやみ申し上げます。現在鋭意捜査中でありますが、憎むべき犯人を一刻も早く逮捕するためにも、ここでこれまでの捜査で判明したことを皆様にお知らせすると同時に、捜査に対するご協力をお願いいいたします」

型通りの挨拶をした後の警部の説明を要約すると、被害者の死因はふとんの上から心臓を刃物で一刺しにされたこと、死亡推定時刻は正確には死体解剖の結果を待たねばならないが、おおよそ昨夜午後九時頃から午前一時頃の間であること、そして、ふとんの上に例の人形が置いてあったこと、部屋のドア、窓はロックされていたこと、つまり密室殺人であることなどであった。

「さて、ご家族の皆様にまずお聞きしたいのは、昨夜の良子さんの行動なのですが、夕食は皆様ご一緒にとられたのですか？」

木村警部の質問に年配の使用人が、

「昨夜は、旅行中だった悦子お嬢様以外の家族全員が食堂で夕食をとりました。また、家族以外では仕事の打ち合わせにみえていた会社の重役陣四名様と顧問弁護士の大石健二様、その助手の高村義男様、会社の秘書室長の並木紹平《しょうへい》様、それから恭子お嬢様のご学友の行方俊之《なめかたとしゆき》様が同時刻に夕食をとられております」

と答えた。

「それは何時頃ですか?」

「午後七時近くでした」

「その時、良子さんに変わった様子はなかったですか?」

「特にいつもと変わったご様子はありませんでした。もちろん脅迫の件がございますので近頃お疲れのご様子であったことは確かですが……」

一同も軽く頷いて同意した。

「するとご家族では悦子さんだけが、昨夜不在だったということですね」

警部は悦子に向かって質問した。

「はい、こんな時期にどうかとも思ったのですが、学生時代の友人四人と一緒の二泊三日の旅なので単独行動もございませんし、家族とも相談しましたら、かえって気分転換になって良いかもしれないとも言われたもので行って参りましたが、まさか留守中にこんなことになるなんて……」

悦子は絶句した。

警部は改めて悦子におくやみの言葉を述べ、夕食後の良子の行動を一同に尋ねた。

一同の話をまとめると、良子は八時頃に食堂を出ると入浴し、八時四十分過ぎには自室に入ったようだ。その後、翌朝の死体発見まで良子の姿を見た者はいない。

「部屋は密室になっていましたが、奥様は部屋に鍵を掛ける習慣はありましたか？」

「妻はもともとは掛ける習慣はなかったのですが、例の脅迫状が来てから掛けるようになりました。ほかの家族も同様です」

恭一が答えた。

ここでかん高い男の声が重苦しい空気を破った。

「だから鍵なんて何の意味もないと何度も言ったんですよ。これは人間の仕業ではない。悪魔の呪いなんですよ。堕落した天使長ルシファーならどこへでも現れることができるんです。我々人間には捕《と》らえることなんて不可能ですよ」

発言内容と恭一に似た容貌から、私には彼が恭一の弟、恭三だとすぐに判ったが、場が場であるうえに、この発言である。さすがの木村警部もやや面くらったようだ。

「失礼ですがあなたはどなたです？」

と、いぶかしげに質問したが、警察の権威が通用する相手ではない。

「私ですか。私はそこにいる恭一の弟、恭三の姿を借りる有名な黒魔術師、アレイスター・クロウリーですよ。ですから悪魔のことに関しては何でもお尋ねください。ひひひひ……」

これにはさすがに警部や警察官たちも我慢の範囲を超えたようで、彼らはすぐに恭三を部屋から退去させようとしたが、恭一が先手を打って詫《わ》びを入れた。

「警部さん、申し訳ありません。弟はだいぶ前から精神を病んでおりまして、ごらんのようにまともに会話ができる状態ではないのです。部屋に戻ってもらいなさい」

　これを受けて使用人や会社関係者と思われる人たちが恭三を自室に退去させようとした。

「バカにするな！　私が精神病だって⁉　冗談じゃないぞ、これが悪魔の仕業じゃなくて何だって言うんだ！　ふざけるな！」

　怒号と一緒に恭三は消えていった。

「お見苦しいところをお目にかけました。皆さん、何とぞお許しください」

　再びの恭一の言葉に警部も、

「いえ、そういう事情でしたら」

と納得して、

「では次に、ご家族以外の方のお帰りになられた時間を教えていただけますか？」

と次の質問に入った。

「私は夕食をご馳走になった後、すぐに帰りましたので、八時頃にはこの家を出ましたな」

見たところ五十代のふてぶてしい顔をした男が答えた。

「あなたは？」

「これは失礼しました。私、牧村製薬の顧問弁護士の大石健二と申します」

　ここで金子がそっと私にささやいた。

「確かに弁護士には違いないけど、名刺には弁護士の上に『悪徳』と付けてやりたい男よ」

彼女に言われるまでもなく、私も大石弁護士に関しては悪い噂を随分と聞いている。なるほどそういう顔をしていると思った。

「昨日は仕事の引き継ぎで当家へ？」

「さよう、我が友、牧村恭一が妙な脅迫状に悩まされ、仕事にならないというので、そのための打ち合わせですな」

「では仕事関係で来られた方は、全員八時頃に帰られたのですか？」

「いや、私以外の方は全員残られて仕事を続けたようです」

「何故あなた一人、お帰りになられたのです？　顧問弁護士としての仕事は多かろうと思うのですが……」

「私の仕事は牧村製薬関連だけではありません。ほかにいくらでも仕事はありますし、当事務所の高村にかなりの部分を任せてもいい状態になっておりますので、あとは彼に頼んでということで帰らせていただきました」

「判りました。ほかの方々は何時頃に帰られたのですか？」

「重役四名は九時半頃に帰りました。弁護士の高村君と秘書の並木君はもう少し仕事があったので残っていました」

恭一が答えた。

「その仕事は何時頃終わりましたか？」

「十時近くです」

「すると高村さんと並木さんは、その後すぐに帰られたのですね？」

「私は十時少し過ぎに帰りました」

大石弁護士の隣にいた、見たところ二十代後半の青年が答えた。彼が高村義男なのだろう。大石弁護士が一同に紹介した。

「私は十一時近くに帰りました」

高村より少し若そうな、なかなかの美青年が答えた。彼が秘書室長の並木紹平であることを恭一が紹介した。

「おやっ、並木さんはご帰宅がほかの方と較べて少し遅いようですね。何か事情でもあったのですか？」

「いやっ、特別な事情というわけではないんですが、良美さんと少し話をしていました」

並木がやや狼狽《ろうばい》した口調で言った。

「並木君は実は次女の良美の婚約者でして、それで仕事が終わってから良美の部屋で少し話をしていたのでしょう」

恭一がフォローした。

私はこの時、めざとく少し顔を赤らめた女性に気がついた。もちろん次女の良美である。姉の悦子とはタイプが違うが、これまた美しい娘だ。姉の悦子が理知的な華やかさがあるとしたら、良美はやや庶民的でさわやかな美という感じである。また、もう一人どう見ても十代と思える美しい娘がいるが、これが三女の恭子であろう。二人の姉が細身であるのでややふっくらした印象を受けるが（そうは言っても細いが）、こちらはいかにも清純そうな、美しいというよりは可愛らしい顔つきのお嬢さんだ。

ちなみに悦子、恭子は父親にどことなく似ているが、良美は先ほど見てきた仏様の母親によく似ている。

「では最後にもう一人のご来客、行方俊之君は何時頃帰りましたか？」

「僕は夕食を頂いてから八時頃に帰りました」

恭子の同級生――というよりもボーイフレンドと言った方がよいのだろうが――制服姿の少年は警部の質問にこう答えた。

「さて、大まかな捜査報告と皆様への質問はこれにて一区切りとさせていただきます。次は皆様一人一人にお尋ねしたいことがございますので引き続きご協力願います。一度全員お引き取りください」

次の段階は個別の事情聴取である。

家族は後まわしということになり、来客から始められた。私と金子は木村警部に許されて立ち会うことができた。

最初は牧村製薬の重役陣四名が一人ずつ呼ばれたが、特にここに記すこともなかった。

次に呼ばれたのが顧問弁護士――というよりも悪徳弁護士といった方が適切な――大石健二であった。彼に関する黒い噂は絶えない。製薬会社として薬害が多い牧村製薬の顧問弁護士ということもあって、薬害被害者との折衝や裁判で検察官や刑事のような態度で相手を威圧することが多く、薬害被害者からは医療ミスを犯した医師以上に恨まれているケースが多い。また、数多くの企業の顧問弁護士を歴任し、そこでも金銭に関する噂が多く、企業ゴロ、総会屋も顔負けだとも言われている。このような人物なので、自分の友人宅で殺人が起こっても顔色一つ変わらないようだ。

「大石さん、あなたと牧村社長とはかなり古くからのお知り合いということですが、何年ぐらいのお付き合いになりますか？」

「そうですね。若い頃からの付き合いなので三十年近くになりますか」

「すると牧村製薬の創業時から顧問弁護士の仕事を？」

「いえいえ、創業時は小さな会社でしたので弁護士を雇《やと》うどころの話ではなかったようです。私が仕事をするようになったのは、ある程度、会社の規模が大きくなってからの話です」

「その仕事も今ではほとんど助手の高村さんが行っている、したがって八時頃帰られたわけですね」

「そうです」

「その後の行動は？」

「事務所に戻って仕事をしておりました」

「何時頃まで？」

「そうですね。私の事務所と家は同じ建物なのですが、二階の自宅に戻ったのが十時を少し過ぎた頃、それから風呂に入って、何だかんだで床に入ったのが十二時頃ということになります」

「それを証明してくれる人はいますか？」

「ほう、アリバイのお尋ねですか？」

大石の唇に皮肉な笑いが浮かんだ。

「いえ、そういうわけでは……」

「いやいや、いいんですよ。それがあなた方の仕事ですからな。しかし、残念ながら私には家族がいないので、それを証明することはできません。せめて妻でももらっておくべきでしたかな。もっとも妻の証言ではアリバイにはなりませんけどね……」

　やはり喰えない男である。

　ここで木村警部は質問の方向を変えた。

「ところで、この事件が起こるかなり前から牧村家には脅迫状と蠟人形がしばしばきていたようですが、大石さんは送り主や内容について思い当たる節《ふし》はありませんか？」

「例の脅迫状と人形ですか。私の家にも何度かきていましたが、これといって心当たりはありませんな」

　例の脅迫状には呪いの対象として牧村家のほかに大石家が指名してあったので、充分に予測されたことではあったが、大石健二のところにも一連のものが届けられていたことは新事実である。木村警部の事情聴取の手腕も大したものだ。

「何っ、大石さんのところにも脅迫状と蠟人形が届けられていた⁉　どうして今まで黙っていたのですか？」

「どうしてと言われても……特に心当たりがあるわけでもないし、内容があまりにもバカバカしいので、あえて警察に届ける必要がないと判断したものですから……。もちろん牧村君の奥さんがこんなことになってしまうなんて夢にも思っていなかったものですから、結果から考えればまずいことをしたかなとも思いましたが、その時点では甘く見てしまったというわけです。しかし、それを今責められても……」

「別にその点を責めているわけではありません。ところで送り主の恨みに本当に心当たりがないのですか？　牧村さんはそうではないようですが……」

「その点は牧村君から直接お聞きください。何しろ長年弁護士をやっておりますと、色々なことがありますので、一つだけに絞れと言われましても……。私には殺人までするほどのことがあったとは思えないのですよ」

「なるほど……恨まれることが多すぎて一つに特定できないということですか」

「警部さん、そういうことをおっしゃるようでは私に関する色々な噂をお聞きになっているようですが、それを鵜呑《うの》みにしていては間違った予断を持ってしまうのではないですか？　あまり感心したことではありませんね」

　大石は警部の皮肉な質問に異議を申し立てた。

「それではあなたは、このような評判はまったくの誤解で、弁護士として何のやましいところもないとおっしゃるのですね？」

「もちろんです。そりゃあ職業柄、対立する二つの立場の一方を代弁する者として、結果的に相手方の恨みを買うこともありますが、それはあくまで結果としてということであって、最初から相手を陥《おとしい》れようとしたことなど一度もありませんよ。そして、時と場合によっては少々強引な方法を使ってでも、依頼人に有利に運ぶようにしなければならないこともあります。それが弁護士という肩書きを持つ者の務めでもあるのです」

　立派な口上であるが、彼の今までの行動を考えると笑止でしかない。しかし、さすがは弁護士、自己の正当化を図る詭弁《きべん》をひねり出すことにかけては相当なものだと妙な感心をせざるを得なかった。古代中国の縦横家《じゅうおうか》も顔負けである。

　さらに大石は、

「それに、私が噂の通り悪徳弁護士だとしても、もっとあくどい刑事弁護士という人種が法曹界にはいます。彼らは警部さんもよくご存知のように、加害者の量刑を軽くするためには、日弁連のマニュアルに従い、とにかく加害者に黙秘をさせ、真相解明を阻害し、被害者を敵として捉え、彼らの人権や尊厳をとことん踏みにじり、塗炭の苦しみを事件後にも与え続けます。彼らにとって人権とは加害者と自分にはあっても、何の罪もない被害者にはまったくないのですよ。おっと、法定で無念の涙をこらえる被害者やご家族を数多く見てきたせいか、つい話が脱線してしまったようです。これは失礼しました」

　と続けた。

　この部分は、まさにその通りで、私も金子の仕事を手伝っている関係で、このような事例は数多く見聞するが、警部はそれ以上であろう。しかし、警部はそれには触れず、

「判りました。大石さんにお尋ねすることは今日のところはもうありませんので、ここでお引き取りください。では次に、あなたの助手の高村さんを呼んでいただけますか」

　と言った。

大石健二は頷くと、一礼して部屋を出ていった。

少しすると、ノックの音が聞こえて高村義男が入ってきた。高村は美男子というわけではないが、最近では少ない男らしい顔つきの男で、面魂《つらだましい》がなかなかのものである。

「あなたが大石さんの助手の高村さんですね。今、大石さんに色々とこの家の事情やら昨日の状況などをお聞きしていたところです。憎むべき犯人を一刻も早く逮捕するためにも、ぜひご協力くださ い」

「もちろんですとも。何でもお尋ねください」

高村は力強く頷いた。

「高村さんは現在、大石弁護士事務所に勤務されていますが、それはいつからですか?」

「弁護士になってから、すぐに働かせていただいていますので、もう六年になります」

「牧村製薬関連のお仕事を始めてからはどのくらいになりますか」

「事務所に入って一年ほどしてから、少しずつ仕事をさせていただいていますので五年ほどになります」

「それで大石弁護士にほとんどの仕事を任されているのですね。ところで会社の重役たちが帰ったあとも、あなたと並木さんは残って打ち合わせを続けたのですね?」

「そうです。重要な打ち合わせは終わり、あとは私と並木さんだけで充分な用件ばかりだったものですから」

「重役の皆様が帰ってから、あなたが帰るまでの間、いや帰る時でもいいのですが、邸内で何か変わったことはなかったですか？」

「いや、私の知る限りではありませんでした」

「最後に大事なことをお尋ねしたいのですが、容疑者と思われる人間から牧村社長と大石弁護士は何度も脅迫状と蠟人形を送られていますが、高村さんはその点に関して心当たりはありませんか？」

　高村は数秒ほど考えてから答えた。

「いや、私には心当たりはありません」

　木村警部は簡単には引き下がらなかった。

「高村さん、雇い主の大石さんとの関係も存じていますし、顧問弁護士として守秘義務があるのも重々承知しています。しかし、事件が事件ですのでぜひともご協力いただきたいのですよ」

「警部さん、私も今の状況は充分理解しているつもりです。しかし、本当に心当たりがないのですよ。そりゃあ、これだけの大企業です。民事的なトラブルや揉《も》めごとがないとは申しません。ですが殺人を犯してまでというほどのものがあるとは思えません。それははっきりした根拠で申し上げることができます」

「ほう、それはどういう根拠です？」

「もし、私が扱った仕事の中で関わった人たちの中に犯人がいるとしたら、恨みの対象になるのは大石ではなく私になるはずだからです」

「しかし……」

「判っています。私のやったことでも大石の名前での仕事になると。しかし、私が牧村製薬の仕事をするようになってから、初期の仕事を除いては全て私が直接、当事者と話をして参りました。したがって恨みの対象が大石である限り――それが犯人の偽装でなければ――少なくとも過去数年間のトラブルは容疑の対象外ということになります。たとえ牧村社長が直接に関わったものであってもです」

（なるほど、その通りだな）

と私は思った。

ただし、言うまでもないが、それは犯人が脅迫者と同一で脅迫状の内容が――犯人は牧村家と大石家に恨みを持っているということが――偽りでなければという前提においてである。

警部もこの点を話してから高村に情報提供を求めたが、

「今の段階で私が直接関与した案件について詳しくお話しするのは、相手方のプライベートにも触れる可能性がありますので差し控えたいと思います。ただし、事件が事件ですので何の情報も話さないというわけにもいきますまい。大石と牧村社長の了解を取りつけてからの話になりますが、相手方の氏名、住所だけは資料を出すようにいたしましょう。それ以上は具体的に容疑がはっきりしてからということでお願いしたいと思います」

というのが高村の回答であった。

確かに今の時点では、この程度の情報提供でも仕方ないだろう。

警部もそう判断したらしく、

「今のところそれで充分です。よろしくお願いしますよ。それでは次に並木さんに来ていただくようお伝え願えますか」

と言った。

高村は部屋を出ようと歩き始めたが、ここで警部が意外なことを高村に言った。

「ところで高村さん、あなたは以前長女の悦子さんの婚約者だったと聞きましたが本当ですか？」

「ええ、そんな時期もありましたが、それが何か？」

高村は立ち止まって、いぶかしげな顔をして問い返した。

「いや、特に何ということもないのですが、そんな話を小耳にはさんだので一応確認しておこうと……」

「そうですか。それは事実です」

「差し支えなければ、別れた理由をお話しいただけませんか？」

「それは事件に関連した公式の質問ですか？」

高村は弁護士らしい逆質問をした。

「いや、特にそういうわけでは……。あくまで参考としてということで……」

「そういうことでしたらお断りいたします。この問題は悦子さんと私のプライベートなことで、男女の別れの理由を話していけば結局個人攻撃という形になってしまうものです。当事件との関連が明白になってくれば話は別ですが……。それでは並木さんを呼んで参ります」

高村はこう言って部屋を出ていったが、私にとっては衝撃的な発言であった。

もちろん、次女の良美の婚約者が秘書の並木と判った時から、悦子にもそういう話はあるだろうと予測できたことではあったが、改めて聞かされるとやはりショックであった。もっともうだつの上がらない中年男と大企業の令嬢とでは釣り合いが取れるわけがないことは、私とて百も承知ではあるが……。

そんなことを考えているうちに並木紹平が入ってきた。先ほども述べたようになかなかの美青年で、次女の良美と合わせれば、まさに美男美女である。

型通りの挨拶を済ませると、警部はさっそく事情聴取に入った。

「並木紹平さんですね。あなたは現在、牧村製薬の秘書室長を務めていますね」

「はい、そうです」

「また、牧村家のお嬢さん、良美さんと婚約中ですね」

「そうです」

「まず、あなたが牧村製薬に入社したいきさつからお尋ねしたいのですが……」

「警部さん、そういうことを言われるようでは、私と牧村家との関係について既に聞き及んでいるのですね。それなら改めて聞く必要もないと思うのですが……」

まっすぐな男なのだろう。並木はやや気色ばんで反問してきた。

「いや、我々もはっきりとしたことはまだ知らないのですよ。ですから並木さん自身から正確なことをお聞きしたいということなのです」

「そうですか……。私としては何のやましいところもないので、話すことは何の問題もありません。私は生まれてすぐに父と母を亡くしまして、十歳まで施設で過ごしまして父母のことは何も知りません。十歳の時に牧村のおじさんに……ああ、血縁関係はないのですが、プライベートではこう呼んでます。おじさんに引き取られ、牧村家の保護を受けて育ちました。私の家は当家とは遠い親戚だったのでここまでしてもらえたようです。そして、大学卒業後は牧村製薬に入社して現在に到っています」

この経緯を聞いて、並木紹平に関するいくつかの疑問は解消された。二十六歳という年齢にしては、いかに彼が有能であったとしても大企業の秘書室長というのは出世が早すぎるような気がしていたのであるが、これなら当然であろう。また、一介の会社員がどのようにして良美のような令嬢と知り合い、恋仲になるほど愛を深められたのかも納得がいく。幼なじみということなら、不思議がる必要はあるまい。

しかし、このような事件が起きると別の疑念も浮かんでくる。牧村恭一は数多くいる孤児の中から何故、並木紹平を引き取ったのだろうか？

もしや脅迫状にあったような、恭一の過去の過ちに対する罪滅ぼしの対象だったのではないだろうか？

次は当然、彼の出生に関する質問がされるのだろう。そう思っていたのだが、警部は別の質問をした。

これはあとで金子から聞いたのだが、並木のようなまっすぐなタイプの人間に、疑いを前提にした質問をすると、かえって依怙地《いこじ》になって、事実に反することまで認めてしまい、捜査方針を間違えてしまうということがあり得るので、あえて聞かなかったようだ。加えて並木自身が語ったように、彼自身が出生の秘密を知らないのなら、警察の捜査網から調べた方がはるかに早い。

警部の質問は事件当夜に戻った。

「あなたは仕事関係者が帰った後も、この家にいたようですね」

「はい、帰るまで良美さんの部屋で話をしていました」

「ずっとでしたか」

「一度、トイレに行きましたが、それ以外はずっと良美さんの部屋でした」

「やぼな質問かもしれませんが、特にいつもと違った話をしたということはありませんか?」

「いや、婚約の話以外はとりとめもない雑談でした」

それから質問は、主に高村が帰った十時頃から並木が家路についた十一時頃までの邸内の様子について、二、三の応答があったが、特に記すべき新事実はなかった。

次に呼ばれたのは三女恭子のボーイフレンド、行方俊之だった。学生服で入室してきた少年は純朴そうな高校生であるが、昨夜夕食を共にした同級生のガールフレンドの母親が殺されたということで、動揺しているのは明らかであった。そこへ、これまでの彼にとってテレビドラマ上の話でしかなかった警察の捜査陣から質問を受けるということで、顔も青ざめていた。しかし、客人の中では一番早い八時頃に帰っているので、事情聴取としては簡単なものであり、数分ほどで終わった。

ティーンエージャーらしくロック少年である行方は、オジー・オズボーンの曲が脅迫に使われたことには、やや驚いたようであったが、それ以外のことに関してはあまり関心がないのか反応は少なかった。

ただ、行方少年には天才的な才能がある。彼はプロ棋士の養成機関である奨励会の会員なのだ。しかも三段リーグという、正式なプロ棋士である四段になるための最終段階まで昇段している。その三段リーグも現在好成績で、このまま順調にいけば高校生プロ棋士が、近く誕生することになる。ヘボ将棋の私も、彼に期待し応援していこうと思っている。

なお、念のために述べておくと数日前、金子の事務所で起きたことと、その後の経過については、牧村邸に入ってすぐ金子の口から木村警部には伝えてある。もちろん脅迫状と蠟人形は証拠物件として警察に提出している。この時点で宅配業者やコンビニエンス・ストアに捜査の手が伸びていることと、その結果については前述した通りである。

行方少年が出ていって、昨夜の客人の事情聴取は終了した。

次は家族の番である。最初に呼ばれるのは主人の恭一だろう。

そして数分後、憔悴した表情の恭一が、悦子と一緒に入ってきた。

第五章　二十五年前の犯罪

「あのう……父がどうしてもそばにいてほしいと申しますので、私も同席させていただいてよろしいでしょうか」

悦子が恐る恐る警部に尋ねた。

「構わないですよ。悦子さんは昨夜、この家にはいなかったことですし、牧村さんがそれで安心するということでしたら、何よりのことですから」

警部は少し考えてから答えた。昨夜不在だった悦子に証言を聞かせても、捜査の進展に特に問題はないと判断したためと思われる。ほかの家族の場合、都合が悪いと恭一の証言に口裏を合わせてしまう怖れがあるからだ。

「ただし、脅迫状に関連する過去の話は、悦子さんにも知られてしまうことになりますよ」

「それは承知しております。この事件が起こらなくても、今日は金子先生と悦子の前で申し上げるつもりだったことですから」

警部は昨夜の状況と脅迫状、蠟人形の件を一応尋ねた後、いよいよ核心に触れてきた。

「ところでこの脅迫状に書かれている、二十年来の呪いという点に関して、思い当たることを話していただけますか？」

「はい……。私としては、犯人がここまで復讐の決意を固めているとまでは思わなかったものですから、警察に話してもよいものかどうか迷っておりますうちに、こんなことになってしまいまして……。妻には何の落ち度もないのに……」

　恭一は絶句した。

「あの時点では迷われたのも無理はありません。我々も今、それを責めるつもりはありませんので、どうか落ち着いて話してください」

　警部の言葉に促《うなが》されて、恭一は言葉を続けた。

「あれは今から二十五年前、当社がまだ小さな町の薬品工場だった頃のことです。もちろん今度の脅迫状や犯人と関連があるのかどうかは私には判りません。しかし、思い当たるほどの出来事はこれ以外には考えられないのです。その当時、隣の町に吉川薬品工業という会社がございました。当時の我が社より少し規模が大きいという程度の会社でしたが、ある難病の治療薬を開発中で、完成目前だったのです。私は何としてもこの薬を我が社のものにしたいと考えたのです」

「大手の企業では開発していなかったのですか？」

　ここで金子が口をはさんだ。

「製造過程で技術的な問題があり、どこの会社でもあきらめていました。しかし、吉川薬品工業は特殊技術を持っておりまして、この問題をクリアしたのです」

「何故、完成目前の薬を手に入れられると考えたのですか？　それだけの特殊技術なら、簡単には他社に提供しませんよね」

「そこが弱小企業の弱みで、吉川薬品工業は資金力不足だったのです。社長の吉川清十郎は技術畑の男で、開発力はあるのですが経理面が弱く、研究に夢中になるあまり研究費を使いすぎてしまう傾向があり、会社は構造的な資金力不足だったのです。また、その方面の人材もおりませんでした」

恭一は一息ついて、再び話し始めた。

「そこで我が社が資金を提供すれば、この新薬をものにできると考え、吉川薬品側と交渉を始めたのです。吉川社長も私も、大企業なにするものぞというベンチャー精神が旺盛だったものですから、話はトントン拍子に進みました。ここまでは私も誠心誠意行動しておりまして、何の邪心もなかったのですが……」

恭一は再び息を止めた。

「それで……」

警部が先を促した。

「あの当時、当社側で交渉のテーブルについていましたのは、社長の私と当時専務だった弟の恭三、それと弁護士の大石健二でした。私たちは吉川社長と交渉していく中で、この会社の弱点に気がつきました。研究熱心なあまり、金銭面でルーズな吉川社長は給与の遅滞などがあり、社員からの人望が薄くなっており、契約交渉においても社内に人材がおらず、いわばすきだらけでした。そこで……そこで……大石が私に悪魔のささやきを始めました……。いや、正直に言うと、私の頭の中にも同種のささやきが既にありました。『吉川社長を騙《だま》して、この会社を丸ごと奪ってしまえ』というささやきです。何度も何度も『それは駄目だ、できない』と、大石にも自分自身にも言い聞かせました。しかし『今までの苦労はこのためじゃなかったのか』『牧村製薬を大企業にするチャンスだぞ』『どうせ放っておいても、この会社は人手に渡り、新薬の研究も誰か他人の手に落ちてしまうぞ』という誘惑にとうとう抗し切れず、悪の道に踏み込んでしまったのです」

「それでどのようなことを……」

「具体的には大石が契約書をこちらの都合の良いように作成し、恭三が社長と幹部社員たちの離間工作を行い、私が銀行に働きかけ、融資が止まるようにしたのです」

「その結果、吉川薬品はどうなりました？」

「吉川薬品は倒産し、その技術、設備、人材などがほとんど無傷で我が社のものになったのです」

「それが現在の大企業、牧村製薬の基礎になったのですね」

「その通りです」

　ここで金子が質問した。

「吉川薬品を手に入れても、それだけでは大企業にはなれませんね。いかに優れた薬剤でも、使用して薬効が認められなければ認可されません。当時の牧村製薬の知名度では、治験を薬事審に認めさせることさえ難事だったと思うのですが……」

「そ、その通りです。薬事審はおっしゃる通り権威主義でして、例を挙げると丸山ワクチンが認可されなかったのは薬効の問題ではなく、当時の薬事審に強い影響力を持つ医学界のボスの権威の圧力によるものです。丸山博士にとって不運だったのは、丸山ワクチンがそのボスの研究分野と同じだったこと、しかもそのボスが丸山博士と同じ理論で作った薬が何の薬効もなかったこと、つまり『ひがみ』なのです」

　牧村恭一は金子の鋭い質問に驚いた表情で汗を拭きながら答えた。

「具体的には、どうやって中央薬事審議会の壁を破ったのですか？」

「金子先生、それも言わなければなりませんか？」

　恭一は苦しそうな表情で言った。

「できることなら……捜査に関係してくるかどうかは今のところ判りませんが、こういうことは前もって判っている方が捜査陣としては助かります。また、吉川薬品の件もそうですが、刑法上は時効が成立しているので、この件が犯罪として追及される怖れはありません。木村警部もそのつもりだと思いますよ」

「もちろんそのつもりです。今は何としても殺人犯人を挙げなくてはなりません」

　警部も同意した。

　これに安心したのか、恭一は再び話し始めた。

「確かに権威主義の薬事審を通すのは容易ではありませんでした。しかし、権威主義ということは逆に考えれば、権威の威光があれば、あるいは一度権威として定着してしまえば、かなり無理なものでも通るということでもあるのです」

「かつての『パロチン』みたいなものですね」

　再び金子が口をはさんだ。

「そうです。金子先生は薬品界のことに詳しいのですね。おっしゃるように『ただの水』だった『パロチン』、正式には『唾液腺ホルモン製剤』と言うのですが、この薬が何の薬効もなかったことは、平成二年に薬事審が製造販売の中止を命じたことから明らかなのですが、何故この薬が半世紀近くも野放しに使用されてきたかといえば、ひとえに故人のT大名誉教授、O博士の権威によるものなのです」

「唾液腺に内分泌の作用があるという前提がなければ『ホルモン』とは言えませんからね」

「そうなのです。日本の医学界以外では認められない奇妙な論理、強引な論理なのですが、権威の威光があると通ってしまうというのが、日本の現状なのです」

「その結果、臨床の現場ではタダの水であることが周知の事実にもかかわらず、五十年近くも使われ続けたのですね」

「その通りです。しかも、認可が取り消されたのはO博士の死後十年以上も経ってからです。死後十年以上しないと威光が衰えないということからみても、その凄さが判ります」

「死せる権威、薬事審を走らす、といったところですね」

金子がブラック・ジョークを言った。

「私はそのような状況を逆利用しようと考えました。そして、何人かの影響力を持つ権威に声をかけて、厚生省や中央薬事審議会に圧力をかけてもらいました」

「その運動の結果、薬は認可されたのですね」

「はい、効果はてきめんでした。牧村製薬は急速に売上げを伸ばし、警部さんがおっしゃるように今日の基礎ができたのです」

「その一方、吉川社長の方は大変なことになったのでしょうね。どうなったかご存知ですか？」

「社長の吉川清十郎氏は自宅で首つり自殺しました。その後、残された家族は行方不明になりましたが、約一ヶ月後、奥さんと二人の子供が海に飛び込み自殺をしたと聞いております」

これをもって二十五年前の牧村兄弟、大石健二と吉川一族の間に何があったのかが明らかになった。

一流企業、大企業となった牧村製薬だが、なんと忌まわしい過去を背負ってきているのだろうか。しかし、牧村一族に何の代償もなかったわけではない。

「弟の恭三さんは、その時の罪の意識が原因で、ああいう病気になってしまったのですね？」

「はい、そうです。吉川社長の自殺からノイローゼ気味になりまして、今ではあの通りです。その罪滅ぼしというわけでもないのですが、当家で引き取って面倒を見ているのです」

二十五年前の犯罪が今回の事件とどのような関係を持つのかは、今のところまだ判らないが、少なくとも牧村家に大きくのしかかっていることは確かなようだ。

なお、この物語とは直接の関係はないが、先ほど述べた日本の薬品業界の権威主義や、薬事審が権威と称する医大教授や医学者の威光によりその専横を許していることは、かなりの部分が事実である。パロチンの例は確固たる事実そのものだし、丸山ワクチンの例も推測ではあるが、かなりの自信を持って断言したいくらいの根拠がある。丸山ワクチンの認可を妨害したといわれるYという権威が死去したその翌日に、丸山ワクチンは治験薬として、Z新薬によって認可申請されている。つまり、あの先生も亡くなったことだし、そろそろ治験薬としてなら申請してもよろしいでしょうか、という意味なのだ。その結果がまた興味深い。がんの治療薬としてではなく、放射線治療に伴う、白血球の減少症の治験薬として認められている。つまり、がんの治療薬としては認めないが、他の名目なら認めましょう、という意味なのだ。

何という形式主義なのだろう！

しかも、この風習は今もってまったく改まっていない。典型例を挙げれば、アトピー性皮膚炎などの慢性疾患に対するステロイド外用剤安全論である。数多くの副作用被害が発生し、患者は塗炭《とたん》の苦しみを味わっているのに、皮膚科学会の権威の発言は、

「ステロイド外用薬は健康保険で認められている。したがって科学的に安全と有用性が認められている」

というものだ。

臨床と論理を重んずべき医学者の発言が、薬事審、厚生労働省、健康保険といった権威頼みでほとんど理論がなく、しかも事実に反するというのだから、心ある患者からそっぽを向かれるというのは当然の話である。しかも、その責任を民間療法に転嫁しようというキャンペーンまで行われているのだから、開いた口が塞がらない。

「お話はよく判りました。残された吉川一族の行方や飛び込み自殺の精細は徹底的に調べます。ところで大石さんや恭三さんは、この件に関して協力してもらえるでしょうか」

少しの沈黙の後、警部が尋ねた。

「いや、無理でしょう。恭三はあの通りですし、大石もそれについては何も語らないでしょう。そのようなことがあったことさえ認めないかもしれません」

「あなたの証言があると言ってもですか？　しかも、時効で罪には問われないじゃないですか」

「弁護士としての評判に影響しますからね。たとえ私と対立しても認めないでしょう。ですから私からも彼らを追及しないようにお願いします。この件に関しましては、神に誓って真実です。決して嘘は申しておりません」

「牧村さんが恥をしのんで過去を告白されたことは留意いたします。過去の善悪は別にして、秘密保持に関しても捜査に支障のない範囲で守ります。しかし、捜査の責任者として裏を取らないわけにはいきません。この点だけはご了解いただきたいと思います」

警部はていねいながらも強い口調でそう言ったが、裏を取るのは難事であった。後に行われた事情聴取では、恭三はその件について尋ねるだけで精神錯乱の症状を呈するので事情聴取にならなかったし、大石は自分からは何もしゃべらず、恭一の告白に関してはおおむね認めたが、大石に都合の悪い部分は全て否定、もしくは忘れたと言って関与を認めなかったのである。

「あの……警部さん、父は疲れ切っていますので、もうこのへんでよろしいでしょうか」

悦子は控えめながらも強い意志を込めて言った。

「いいでしょう。だいたいのところは話していただいたことですし、いったんお部屋の方にお戻りください。ああそうだ、悦子さんは残ってください」

恭一は警官に付き添われて部屋を出ていき、悦子が残った。引き続き悦子への事情聴取になった。

悦子は、前日は旅行先のホテルにいたので殺人事件に関して直接に聞くことはない。したがって、脅迫状が来るようになってから殺人が起こる前までのことに質問が集中した。

「脅迫状が来るようになってから、父があれほど怖がっているのに、警察や金子先生になかなか相談しようとしなかったのは、きっと心当たりがあるに違いない、それも人には言えない理由があるに違いないと考えてはいましたが、そんなことが過去にあったとは露知らず、本当に驚いています。それで何から話していいものやら……」

「悦子さんが動転するのも無理はありません。落ち着いて一つ一つ私の質問に答えていただければ、それで結構ですから……。それで牧村家としては、我々に相談できず、山上さんの紹介で金子さんのところに行ったわけですね。それを知っていたのは家族全員ですか？」

「はい、そうです。ただし、叔父の恭三がどこまでその状況を理解しているかは疑問ですが……。それから使用人の中では佐々木だけです。ほかの者は知らないはずです」

　警部はすぐ部下に確かめさせたが、事件前に金子美香への依頼を知っていた者は、使用人の中では佐々木以外にはいなかった。

「そうなると、犯人と目される脅迫者がどのような方法でそれを知り得たかは謎ということになりますね」

「あの……宅配便の送り状からは何も判らなかったのでしょうか？」

　悦子が警部に逆質問をした。頭の良い女性である。

「その点は金子さんから今朝聞きまして、さっそく調べました。直接の送り主はすぐに判りました。ただ、この人物は見知らぬ者から謝礼と引き換えに荷物の送付を頼まれただけで、中身についても牧村家についても何も知りませんでした。もちろん大石さんにもお父さんにも何の接点もなく、単なる仲介者にすぎません」

その後、この方面からは何の手掛かりもなかったことは既に述べた通りである。

「ところで、今回のご旅行は前から決まっていたことなのですか？」

「はい、学生時代からの気のおけない友人たちと二月《ふたつき》に一回くらいの割合で行く温泉宿がありまして、最近こんな状況なのでどうしたものかとも思ったのですが、家族にも勧められ、常に五人で一緒に行動することにしましたので心配もないかと考え、行くことにいたしました。けれどもこんなことになってしまって……」

悦子はハンカチを目に当てた。

この時、突然ドアが開いて弁護士の高村義男が入ってきた。そして部屋の中を見てやや驚いた表情を見せた。

「これはすみません。てっきり社長がこちらにまだいるものと思って入ってしまいました。緊急の用事だったもので……」

ここで高村は部屋から出ていこうとしたが、思いがけないところから声がかかった。

「高村さん、あなたなら父から金子先生への依頼の件も知っていたでしょう。当家以外の人間に秘密を洩《も》らしたのはあなたじゃありませんの？」

これまでの悦子の理性的な話し方からは信じられない、感情的な言い方であった。

「悦子さん、そんな……確かに言われるように依頼の件は私も知っていました。しかし、いやしくも弁護士である私が、牧村家の秘密を外に洩らすなんてあり得ないことです」

「そうかしら？　この人は一見誠実そうですが、実はあまり信用できないところがあるんです。ちょうどいい機会だから、皆様に知ってもらうべきです」

「何を言うんです。いくら悦子さんでもこれ以上の暴言には私も怒りますよ」

さすがに高村もいささかムッとして言い返した。ここでまあということで一同が仲裁に入って争いは終わった。だが気まずい雰囲気は残った。かつては恋人同士だった悦子と高村であるが、喧嘩別れしたという評判はどうやら本当のようである。

高村が部屋を出て行った後、少しの沈黙があったが、そこで悦子が口を開いた。

「あの……皆様すみません。こんな時に突然入ってこられて、少し動揺してしまったようです。本当にお恥ずかしい限りです」

すぐに冷静さを取り戻したようで、少し顔が赤くなってうつむいた。今日は悦子の別の一面も垣間《かいま》見たが、個人的には人間味が深まり、かえって気に入ってしまった。恥じらう姿も美しい。美人とは得なものだ。

「ご旅行の件はだいたい判りました。ところで先ほどのことがあったから聞くわけでもないのですが、高村さんとお別れになったのはどういう理由からですか？」

「それが母の事件と何か関係があるのですか？」

警部も愚問をするものだ。悦子がこういう反問をするのは当然の話であろう。高村への事情聴取が何の教訓にもなっていないではないか……と思ったのだが、これには警部なりの考えあってのことらしい。

「いや、そういうわけではないのですが、先ほど同じ質問を高村さんにしましたら、あなたと同じことを言われた後、プライベートなことなので言いたくないし、言えばどうしても個人攻撃になってしまうので、事件との関係でもない限り話さないと言われたのですが、あなたの場合も同じなのかと思いまして……」

このように言うことによって、高村とは別の反応を引き出そうと考えたようだ。

だが、古代中国の縦横家もどきの弁舌テクニックは個人的にはあまり感心しない。悦子は少し苦笑しながら答えた。

「プライベートなことなので基本的には話すべきではないということは同じです。ただ具体的なことは申し上げませんが、抽象的なことなら話しても構わないと思っています。一言で言えば、私から見て高村さんが誠実ではないと思われることがあったということです」

冷静で落ち着いた言い方であったが、これ以上私的なことは話しませんよ、という強い意志が感じられた。令嬢とはいえ、こういうところは現代女性だなと思うと同時に、わざと怒らせる質問をして本音を聞き出そうとする警部のやり方に、いささか失望したことを正直にここで述べておく。

そして、これで悦子に対する事情聴取が終わり、次に次女の良美が呼ばれた。

良美もまた姉や妹に劣らず美しい。ただ、その美しさは庶民的な親しみやすさがあり、表情もどこか寂しげな感じがする。それがいつものことなのか、この惨劇のあとだからなのかは私には判らない。

「良美さんですね。今お父さんのほかにも多くの人たちに昨夜のことを聞いていたところです。ところで、あなたの婚約者である並木さんとは仕事が終わったあと、帰るまでご一緒だったそうですね」

「はい、そうです」

「途中、並木さんが部屋を出ていったことはありませんでしたか」

「一度、トイレに行きましたが……。もしや警部さんは紹平さんを疑っているのですか」

「いえ、そういうことではありません。あくまで一応裏をとるということです。逆にあなたが部屋を出ていったことはありますか」

「私も一度トイレに行きました」

「そうですか」

警部は良美の顔を見ながら言った。そして、今までのパターンから考えて、次はこう言うのかと私は思った。

「では、並木さんがその間にお母さんを刺して戻ってくることは可能ですね」

ところが、意外なことに警部はこの質問をしなかった。これは金子があとで私に話してくれたことだが、事情聴取の冒頭で良美は並木が疑われることを警戒している。その中で露骨に並木を疑うという前提の質問をすると、並木を庇《かば》うあまり事実に反する供述をしかねないという考えに基づいているそうである。だとすれば、警部も先ほどの失敗を生かしていると言えそうだ。

また、付け加えると、ここでは並木が良美の目から離れる時間があったということだけ判ればいいのであって、その時間がどのくらいで犯行が可能かどうかは警察で考えるべき問題であり、良美に聞くことでもない。ということで、警部の質問は別の方向へ飛んだ。

「並木さんとの婚約はいつ決まったのですか」

「正式には半年ほど前です」

「結婚式はいつ頃になるのですか」

「予定では三ヶ月後です。ですが母がこんなことになり、結婚などしていいものかと……」

良美の目から涙がこぼれた。

「その結婚は、もちろんご両親とも賛成だったのでしょうね」

「はい、父も母も大賛成でした。父はむしろ話を先へ先へと進めたくらいでした。母などはさらに熱心なあまり……」

並木との結婚の話になり、おとなしい良美にしてはテンションが上がって話していたのだが、ここで言葉が止まり複雑な表情になった。

「お母様は熱心なあまりどうされました？」

「熱心なあまり、かなりの財産をつけて紹平さんに嫁がせようと言い出して、その点は父と意見が合わなかったようです」

「その財産とはどのくらいですか」

「さあ、そういうことは私、あまり詳しく存じません。具体的には父にでも聞いていただけますか」

「もちろんお父さんに聞きます。あなたはその話を聞いてどう思われましたか」

「あの……私、これは紹平さんも同じ考えなのですが、財産についてはあまり興味がありませんの。何故なら私たちはお互いに好き合っているから結婚するのであって、紹平さんも財産目当てで結婚するわけではないからです。この件で嫌な思いをするくらいなら、財産なんかビタ一文いらないと、私も紹平さんも思っているし、実際に父にも母にもそう言いました」

この点はよほど腹にすえかねているようで、かなり強い口調で良美は言った。

「よく判りました。良美さん、今日はこれくらいにしておきましょう。聞きたいことができたら、またあとでお尋ねしますから」

警部はこう言って事情聴取を打ち切ったが、財産の件は新情報である。第一回の事情聴取としては充分な成果であろう。

次に呼ばれたのは三女の恭子だったが、部屋に入ってきたのは恭子だけではなく、見たところ四十歳前後の女性も一緒であった。この女性が恭子の母親であることは、言われなくてもすぐに判った。それくらいよく娘と似ている。先に述べたように父親にも似ているが母親にも似ている。したがって、この女性もかなりの美人である。いかにも昭和の女性という感じである。恭一のかつての愛人であることは説明の必要もないだろう（今も愛人関係があれば、こうして顔を出したり、恭子を牧村家に住まわせたりすることができるはずがないからだ）。

「警部さん、初めまして。私は恭子の母の日向《ひゅうが》美智子と申します。本来なら取り調べにほかの者が同席するのは好ましくないことは存じています。しかし、恭子はまだ未成年で、とても怖がっております。ご質問に口をはさんだり、恭子の答えに口出ししたりすることはいたしません。ただ、私が同席するだけで恭子は安心だと申しますので、どうかお調べの間、同席するのを認めていただけないでしょうか」

「それは構いませんよ。それで恭子さんが安心なら、私どももそれが何よりです。また、お母様にも

二、三お尋ねしたいことがありますので、かえって都合がいいくらいです」

警部は母娘を安心させるために、気持ちよく母親の提案を受け入れた。確かに現時点で母娘をどうしても引き離して事情聴取しなければならない事情があるわけではないので、彼らに気持ちよく話してもらった方が捜査側から見ても得策であろう。

事情聴取は昨夜の様子から始まったが、今まで判明していることに付け加えるようなことは特になかった。恭子の夕食後の行動——行方少年が帰ってからの行動——は、部屋で勉強をしていたが、九時半頃に風呂に入って部屋に戻り、テレビを見たりステレオを聴いたりしているうちに眠くなってきたので、十一時頃には寝てしまったということであった。

なお、昨夜の入浴は夕食後に良子が、次に恭三が入り、九時頃に恭平、九時半頃に恭子、十時過ぎに打ち合わせが終わった恭一、十一時過ぎに並木を見送った良美という順番だったとのことである。

そして、事情聴取は核心に入った。

「ところで、現在あなたとお嬢さんはそれぞれ別の場所で暮らしていますね。その事情をご説明いただけますか」

日向美智子は、目を閉じて二、三秒してから、意を決したように話し始めた。

「はい、私は牧村製薬の本社の近くで小料理屋をやっておりました。そこへ牧村社長がお客様としてよくおみえになられるようになり、次第に恋仲になっていきました」

ここで警部が、

(恭子に聞かせていい話か)

というそぶりを見せたが、

「大丈夫です。恭子も承知している話です」

と日向美智子が警部を制した。

恭子が事情を知っているのは当然の話であろう。十七歳にもなって、自分が牧村家の一員であるのに母親が別にいることの意味を知らずに、牧村家で暮らすことを納得できるはずがない。したがって警部も一応気を配っていますという形を日向美智子に示したということだろう。

「そして、恭子が生まれました」

「それから今日の形になるまで、色々と大変だったでしょうね？」

「それはもう大変でした。私としては初めて授《さず》かった子供ですので、何が何でも自分で育てるということしか頭になかったのですが、牧村社長としては、認知の問題があるので奥様に知らせないわけには参りません。それでなくても問題が問題です。奥様に告げる前に奥様の知るところとなりました」

「それで奥さんは……」

「当初は半狂乱になったそうです。一時は別れ話も持ち上がったようですが、やがて落ち着いてから牧村社長と話し合われ、結論が出ました」

「それが現在の形ですね」

「そうです。私も当初は気持ちだけが先行いたしまして、何の援助もいらない、自分だけで育ててみせるなどと言っておりましたが、冷静に考えると今の世の中、女手一つでは不可能です。それで、恭子が成人するまでは牧村家の力を借りよう、そう考えたのです」

「具体的にはどういう条件で話がついたのですか」

「牧村家からの、というより奥様からの第一の条件は、牧村社長の子供として認知するし、生活、養育も牧村家の人間として面倒をみるが、財産権は一切認めない、というものでした。奥様としては最大限の譲歩だったのでしょう。私としても異存はありませんでした。恭子を私生児にしないという点が解決すれば、財産などどうでもよかったからです。第二の条件は親権の問題でした。牧村家の人間として牧村家で育てるか、私が引き取って日向姓で育てるか、私の判断に任せるというのです。これは牧村社長が奥様に対して最大限頑張ってくれたからだと思います。奥様主導では金銭の援助しか出ないはずだからです」

「そうは言っても迷うところですね」

「その通りです。社長の好意は身に染みますが、自分の腹を痛めた子供です。手元に置いて育てたいというのは人情です。また、奥様やそのお嬢様たちが、恭子を優しく受け入れてくれるかも心配でした。しかし、牧村家と私個人では経済力があまりにも違います。恭子の将来を考えると本当に迷いました」

「それで……」

「色々と迷いましたが、物質的な援助だけ受けて、あとは自分で育てようと考え始めた時、私のところへ奥様が一人で訪ねてみえたのです」

「良子さんが……」

「私の顔を見たくもないはずの奥様がいらしたのには驚きましたが、私のことを強く叱責するつもりなのだなと思い、すぐにその覚悟をいたしました。ところが奥様は恭子のことで来たとおっしゃるのです。もちろん、社長と私とのことも用件の中にあったのですが、それはあくまで恭子のことに関する条件だったのです」

「その条件とは？」

「奥様が言われるには、今回の件では気も狂わんばかりに悩んだが、子供である恭子には何の罪もない。そこで提案だが、恭子を牧村家で育てよう。その代わりに社長とは完全に手を切れというのです」

日向美智子はさらに話を続けた。

「恭子のことが発覚した時に、社長さんと別れなければならないことは覚悟していました。だから、辛《つら》いことではありますが異存はありませんでした。ですが、恭子と離ればなれになることはとても我慢できません。そう申し上げると奥様は、月に一度、日を決めて恭子に会いに来ればよい。そして物心がついたら母親と告げればよいと言われたのです」

「牧村社長とのことがあるので、しばしば出入りされるのは困るが、母親として面会に来るのなら許そうということですね」

「はい。社長さんと顔を合わせるのはとんでもない話で、面会日と時間は社長さんの留守の時に限られました。社長さんは面会時には用がなくても外出していたようです」

「それで、お嬢さんを牧村家に預ける決意をされたのですね」

「親子の関係が保証されるのなら、私にそれ以外の選択肢はなかったと思います。また、奥様は恭子を優しく受け入れると約束してくれました。この約束がなければ私も預ける決意がつかなかったと思います」

「そして牧村家の人たちは、恭子さんを受け入れてくれましたか？」

ここで警部は質問を恭子に振った。

「はい、物心がついた頃は母が二人いると思っていたくらい、おばさまは私によくしてくれました。また、二人の姉もとても可愛がってくれました。父と母の関係を知った時は、それなら私がこの家にいられるわけがない、と言ってすぐには信じなかったくらいです」

こう言って恭子は母親と顔を見合わせ、ニッコリと微笑《ほほえ》んだ。

「お父さんとお母さんの関係を知ったのはいつですか」

ここで金子美香が質問した。

「十歳の誕生日の時です」

「その時に奥様と私が説明しました」

日向美智子が補足した。

「それまでは家のお母さん、外のお母さんと深く考えずに呼んでいました。それからは家のお母さんと呼ぶのはやめて、おばさまと呼ぶようになりました」

恭子のこの発言をもって、事情聴取は終わりとなった。殺人事件のあとだけにギスギスした会話が少なくなかったこの日の事情聴取だったが、このエピソードはいい話で少し安心させられた。

この後、長男の恭平、佐々木ほか四名の使用人の事情聴取があったが、追加するべき新事実、証言はなかった。

　そして、最後に再び恭一が呼ばれた。

「お疲れのところ再びご足労願いましたのは、良美さんと並木君の婚約の条件についてです。奥様とどのような話になっていたのですか？」

　入ってきた恭一が疲れ切った表情だったので、警部は単刀直入に切り出した。

「その話ですか……。普通ならば良美もしかるべき家の人間と見合いして話をまとめるべきところだったのでしょうが、並木君とは幼なじみということもあり、親密になりまして、また私どもから見ても好青年ということで婚約までは何の問題もありませんでした。ただご承知の通り、並木君は資産というべきものを何も持っていません。このままでは良美が資産的に不憫《ふびん》なので、いささかの財産をつけて嫁にやることには私も賛成でした。ところが妻は四分の一ほどの財産を分けてやろうと言うのです。これはあまりにも多すぎです。当家にはほかに子供が三人いるし、養うべき人間もいます。並木君が如何にこれからは牧村家の一員になるといっても、あくまで外戚です。分相応ということも考えなくてはいけません」

「奥様は何故それだけの財産を二人に与えようと考えたのでしょうか」

「あれが言うには、子供が四人いるといっても恭子には財産権はないし、恭平も正直に言って病弱なのでとても跡を継げる状態ではない。恭三もあの通りなので、結局悦子と良美の二人だけではないか。そして私たち夫婦の分と考えれば三分の一を分けてもいいくらいだ。したがって四分の一ぐらいはいいではないかというのです」

「妻の言い分は一見もっともですが、現実はそのように甘いものではありません。医学の進歩で恭三や恭平が健康を取り戻すことも絶対にないとは言い切れないし、その時に分ける財産がなくてはどうにもなりません。恭子にも成人するまでは援助を与えなければならないし、何よりも外戚である並木君に会社や牧村家をどうにかできる力を与えては、将来何が起きるか判りません」

「それであなたは……」

「並木君が牧村家や会社を乗っ取ってしまう可能性があるというのですか？」

「そうではありません。並木君が誠実な人間であることは私も疑っておりません。しかし、人間というものは巨大な力を持つと、どのように気持ちが変わるか判らないものなのです。また、並木君にその気がなくても、それだけの財産を持つ外戚になると、どのような人間が近づき、どのような誘惑を持ちかけるか判ったものではないのです」

この夫婦の論争は恭一の方に分があるといえるだろう。嫁にやる娘——要するに他人になる人間——に分不相応な財産を与えることは余計な争いを産みだす要因になりかねない。病に臥《ふ》しているといっても恭一はさすがに立志伝中の人物だけあって、このあたりの判断は適切である。それにひきかえ良子の態度は、いかに娘可愛さからとはいえ、いささか度を超しているように思われる。恭子をめぐる騒動で見せた度量の広さはどこへ行ってしまったのだろうか。警部もこの点を再び問い合わせたが、恭一が何度理由を尋ねても良子の答えは前述したのと同様であったそうで、良美への財産分与に対する執着の真の理由は、現時点ではまったく判らない。

「今日はこのくらいで引き揚げましょう」

警部は恭一を部屋に戻すと、牧村家が出した茶菓子などには一切手をつけず一同を促した。

「明日になれば司法解剖の結果も出ると思います。それでは今日はこれで失礼します」

警察の一行は、牧村家の人々に送られて玄関に出た。私も金子もそれを送って門まで行ったが、警察関係の車が走り去っていくと、恭一と悦子に案内されて私たちは再び応接間に通された。

警察の事情聴取に立ち会った私たちとしては、改めて家族や使用人に尋ねることは、この時点ではなかった。しかし、実況検分というか、殺人現場や屋敷の中はあまり見ることができなかったので、金子が恭一と悦子に、

「家の中を見せてほしい」

と頼んで、家の中を案内してもらうことになったのである。

第六章　第二の惨劇

応接間に入ると恭一は、

「金子先生と立花さんには申し訳ないが、私は疲れているので部屋に戻って休みます。家の中は悦子に案内させますので、あとはよろしくお願いします。悦子、あとは頼むぞ」

と言って立ち去った。

「父はご覧の通りですので、家の中は私がご案内いたします」

私たちは悦子に先導されて一階にある調理室、食堂を見せてもらったが、さすがに金持ちの家だけあって広さもかなりのものだし、一つ一つの調度品も高級品ばかりだ。

次に殺人現場である良子の部屋を見せてもらったが、捜査の跡が生々しく、悦子もあまり長くいたくないようであったが、この部屋を見るのが一番長くなるのは仕方のないことである。部屋の中は広くて家具などが高級品であることを除けば、特に変わった物はない。入口の向かいに窓ガラスがあり、その上の天井に近いところに換気窓がある。もちろん警察のテープやロープで仕切られ、現場の物品に触ることはできなくなっている。

金子美香は数分ほど観察していたが、

「もういいです」

と言って悦子に次を促した。

恭一の部屋は本人が既に休んでいるので翌日ということにして、恭三の部屋に入った。

「おや、探偵さんが私に何の用ですか？」

恭三は先刻の半狂乱状態からは落ち着いていたが、うすら笑いを浮かべながら皮肉な言い方で言った。

「私を狂人だと思っているようですが、それはとんでもない間違いですよ。悪魔の呪いというものは確実に存在するのです。あなたがそれを信じようが信じまいが、私の知ったことではないですが……」

金子は相手にしないだろうと思ったのだが、意外にも恭三の話に乗った。

「悪魔の呪いだとしたら、誰がどのような術を良子さんにかけたのですか？」

部屋の雰囲気に圧倒されて言い忘れたが、どこでどう集めたのか書棚には黒魔術、オカルト関連の本がギッシリ入っていて、またその手の小道具が所狭しと置いてある。またその方面の香薬でも焚《た》いているのか、一種独特のにおいがする。それは部屋全体に染みついているという感じである。気の小さい人ならそれだけで嫌悪感がして吐き気を催すかもしれない。

「さあ、誰かは判りません。何しろ当家や牧村製薬を恨んでいる者には事欠きませんからねえ。ただ、呪いをかけること自体はそれほど難しいことではありません。誰でもできると言っていいくらいです。ある前提条件さえあれば……」

「その前提条件とは何ですか」

「心底からの憎しみです。本心からの憎しみさえあれば、あとは人形さえあれば呪いをかけることができます。何も悪魔信仰でなくてもいいのですよ。私自身はサタンを信じますが、呪いをかけるだけならほかの信仰でもできます。現に中南米ではヴゥードゥーといわれる信仰で呪いが発現しているのです」

「あなたは何故、このような信仰や研究に熱心なのですか」

恭三はよく聞いてくれたと言わんばかりに話し出した。

「私がこの方面を研究するのは社会正義のためなのですよ。世間では黒魔術というと皆変な顔をします。しかし、現実に悪魔の呪いで殺されている人は大勢います。この呪われた人々を救うためには黒魔術を研究するしかないのです。呪いを解く方法を研究し、発見することが救いにつながってくるのです。現に我々は昨日、悪魔の行動を知らされました。彼以外に鍵のかかった部屋から忽然と消えるなどということができるはずがありませんからね」

金子は恭三の説明に対して感謝の念を伝えて部屋を出ていった。恭三の言葉は文字で書かれたものを読んだだけだったら、訳の判らない現代の祝詞《のりと》に聞こえたかもしれないが、現実に密室で殺人が行われた直後に聞かされると、理屈では説明しきれない恐怖の感情が頭をもたげてくる。自分の背後に何か得体の知れないものがいるような気さえしたのだった。

次に私たちは階段を上がり、二階の右手の一番手前にある長男恭平の部屋に入った。

恭平は現在十三歳で牧村家では一番若く、そして唯一人の嫡男《ちゃくなん》で本来ならば跡継ぎ候補ナンバーワンなのであるが、誕生より病弱で既に述べたように財産継承権はあまり期待できない。まだ少年であり、彼自身も病弱な身体との闘いに精一杯で、とても財産どころの話ではないだろう。この時もベッドの上に座っていたが、通常よりは調子が良いと悦子が私に言った。

このような状況に置かれると自然と内向きの趣味になるようで、ゲームソフトがベッドの上に散らかっている。

「恭平、いつも言ってるけど、少しはベッドの上を片付けなさい」

悦子が優しくさとすように言いながら、ゲームソフトを整理した。

「金子先生、立花さん、部屋が汚くて申し訳ありません。せっかく整理してもすぐに散らかしてしまいまして……」

悦子は私たちに詫びるように言ったが、私は本棚に目が留まった。そこには内外の推理小説が、古いものではホームズ本、ヴァン・ダインやエラリー・クイーンなどの古典から最新作までギッシリと詰まっていた。

「これは、恭平君が全部読んだの？」

「はい、全部読みました」

「どれが一番面白かった？」

「『Yの悲劇』と『グリーン家殺人事件』」

「そうね、両方とも面白いわね」

ここで金子は、恭平と数分ほど推理小説談議を行った。

「恭平ったら、あんまり夢中になって金子先生の邪魔をしたらいけませんよ」

悦子が割って入り、ようやく談議が終わった。この間、私は恭平のゲームソフトを見ていたが、『信長』や『三国志』などの歴史シミュレーション物もあった。

私も恭平少年に水を向けてみたが、予想通り戦国時代や三国時代はかなり詳しい。近頃子供たちのゲーム好きが何かと批判になるが、こういうところは長所であろう。悪いことばかりでもない。

ちなみに恭平少年の好きな人物は、日本では竹中半兵衛、中国史では張良だという。共に軍師であり、竹中半兵衛は秀吉の参謀として活躍し、張良は漢の高祖劉邦の覇業を助けた人物だが、共通点は両者とも病弱であったことだ。恭平が自分自身と重ね合わせて見ているということは言うまでもないだろう。私などは情に動かされやすい人間なので、こういう話を聞いただけで、何となく恭平の悲しみを感じてしまうのだが、本人は周囲が思うほど深くは感じていないのかもしれない。恭平は、

「金子さんは臥竜先生とか諸葛亮子とか言われているらしいけど、自分ではどう思います？　それから孔明は好きですか？」

と少年らしい質問をした。

「そうねえ……」

あまりにもストレートな質問なので、金子は少し照れたようである。相手が純真な少年なので真面目に答えた。

「諸葛亮は神のような頭脳の持ち主で、私ごとき者と較べることなどできないわ。そういうふうに言われることはとても光栄なことだけど、それは皆様の買い被りよね。それから孔明は情に篤《あつ》く、人間としても大好きよ。ただし、政治家、参謀、武将としては『三国志演義』の影響で少し過大評価だと

思うわ」

「どういうところが過大評価なんですか？」

ここで行方少年が部屋に入ってきた。病弱で学校にもあまり行けない恭平にとって、姉の恭子のボーイフレンド行方俊之は、牧村家に男兄弟がいないこともあって、唯一の友達的存在なのだろう。

「恭平はいつも行方君にゲームで遊んでもらっているんですよ」

悦子が私たちに言った。

行方は恭平と一言二言、言葉を交わしていたが、諸葛孔明の話になると興味を覚えたようで、

「僕にもどこが過大評価なのか教えてください」

と金子に聞いてきた。

「まず『三国志演義』は劉備や孔明を善、曹操《そうそう》を悪という見方で書かれた小説だということを知っておく必要がある。だから、どうしても孔明のことを実態以上に書かなくてはいけなくなるの。小説の中では魏の司馬仲達や呉の陸遜《りくそん》を手玉にとる場面があるけれど、史実にはなかったり、実際にもなかったと考えられることも少なくないのよ。それにそのエピソードが本当だったとしても、孔明は結局、司馬懿《い》（仲達）には勝っていない。負けているの」

「エッ、負けているんですか⁉」

二少年とも声を上げた。

「言いたいことは判るわ。何度かの闘いはほとんど孔明が勝っているし、負けた闘いは孔明がいない時ばかりだしね。ただ、行方君がいるので将棋に例えて説明するけど、将棋の最終的な目的は何かし

ら？　相手の王様を詰ますことよね」

「そうです」

「将棋でどれほど飛車や角が成り込んで勝勢があっても、自分の王様を取られてしまったら結果は負けね。では孔明の司馬懿《しばい》との闘いの目的は何だろう？」

「魏《ぎ》を倒して漢王室を復興することです」

「そうね。逆に魏から見ると、蜀《しょく》軍を撃退して領土を守ることが目的になるよね。結果はどうなった？」

「孔明が死んで、蜀は五丈原を引き揚げました」

「孔明は結局、魏を倒せず漢を復興できなかった。おまけに孔明の死後、蜀は亡んでしまった。孔明の勝った話は、将棋でいえば緒戦で敵陣を破って桂や香を取ったり、と金ができたりはしたけれど、結局王様を取られて負けましたというのと同じで、大きな目的を果たせなかったという意味では敗北なの」

　二人とも孔明の英雄というイメージが少し落ちたので、ややショックという表情であったが、説明が明快なので納得せざるを得なかったようだ。

「少しおしゃべりがすぎたようなので、ここは失礼しましょう。次の部屋を見せてください」

　金子はそう言って恭平の部屋を出た。

　二階は恭平の部屋を出て左側にトイレと広い居間がある。これだけの豪邸であるので、トイレといっても一階のそれと同様、作りも材料も最高級品であることは言うまでもない。広さもかなりのものである。居間も二十畳ほどの広さに最高級の家具、ＡＶ機器が取り付けられている。私たちは居間を見た後、恭平の部屋の隣の良美の部屋に入った。

「良美、金子さんたちが部屋をご覧になりたいということなのでお連れしたけど問題はないわね。話もお聞きになりたいということなので協力してね。それから良美から聞きたいことがあれば何でも聞いていいのよ」

「聞きたいことなんてそんな……。私はただお母さまが殺されて怖いだけなの」

「大丈夫ですよ。これからは警察も警備しますし、ここにいる金子がきっと犯人をつかまえますから」

　私は脅える良美を励ますように言った。

　良美の部屋は本人の印象や性格と同じように、令嬢のわりには地味であった。もちろん家具や調度品は高級品なのだが、色彩のセンスや配置が良美の性格を反映してか、おとなしめである。そうはいっても若く美しい女性なので、それ相応の可愛らしさは感じられる。また、几帳面な性格らしく部屋の中はきれいに整理されている。姉妹の中では一番家庭的といえる。そんな性格からくるのか、それとも婚約中というせいなのか、本棚には料理の本が多く並んでいる。また、映画好きなのか何本かＤＶＤやビデオテープが置いてある。

「料理がお好きなようですが、ご家族の分を作ることもあるんですか？」

「はい、もう少ししたら何もかも自分で作らなければいけなくなるので、今はなるべく作らせてもらうようにしています」

事件から離れたことを金子から聞かれたので、良美は少し表情を和らげて言った。

「良美は私たちの中では一番家庭的で、料理は昔から作っています。だから改まって作らなくても充分上手なんですけど、並木さんに喜んでもらいたいせいか、最近一段と料理には熱心なんですよ」

「お姉様、そんな意地の悪いこと言わないで……」

良美は少し顔を赤らめながら言った。

「映画もお好きなようですね」

「ええ、昔から大好きで……」

私はここで少し良美と映画談議をしたが、金子は良美にはあまり聞くことがないようで、話が一段落したところで私を促して部屋を出た。

次は恭子の部屋に入ったのだが、行方少年は既に恭平とのゲームを終わらせて、ガールフレンドと将棋盤を挟《はさ》んで向かい合っていた。

「おやっ、恭子ちゃんは将棋を指すのかい?」

「はい、一年くらい前から行方君に教わって、ようやくルールを覚えました」

私の質問に恭子はニコッと笑って答えたが、すかさず悦子が冷やかしを入れた。

「彼氏の仕事がどんなものなのか知らないなんて、ガールフレンドとしては恥だからね」

恭子は照れくさそうにうつむいたが、盤面を見ると、プロの卵に手ほどきを受けているだけあって序盤の駒組みはマスターしているようだ。ただし行方少年が言うには、こちらが少しでも手を変えると、どう指したらいいのか判らなくなってしまうようだ。

恭子の部屋はまだ十代の少女だけあって幼いというか、可愛らしい品物が多い。とはいえ、いずれも高級品であるのは言うまでもない。

私たちは恭子の部屋を出て、二階の右手の一番奥にある悦子の部屋に入った。中の家具類は良美のそれと違い、さすがは令嬢と思わせる華やかなものが多い。しかし、センスが良いので成金趣味という嫌な感じはしない。かなりの読書家らしく、内外の様々なジャンルの本が書棚に入っている。音楽も幅広く聴くようで、クラシック、ジャズからロックまで多くのCDが並んでいる。そこでふと、悦子のイメージに似合わないオジー・オズボーンの『ブリザード・オブ・オズ』のCDがテーブルの上に置いてあるのが目に留まった。

「このCDはよく聴くんですか？」

「これですか。私はハードロックも聴きますが、先日先生の事務所で犯人と思われる人物から脅迫電話があった時、このCDの効果音が使われたと聞いたものですから、叔父に借りて聴きながら歌詞を読んでいました」

「それで何か得ることがありましたか？」

「このCD、非常に良いですね。特にギターが素晴らしいと思います。攻撃的に弾く時でもフレーズが美しいですね」

悦子は金子の質問に対して笑いながら答えたが、ランディ・ローズのことが話題になっては私も黙っているわけにはいかない。

「このギタリストはランディ・ローズといって、プロのミュージシャンやロックファンにとても人気が高いのですよ。このアルバムが出た当時、リッチー・ブラックモアと並んで最もメロディーが美しいギタリストと言われていました」

「まあ、そうなんですの。それで今、ランディは何をやっているんですか」

「それが残念ながら、初の来日公演直前に飛行機事故で亡くなってしまいました。私はチケットを買って楽しみにしていたんですが、とうとう彼の演奏を生で見ることはできませんでした」

「それは本当に残念でしたね。それでは来日公演は中止になったのですね」

「いや、ギタリストに代役を立てて行われました」

「代役の人には失礼ながら、演奏は散々だったのでは？」

「私もそれを心配していたのですが、オジー・オズボーンはギタリストを見る目があるとみえて、ブラッド・ギルスというランディに勝るとも劣らない凄腕のギタリストを連れてきたので何の問題もなかったです」

「そうですか。私も見てみたかったです」

「悦子さん、そのコンサートは一九八三年だから、まだ子供だったあなたには無理みたいよ」

ここで、いつまで話してるんだ、という感じで金子が口を挟んだ。

「歌詞を読んでみてどうでしたか」

「じっくり読むと、ハードロックなのでそれほど深い意味があるわけでもなかったですね」

私たちは、これで恭一の部屋を除いて全ての部屋を見せてもらったので、牧村邸を辞することにした。

「それでは今日は失礼します。明日、また参りますので、その時にお父様の部屋を見せていただきます」

金子は、玄関まで見送りに来た悦子にこう言って車に乗った。

車が西新宿の事務所に着くまでの間、金子は目を閉じて何か考え込んでいる様子だ。こういう時は話しかけても無駄なので私は黙っていたが、やがて車は事務所の前に着いた。

「臥竜先生、とうとう起こってしまったね、殺人が……。しかも、ベッドの上で眠っているところを短刀で一突きとは、ひどいことをしやがる」

事務所に入った私は開口一番そう言った。

「それも前もって脅迫状や電話での予告までしてからだ。殺人鬼というほかかない」

金子が淹れてくれたコーヒーを飲みほしてから、私はさらにまくしたてた。

「その通りね。そいつの仕業だとすればね」

「何だい、ほかに犯人がいるとでも言うのかい、臥竜先生。いや、言いたいことは判る、まだ決めつけるなと言うんだろう。だとすればどう考えればいいのか聞きたいね。もっとも今日の話しっぷりでは、あまり臥竜とは呼ばれたくないようだけど……」

私は皮肉を入れて、金子を少し挑発してみた。しかし、彼女は苦笑しながら、

「そうねえ。今度は張子房とでも呼んでもらおうかしら……。張子房って漢の劉邦の参謀長、張良のこと。子房は字《あざな》よ。まあ冗談はともかくとして、まずは落ち着いて今まで起こったことを整理してみましょうよ」

と、私に落ち着けという仕草をして言った。

「ここに牧村恭一という人物がいる。この人物は立志伝中の人というべきで、小さな工場だった会社を一代で一流企業にまで成長させた。その成功の要因は世間にはほとんど知られていなかったけど、吉川薬品という小さいながらも高技術の会社を陰謀をもって手に入れたことが大きかったということは先刻判ったことね」

「その通りだ」

「その牧村恭一と顧問弁護士の大石健二のところに数ヶ月前から脅迫状と蠟人形が送られ続け、とうとう人形と同じ形で奥さんの良子が何者かに殺されてしまった。まだ確定するのは早いにしても、この脅迫者を第一の容疑者と考えるのは自然でしょうね。ただ犯行の動機を、これをもって復讐と決めつけてはいけないわ。その訳は判るよね」

「別の動機を持つ者、例えば家族の誰かがそれをカモフラージュするために恭一の過去を利用した可能性があると言うんだろう」

「そうよ。前にも話したけど脅迫状や人形は犯人は外部の者だということを示しているけど、殺人が邸内で行われたことと、それが密室であったことは、犯人が内部の者であることを示している。今のところどちらが正しいか決めることはできないけど、考えなければならないのは、何故犯行現場を密室にしたかということね」

「なるほど、どんな方法を使って密室にしたかは措《お》くとして、犯人にしてみれば一刻も早く現場を離れる必要があるわけだね」

「その通りよ。犯人が誰であれ現場周辺をウロウロしているところを家の者や近所の人に見られたら、それだけで疑われることになる。その危険を冒してでも、あの部屋を密室にしなければいけない理由があった、もしくは今なおあると考えるべきでしょう」

「その理由とは何だろう」

「モートクさん、それはまだ判らないわよ」

「何だい、思わせぶりなことを言うから、もう謎を解いたのかと思ったよ」

「そうじゃないわ。ただ、密室にした理由はとても重要で、それが判れば犯人が判ると言っても過言ではないのよ」

「なるほど。だけど、その理由が判ったからといって犯人を逮捕するわけにはいかないな」

「もちろんそうよ。理論的に間違いないということになっても証拠がなければね……。それから、この点に関して考えなければいけないことは、犯人によって密室を構成する時の持ち時間が違ってくるということね」

「持ち時間とは、またプロの将棋対局みたいな概念だが、それはどういうことだい？」

「仮に密室を外から構成したと考えてみましょうか。犯人が外部の者だったとしたら、一刻も早く現場を離れなくてはならない。良子の部屋の外の樹木などのところで何かコソコソやっているところを見られたら完全にアウトだものね。犯人が内部の者だったとしても基本的には同じことだけど、作業中を見られたのじゃなければ完全にアウトでもない。例えば何か物音がしたので見に来たと言えばとりあえず言い逃れはできる。したがって、外部の者より多少は作業時間がかかっても許されるということになるわけよ。ただし、家族の一員だとしても重大容疑者にされることは確実だけどね」

「そりゃそうだ。深夜に牧村邸の樹々の間にいるなんて、怪しいことこのうえないからね」

「次に邸内で密室構成をした場合を考えてみましょう。外部の者が犯人なら、より以上に時間はないし発覚の危険は増大する。逆に内部の者なら発覚の危険はかなり少なくなる。家族や関係者が邸内にいるところを見られても何も問題がないものね。作業を見られることさえなければ……。ただし、持ち時間は外よりは少なくなるでしょうね。邸内ではいつ誰が来るか判らないから」

「なるほど。そういう考え方をしていくと、犯人が外部の者だとしても、邸内で密室構成をした可能性はほとんどないということが判るね。ほかに注意すべきことはあるだろうか」

「そうね、話を最初の脅迫状と蠟人形に戻すと、直接脅迫された牧村恭一と大石との反応の違いね。もちろん両者の性格の違いということは考慮しなければいけないけれど、恭一の脅え方は大企業の創業者にしては過剰すぎる気がするし、一方大石は図太すぎる気がするの。今日聞いた吉川薬品の話は確かに動機としては充分だけど、恨みを抱いたからといって殺人を実行するというほどでもないと思うの。ところが恭一はこの点に関しては、かなり本命だという確信があるような態度だった。逆にこの考えと矛盾するようだけど、大石の方は殺されるかもしれない悪事を過去に働いていながら、少しも復讐者を怖れていない。少なくとも表面上の態度はそのように見える。ここのところは注目すべき点かもしれないわ」

「すると大石には、脅迫者が自分を殺すはずはないという自信があるのだろうか」

「それも今のところ結論を出すべき話ではないようね。続いて牧村家の人たちについて考えてみましょう」

金子は私の問いには答えず、話を続けた。

「一家が華麗なる一族であることは間違いないけど、家庭は複雑な事情を抱えていることも確かなようね。長女の悦子に婚約者がいなくて、次女の良美にいるということは特別なことでもないけれど、良美の嫁ぎ先が華麗どころか施設出の並木紹平というのは、大企業令嬢としては異例のことね」

「幼なじみということと牧村製薬の社員ということで納得はできるが、普通なら両親が反対するところだからね」

「その通りよ。もちろん人を出生で判断するなんてとんでもないことではあるけども、現実は……特に牧村家のような家庭では猛反対するのが普通よね」

「ところが二人とも反対するどころか、大いに奨励しているし、母親の良子にいたっては財産分与にも積極的だった」

「父親の恭一はさすがに財産分けには反対だったけど、もともと施設から並木を引き取ったのは恭一だったことを考えると、婚約には恭一の方がより積極的であったとも考えられるわ」

「そうだね。何故両親ともこの婚約には賛成なんだろう。もしや並木は吉川一族の者で、過去の犯罪の罪滅ぼしのつもりなのだろうか？」

私は心の中でモヤモヤしていたことをつい口に出してしまった。

「それは誰しもが思うことで充分に可能性があるけれど、良子がその理由だけでこれほど積極的になるとは考えにくい。仮に並木が吉川家の血を引く者であったとしても、良子が積極的になるにはほかの理由も必要になってくるでしょうね」

「そうか、それじゃ俺の考えは駄目かな」

「そうでもないわ。少なくとも牧村家、とくに当主恭一の並木に対する好意は、そのように考えるのが一番自然だし納得がいく。ただこの点は、警察の捜査でおいおい判ってくるでしょう。並木の出生の秘密が判明すれば事実がハッキリするから」

「それはそうだ。警察がそれを調べないはずはないからね。ところで長女の悦子にも高村義男という元婚約者がいるね。諸葛亮子先生としてはどう思う？　これまた一般人だね。弁護士ではあるけど……」

「それを言うなら末娘のボーイフレンドも普通の庶民よね。どうも牧村家の娘たちは皆、恋愛に関しては自立心が強いようで、政略結婚というのは難しいかもしれないわ。まあ冗談はさておいて、牧村家とその周辺には普通ではない状況、事情が数多くあることは確かかね。まず、今モートクさんが指摘した長女の悦子と顧問弁護士高村との関係ね。仮に犯行の動機を財産と考えたら、二人の破局はどういう意味を持つのかしら？」

「今の牧村家の男子の状況を考えたら、悦子は当主としての跡継ぎ候補のナンバーワンだ。兄弟姉妹の中で最大の額の資産が手に入るだろう。したがって犯人が外部の人間の場合、高村の脱落は財産を狙う立場から見れば最も好ましいことだ」

「その通りね。ただし注意しなければいけないことは、悦子の取り分を我が物にするためには、悦子の心を掴んで婚約にまで持っていくか、悦子を殺してその財産権を抹消してしまうか二通りしかないということよ」

「なるほど。そうすると財産目的説が正しいなら、犯人は既に悦子の心を掴んでいるということだね。犯人が男ならば……」

「少なくとも、これから掴む自信が十二分にあるということね。もしくは悦子殺害計画が既にでき上がっているということ」

　私はここで心の底から恐怖の感情が湧き起こった。悦子の命は風前の灯火《ともしび》ではないのか⁉

　金子は、そんな私の気持ちを察したように言った。

「モートクさん、そんなに心配しないで。あくまで今まで話した前提が正しければのことだから」

「それはそうだが可能性は否定できない」

「たしかにそうね。ただ、今は状況の検討の場だから話を次に進めましょう。二人の関係でもう一つ興味深いのは、喧嘩別れした元婚約者の高村が、顧問弁護士としてまだ留まっていることでしょうね。これが何を意味するかというと、高村の弁護士としての力量が並ではないことを示していると言っていいでしょうね」

「長女と喧嘩別れした男であっても仕事を任せている。高村のボスである大石と恭一との関係ということを考慮しても、牧村製薬の表も裏も知り尽くした男として最大の信頼と信用を置かれているということだね」

「そういうこと。そして次が一番問題なんだけど、次女良美の財産相続の件ね。母親の良子は四分の一の財産を与えようとした。これは大変なことで、名義は良美になっていても、実質的には天涯孤独の並木が莫大な財産を持つことになるわ。この点は恭一の言う通りで、良子の言い分には無理があるし普通ではない。これに対して悦子の反応はどうかしら」

「あの話しっぷりでは、少なくとも愉快ではないようだね」

その点は私も認めるしかなかった。

「したがって、良美の財産問題が動機だとしたら、悦子が第一の容疑者ということになる」

「そんな！」

私は思わず声が大きくなってしまった。

「モートクさん、相変わらずね。美人に好意を持つのは自由だけれど、真実の追究とはまったく次元の違う話よ。しかも私は悦子が犯人だと言っているわけじゃない。客観的に考えて牧村家の財産継承権を持っているのは、今のところ悦子と良美だけ。その良美に常識以上の財産を分けようという母親が殺されれば、一番利益を得るのは悦子だということは最も単純な論理的帰結よ」

「だけど……」

「だけども何もない。モートクさんの考えは、好意を持っているというだけで何の根拠もない。強《し》いて言えば『あんな美人が』という思い込みだけだけど、美人が人を殺したり犯罪を行ったりする例は、あなたが想像する以上に多いものよ」

そう言われると、確かに私には何の反論もできない。ただ、彼女はそんな私の心中を察してか、言葉を続けた。

「だけどモートクさん、繰り返しになるけど、私は決して悦子が犯人だと言っているわけではないのよ。この点は安心して。ただ、可能性の一つとして捨て切るわけにはいかないということね。それと少し興奮して忘れているようだけど、悦子には完全なアリバイがある。少なくとも彼女があの夜、母親を刺し殺したのでないことは認めなくてはいけないわ」

私は金子にそう言われてホッと胸をなでおろしたのであるが、そんな肝心なことを忘れていたとはお恥ずかしい次第である。だが、それはそれとして、悦子のような魅力的な女性をそんな目で見る金子に少し反感を持たざるを得なかった。

「モートクさんが悦子を気に入っているということはよく判ったけど、それじゃもう一人の財産継承者、良美を犯人だとしてみましょうか。そうすると動機がないどころか、かえって財産分けには不利になるけれど。つまり良美はモートクさん好みではないということね。私には良美も、印象は地味だけど姉に劣らない美人に見えるんだけど……良美が母親殺しをする人間だと思う？」

一安心している私に、今度は金子が反撃してきた。確かに良美もまたこのような殺人をするようには決して見えないのである。

金子は言葉に窮《きゅう》した私を皮肉な微笑をしながら見つめていたが、再び話し始めた。

「もう一点興味深いのは、日向美智子・恭子母娘と牧村家の関係ね。恭子には相続権が認められていないので、財産の問題でこの事件と結び付く可能性は今のところないけど、今後の展開次第ではどんな背後関係が発生するかは予想できないわね」

「恭三や恭平にしても同様だね」

「恭三の黒魔術狂い、恭平の病弱という要素も財産問題には大きく関わっていることは事実ね。ただ、今のところ事件との直接の関係は見出せないけれど」

　金子はそう言うと、

「モートクさん、今日のところはこれまでにしましょう。明日になれば鑑識の結果もきちんと出るでしょうから」

　と私に声をかけ、帰り支度を始めた。

　私も帰る旨を金子に告げて事務所を出たのであった。私は一度、自分のＣＤショップに寄って、今日の売上げと店の状況を確認してから家路についたのであるが、その日の夜も様々な考えが浮かんでは消え、なかなか寝つけなかった。特に殺人事件の発生ということでもあり、何やら悪魔が本当に牧村家に出現して呪いをかけているような気がしたものである。

　そんなこともあって、翌五日も電話で金子に起こされたのだが、心配したような事件はこの時点では起こっていなかった。

　しかし、牧村邸に着いてみると小さな変事は起こっていた。再び例の脅迫状と呪術の蠟人形が朝刊と一緒にポストの中に入っていたという。

「なめたまねをしやがる。ふざけやがって」

　木村警部は私と金子にこう言いながらタバコに火を着けた。

　なお、脅迫状の文面は次のようであった。

　　おごれる者たちへ

呪いの効果は充分だったようだな。ただし、本当の恐怖はこれからだ。せいぜい脅えて待っているがよい。次の惨劇はもうそこまで迫っている。


「本当に探偵小説的な文章ね。それにしても、もう少しセンスのある文が書けないものかしら」

金子が皮肉な笑みを浮かべながら言った。蠟人形の方は、いつもと同じで心臓部に針が突き刺してある。

「当家に恨みを持つ者は、呪いの効果に充分満足したようですな。先日も申しましたように復讐者は悪魔の力を使っているのですから、普通の方法では次の惨劇は防げません」

黒魔術愛好家の恭三が興味深げに脅迫状と人形が置いてあるテーブルを覗きこんだ。

警部が苦々しそうな顔をしたが、恭三は相変わらず黒魔術の蘊蓄《うんちく》を傾けている。何事もない状況なら私もバカバカしいと一笑に付すであろうが、現実に起こった殺人と呪術の小道具を見せられると、恭三の言葉が悪魔を呼び出す呪文にも感じられるのだから、雰囲気というものは軽視できない。

私と金子はこの家の主人、恭一に挨拶がてら、昨日見られなかった恭一の部屋を見せてもらった。

部屋は書斎兼寝室といったところで、大きな机の上には多くの書類が積み重ねてある。本棚には経営者らしくビジネス雑誌やロックフォード、松下幸之助らの伝記などが並んでいる。そのほかに美術全集などの豪華本も何種類かあるが、これらは体裁作りが目的とみえて、いかにもまったく読んでいないという感じできちんと並べてある。

「しばらくは仕事から離れようと思っているのですが、なかなかそうもいかないようです」

恭一は書類の山を指さしながら自嘲気味に言った。

「おまけに今夜は奥様のお通夜ということで、大勢の弔問客に応待しなければならないのですよ」

部屋の中にいた並木が言った。

「お父様は疲れているのだから、仕事や葬儀のことは並木さんや会社の人に任せて休まなくちゃ」

「姉さんの言う通りよ。お願いだから今日は少し休んでください」

「それもそうだな」

恭一は、これまた部屋にいた悦子と良美に言われてベッドに横になった。

私たちは応接間に戻ると、木村警部から解剖の結果を聞いた。それによると死因は刺殺、死亡推定時刻は午後九時頃から十二時頃までの間ということで、ほかに特別な所見はなかった。

そして、この日は夜に通夜があるので、午前中から多くの人々でごったがえしていたが、午後になるとさらに人の出入りが多くなってきた。もちろん、この間に警察も金子も捜査をしていたのであるが、特にこれといった進展もなく、通夜を迎えたのであった。

この日の夜、大会社の社長夫人にしては質素な通夜が行われたが、さすがに牧村恭一の力で、多くの人々が弔問に来た。私もよく知っている一流会社の社長、重役や有名人の顔も少なくなかった。

その中に加賀大学医学部皮膚科教授、吉原和夫の姿もあった。彼は現在、ある意味でマスコミの寵児である。先にアトピー性皮膚炎のステロイド外用剤の副作用について少し触れたが、皮膚科学会、製薬会社が行っている「ステロイド外用剤安全論」「民間療法への責任転嫁」キャンペーンの旗《はた》振り役としてテレビ、週刊誌などによく登場する名物教授である。その論理、主張の幼稚さと非論理性は多くの患者の怒りと失笑を買っているのだが、彼本人は恬《てん》として恥じる様子もない。ご立派と言うべきなのだろうか。そのような人物なのだが牧村製薬とも何かと関係が深いようである。

さて、その通夜は邸内ではなく、駐車場にテントを張って行われた。お清めは邸内の食堂でするようになっており、ここでも贅を尽くした料理で弔問客をもてなしている。そして、牧村家に近い人々（家族、親戚及び大石や高村、並木などの関係者）は応接間に集まり、故人を偲《しの》んだり話をしたりしていた。

私と金子も通夜に参列した後、応接間で参列者を観察していたが、やはり恭一のやつれかたが酷い。このままでは心因性の疾患になってしまうだろう。三姉妹と恭平も元気がないのは仕方ないが、特に良美の落ち込みが大きいようで、並木に支えられてかろうじて立っているという感じだ。また、直接血はつながっていないが恭子の受けたショックも大きいようで、母親の日向美智子とボーイフレンドの行方少年は、そばを離れることができないようだ。

そこへ重要な用件でもあるのか、いったん外していた高村が入ってきて恭一と何やら話していたのだが、時が時だけに悦子の怒りを買った。

「高村さん、父は疲れ切っているんです。仕事熱心なのはいいけど、もう少し時を選んでもらえませんか」

「悦子さん、そんな……私だってそのくらいわきまえているつもりですよ。重要なことだから社長と直接話をしているんです」

「そうかしら？　こんな時にしなければならない仕事の話なんて本当にあるんですか。私は高村さんの性格をよく知っているから、こんなことを言うんですよ」

「悦子、皆様の見ている前でそんなことを言うのはよしなさい。高村君が迷惑しているぞ」

ここで恭一が二人の口論に割って入った。

「でもお父様……」

「もういい、悦子。決して高村君をかばうわけでなく本当に重要な用件だったんだ。私が言明する」

悦子は納得しかねる顔であったが、当事者である父にこう言われては引き下がるしかなかったようで、きびすを返すように応接間を出ていった。自室に戻ったのだろう。

高村もこの空気の中で部屋にい続けるのは辛かったのか、悦子に続いて応接間を出ていった。

「若いということは物事に熱心になるということで、それはそれでまことに結構なことではあるが、あの二人には悪い意味で作用しているようですな」

相変わらずの皮肉な口調で大石弁護士が言った。

「私も牧村君から悦子お嬢さんの縁談を頼まれてはいるんだが、まだ二人とも充分に心の傷が癒《い》えていないように見受けられる。問題の解決はそこからだな」

大石はこのように続けたが、妙なところから横やりが入った。

「大石さん、以前にも申し上げたが、問題解決の方法は復讐者がかけた悪魔の呪いを解くこと、これ以外にありませんよ」

黒魔術研究家である。こんな時にそんなことを言われたら激怒するか無視するのが普通だろうが、大石は違っていた。

「これはこれは、アレイスター・クロウリーの再来ではないですか。なるほど、そのような良い方法があったとはまったく気がつきませんでした。警部さん、事件解決は簡単ですな。このミスター・クロウリーに呪い解除を依頼すればいいのですよ。ハッハッハ」

警部はさすがに苦い顔をしていたが、恭三の方は真剣である。

「悪魔の呪いを甘く見るな！　そんなことを言ってると本当に貴様に呪いがかかってくるぞっ！」

怒りのあまり手が震えている。

しかし、警察の方も対応は慣れてきているようで、何人かの警官が恭三をなだめすかし、何とか自室に連れていった。ただし、場が興醒めてしまったことは確かで、先ほど悦子と高村が部屋を出ていった後に、「私たちも部屋に戻る」と言って出ていった良美と並木以外の人々の中から、日向美智子、恭子の母娘と行方少年が応接間を出ていった。そして、入れ違いに高村が戻ってきて恭一、大石と少し話をしてから私たちのそばに来て、捜査の進展状況について尋ねてきた。

それに対して金子が説明を始めたまさにその時、二階の方から突然、女の悲鳴が聞こえた。そして、何かが崩れるような音がすると同時に、これまた突然、耳をつんざくような大音響が響きわたった。

私はこの瞬間の恐怖を一生忘れることはないだろう。大音響の正体はあのオジー・オズボーンの『ミスター・クロウリー』であったからだ。

第七章　またしても密室（MY CROWLEY）

悲鳴の主は悦子だった。

悲鳴が聞こえた瞬間、金子、高村、木村警部の三人が素早く立ち上がり階段を上がっていったが、さすがに一流のスポーツ選手だった金子の足は速く、一番早く悦子の部屋の前に着いた。高村と警部がそれに続いたが、その時には金子がドアのノブを回していた。だが、ドアは開かない。

「モートクさん、階段下の物置から斧か何か持ってきて！　早く！」

金子がドアに体当たりしながら叫ぶ。

私は階段を昇り切ったところにいたが、慌てて下に降りていった。そして必死に斧を探したが、なかなか目に入らない。私は悦子の騎士《ナイト》役と秘かに自負していたが、人間悲しいもので、いざとなると頭も身体も働かなくなるものだ。

「ここに斧はありません。代わりにこのバットを使いましょう」

ふと気づくと並木がバットを持って二階に向かって駆け出していた。あとを追って二階へ行くと良美、恭平、恭子、日向美智子、行方少年が不安そうに立ちつくしている。

バットは二本用意され、並木と警部が交互にドアに打ちつけた。

バリッ、バリッ。

という打撃音とともにドアに大きな穴が空き、そこから警部は鍵を開けて一同は部屋の中に入った。そして、その瞬間に一同が見たのは、悪魔の讃美歌とも言うべき「ミスター・クロウリー」が大音量で響き渡る中、ステレオの前に血まみれで倒れている悦子の姿であった。

「まだ息があるっ！　早く救急車を！」

真っ先に悦子を抱えた高村が叫んだ。

悦子の姿を見た時、ショックで思わず立ちすくんでしまった私だが、その言葉に少し安心した。悦子は左肩口から背中にかけて刃物で刺されたらしく、どうやら後ろから襲われたようだった。そして倒れ込む時にステレオのヴォリュームダイヤルに触れて大音量になったと思われる。ステレオアンプには血痕が付着していた。

「悦子姉さん、死んじゃいやー！」

「お姉さーん！」

恭子と恭平が泣き出した。

「姉さんは助かるんですか⁉」

良美も大きな声で言う。

「落ち着いて、傷は致命傷じゃないわ。早く病院へ連れていけば助かるわ」

金子が警部と応急処置の止血をしながら言った。やがて救急車が着いて悦子を病院へ連れていったのだが、救急車が来るまでの時間は時が止まったかと思うほど長く感じられた。

「犯人は……犯人はどこへ行ったの？」

良美が震える声で呟《つぶや》いた。

「そうだ、どうやって脱け出したんだ？」

並木が続けて言う。

その通りだ。悦子の容態を別にすれば誰しもが思うことである。悦子が刺されてからドアを破るまでの間に、憎むべき殺人鬼は部屋から煙のように忽然と消え失《う》せてしまったのだ。悲鳴が聞こえてからドアを破るまでの時間は、せいぜい二、三分といったところである。犯人はそのわずかな間に警察や人々の目を盗んで逃げ出してしまったのだ。

「ちくしょうっ、ふざけたことを」

警部も思わず怒りを爆発させてしまったが、今のところどうにもならない。やがて警部は沈痛な表情で一同に言った。

「皆さん、今日は奥様の葬儀の日でもあるし、お疲れであることも重々承知しておりますが、捜査に協力していただくことになります。我々がいいと言うまで残っていてください」

そしてさっそく捜査が始まった。

使用された凶器である短刀は現場に落ちていたが、誰の指紋も検出されなかった。凶器自体もごくありふれたもので、出所から持ち主を判定することは不可能であった。また、当然ながら現場及び凶器に付着していた血痕は悦子のものと一致した。

そして、第一の惨劇、第二の惨劇とも密室であったことから、秘密の抜け口の存在が考えられたので、牧村邸の全ての部屋が徹底的に調べられたが、そのようなものは発見されなかった。当主の恭一

は、

「秘密の抜け穴など作るつもりはまったくなかったので、そのようなものがあるはずがない」

とこの調査には強く反対したが、警察側に、

「あなたがそうであっても、当時の建設業者の中に犯人の息がかかった者がいるかもしれません」

と説得され、現実に二つの密室犯罪が起こっていることと合わせて考えて、その調査を承諾したようである。

ただ、犯人の脱出経路の捜査は無駄ではなく、悦子の部屋の外側を調べたところ、窓の下に足場が発見された。犯人はここからロープでも使って下に降りたと思われる。密室構成もこの足場から行われたと考えるのが妥当であろう。

次に部屋の中の状況を見てみると、入口は廊下に面したドアだけである。したがって秘密の出入口が発見できなかった以上、窓が脱出口と考えないわけにはいかない。窓は第一の惨劇があった良子の部屋と同様にガラス窓で、鍵はごく平凡な回転ロック式である。窓の上に換気扇が付いているのも同じだ。

そして、この状況の中で誰もが気になる悦子の容態であるが（仮にこの中に犯人がいるとしても例外ではない、いや、別の意味で犯人にとっては家族以上に気になるところであろう）、現場検証をしている時に病院の方から命には別状ないという連絡が入り、一同は一安心ということになった。ただし、悦子は事件への恐怖からショックが大きく、鎮静剤を打って眠らせたので取り調べは明日以降、容態を医師が診てからということになった。

それから、家族たちは当然ながら病院へ行って悦子を見舞いたいと希望したが、木村警部は、
・悦子の容態が安全になったこと
・朝まで悦子の意識がないこと
・病院の警備を万全にすること
・家族、関係者の取り調べが必要なこと
・この時点で午後九時三十分を過ぎており、家族の疲労がかなりのものであること
・明日、悦子の意識が戻り次第、すぐに家族に面会させること
などを一同に説明、及び約束して、この日は牧村邸に留まってもらうこととした。

家族は不承不承ではあったが、警部の言うことがいちいちもっともであったので従うしかなかった。なお念のために書いておくが、事件発生時、家族全員が救急車と共に病院に同行することを希望したことは言うまでもない。ただし、今述べたような種々の事情を考慮して、悦子の治療の結果はすぐに牧村邸に連絡がくるようにすると警部が約束したので、家族も納得して邸内に留まったのである。

ここで、これまでの事件の推移を簡単に整理すると、午後の八時頃に良子の通夜が終わり、家族とごく親しい関係者だけが一階の応接間に集まって会話などをしていた。この時に高村と悦子の口論があり、最初に悦子が、次に高村が出ていき、その次に良美と並木が二人で出ていった。その直後に大石の言葉に興奮した恭三が警官に連れていかれ、日向美智子、恭子、行方少年の三人も続けて出ていった。恭平は病弱なので通夜が終わると自室に戻った。日向ら三人と入れ違いに高村が部屋に戻ってきて、数分ほどして金子と話をし始めた時に悦子の悲鳴が聞こえ、第二の惨劇が起こった。この時、

私は自分の腕時計を見たのだが、八時三十三分であった。つまり、お通夜が終わって三十分ほどしてから事件が起こったということである。その後、約一時間にわたって検視、事情聴取などが行われ、それがほぼ終了した頃に病院から悦子の容態が家族に伝えられた。

次に事情聴取の結果であるが、高村は悦子を追いかけて弁明を聞いてもらおうとしたが、取り合ってもらえなかったので、一度外に出て携帯電話で仕事の用を済ませてから応接間に戻ったと証言した。良美は並木と一緒に応接間を出て自室へ戻ろうとしたが、その途中で並木が高村から声をかけられ、仕事の用でいったん表に出たと証言した。これは高村に確認して裏付けられたし、事件発生時の私と並木の行動、会話もこれを傍証したことになるだろう。良美自身は並木を待って部屋にいたと証言した。恭三も警官に自室に連れていかれてからずっとそこにいたと証言した。日向美智子・恭子親子と行方少年は、三人とも恭子の部屋にいたと証言した。恭平は自分の部屋にいたと証言した。

事件発生時に応接間にいた者も全員事情聴取を受けたが、これまで記述した以外のことは出てこなかった。この時に応接間にいた人物は私が証言できる。牧村恭一、大石健二、高村義男、木村警部、金子美香、私自身、その他に牧村製薬の重役陣数名、牧村家の使用人二、三名である。以上、挙げた人物が少なくとも悦子殺人未遂事件に関してはアリバイがあるということになる。殊《こと》に微妙、かつ幸運といえたのが高村義男であった。高村は事件発生直前、悦子と口論があったことや別れた婚約者であることから、捜査当局より第一の容疑者と目されても仕方のない立場にあった。したがって、もしこのアリバイがなければ極めて困難な状況に置かれたことは確かである。しかも、ほかの人物と違って、少しの時間応接間を離れているので、その時に事件が起きていればこのアリバイは成立しなかった。

　私は取り調べが終わってから高村に、

「幸運でしたね。あと五、六分応接間に戻ってくるのが遅かったら、あなたは第一級の容疑者でしたよ」

　と冗談半分で声をかけたのだが、

「まったくそうだと思います。それを考えるとゾッとしますよ」

　と高村は胸をなでおろした表情で答えた。

　金子は取り調べの間、捜査の邪魔をしてはいけないと思ったのか事情聴取を受けていない家族や使用人と話をしていたが、捜査が一通り終わった時に木村警部と十分ほど話をしてから私のところに来て、

「今日はもう遅いし捜査も一段落したようだから、そろそろ引き揚げましょう」

　と言った。

　私も異存はなかったので、私たち二人は警部や牧村家の人々に別れを告げて、牧村邸を辞した。

「命の心配はないということで一安心だけど、犯人の奴、またやってくれたね」

　私は車を西新宿方面に走らせながら、金子に声をかけた。

「そうね」

　彼女は答えたが目を閉じて考え込んでいる。前にも述べたようにこういう時は、これ以上何か言っても無駄なので、私は黙って車を走らせた。彼女の事務所に着くと、

「コーヒーを淹れるから少し待ってて」

と言われたので腰かけて待っていたのだが、金子は少しするとコーヒーカップを二つテーブルに置いてから、

「モートクさん、今日の事件について少し整理してみましょう」

と言った。

「今朝も犯人と思われる人物から例の脅迫状と人形が来ていた。断定はまだできないとしても、良子殺し、今回の事件と、予告通りになっていることは確かだね。しかも今回は警察や臥竜先生のいるところでやってのけたのみならず、お通夜という衆人環視の中で凶行に及んでいる。世間は大騒ぎになるぞ」

「そうでしょうね。だけどその騒ぎは私たちではどうにもならないので、まず脅迫状と現実の犯行についで検討してみましょう。前にも言ったけど送り主と犯人は同一人物と考えるのが自然だし、少なくとも送り主が事件と何の関係もないということは、まずないでしょう。ただし、まだ不確定な要素もあるので決めつけるのは少し早いわね。次に今回の事件で一番ポイントになるかもしれない点について考えてみましょう」

「何だろう、それは」

「一言で言えば、第一の事件との性質の違いね」

「というと？」

「さっき、モートクさんは世間が大騒ぎになると言ったけど、どうしてかしら？」

「そりゃあ衆人環視の中で犯行が行われ、犯人が煙のように消えてしまったからだよ」

「そうね。第一の事件も密室で行われたけど、牧村邸には家族と使用人しかいなかった。事件の発覚も十時間近くあとのことで、犯人の脱出という点では時間的にゆとりがある」

「もっとも、大富豪の牧村家で夫人が密室で殺されたとあって、この時点で既に世間は大騒ぎだけどね」

「それはそうだけどね。ここで私が指摘したいのは、同じ密室殺人でも二つの事件がかなり違う形で行われている点よ。最初の良子殺しは周辺に人が少なく、犯行時間も夜遅くなってから――つまり犯行が発覚しにくくて脱出しやすいタイミングで決行している。それに対して悦子殺害未遂は、お通夜で人が多い日に、まだ人が多くいる時刻に――つまり発覚しやすく脱出しにくいタイミングで行われている。そして、犯人から見ると、こういう状況では失敗するかもしれないという懸念は、悦子を殺し損なうという形で現実になっている。この点をどう思う？」

「なるほど……犯人は悦子を殺そうとする時に何故、良子殺しと同じような状況まで待って犯行を行わなかったかという点が疑問だと言うんだね。最初の事件後、当然ながら警戒感が高まっているのにね」

「ただし、二つの事件が同一犯人によるものだという前提が正しければの話だけどね」

「何だって？　二つの事件の犯人が別々だって言うのかい。あーいやいや判ったよ、その可能性も捨て切れないというんだね」

「極々少ない可能性だけど、まだ否定し切れないわ。この説だと二つの事件の違いについて考えなくて済むしね」

「それはそうだが、では仮に二つの事件が同一犯人として、事件の性質が違ってきたのはどういう理由からだろう？」

「それが判れば犯人や真相が判ってしまう——とまで言ってしまうと言いすぎかもしれないけど、かなり事件の核心に迫れることは確かね」

「おいおい、さんざん話をこちらに向けておいて、臥竜先生はまだこの点に関して見解を持っていないのかね」

　私はここで金子美香を少し挑発してみたが、

「可能性の一つとしては犯人がかなりの自信家で、より難度の高い状況での犯行を目標としてきたということね」

　とジョークを交えて応答してきた。そして、

「まさか……」

　と呟く私に対して言った。

「モートクさんは冗談だと思ったかもしれないけど、一つの可能性としてはあり得ることよ。こういうことを考え実行する人間は、まともな人間とは言えないものね」

「それはそうだが、だとしたら犯人は我々を甘く見すぎて失敗したことになる。悦子を殺し損なったのだからね」

「結果を見ればそうね。私が一番頭を悩ませているのはそれと少し関係があるんだけれど、犯人が恐

ろしく頭の切れる奴なのか一人よがりの自信家なのか、判断できないところがあるという点なの」

「というと?」

「犯人が知恵のある人間なら、第二の事件の難度が高くなったのには必ず理由があるはずなの。第一の事件と同じ状況で犯行を行ってはいけない訳があったのよ。もちろん成算というか自信はかなりあったのは確かだけれど、第一の事件よりは危険度が高い方法を選ばざるを得ない事情があったのね。そうでなければ機会を待って良子殺しの時と同じ状況、あるいはそれ以上に安全な時を選んで犯行を実行すればいいわけだものね」

「なるほど、それで……」

「ところが第二の事件は脱出には成功したけど殺人は失敗した。もちろんどんな優れた人間にも失敗はあるし、やむを得ない不運ということもあるでしょう。だけど肝心の点を失敗しているというのをみれば、優れた人間とは考えにくいところがある。だから、この点はもう少し観察してみる必要があるわ」

「なるほどね。ただ、臥竜先生が悩んでいる問題も明日になればあっさりと解決する可能性がある。悦子が犯人を目撃していれば万事解決さ」

「それはそうね。明日の話になったところで今日はこれでお開きにしましょう。もう一つ別の考え方もあるけど、それはまたあとでということで……」

時計を見たら夜の十二時に近かった。この日はこれで二人とも家路についたのである。

第八章　過去の影、未来の恐怖

事件当夜は遅くまで活動して疲れ切っているはずなのに、なかなか寝つけなかった。その理由が病院からもう大丈夫と言われたにもかかわらず、悦子の容態への心配であることは言うまでもないが、赤の他人の私でさえこうなのだからと考えると、家族の心配は如何ばかりかと思い胸が痛む。酒の力も少々借りて眠りについたのだが、そこで疲れがドッと出たようで少し朝寝坊をしてしまった。いつもより一時間ほど遅れて目を覚ましたのが午前八時頃であった。

さっそく新聞を開いて見てみたが、『牧村家の連続殺人』とか『大富豪の惨劇』とかの見出しで大きく報じられている。もちろんテレビも同様である。スポーツ紙、テレビ放映などの中には、事件の特徴を捉えて『黒魔術殺人事件』とか『現代に悪魔出現』とか『呪われた牧村家』などとセンセーショナルな見出しを掲げている報道も少なくなかった。また、もう一つ付け加えると、タブロイド紙などは『消えた犯人』『犯人はどこへ？　捜査陣をあざ笑う犯行』などと捜査当局を批判するニュアンスの報道がされていた。今後、捜査が暗礁に乗り上げたりすると、その報道が批難に変わっていくことが予想される。もっとも全国紙にしたところで社会面などその他の面では、そのような見出し、内容で報道されている。これだけの犯罪が検挙されないとなると、捜査当局への国民の批判が強まるので、マスコミの姿勢としては当然のことになるだろう。

そんなことを考えている時に金子美香から電話が入り、私は車を出して彼女とともに悦子の入院している病院に向かった。その病院は帝心大学病院といい、牧村邸から車で二十分ほどのところにあった。金子の事務所がある新宿からは四十分ほどかかる。世評ではT大系の病院と言われている。調べてみると確かにT大出身の医師、T大から派遣されている医師が多く、T大閥によって牛耳られている病院と見て差し支えないだろう。

悦子は牧村製薬の金力、権威のためだろうが、最上級の個室をあてがわれていた。私たちは九時頃到着したのだが、家族は朝早くから来ていたようで、病弱な恭平以外は全員が顔を揃えていた。悦子の意識も戻ったようで一通り話をしたようであったが、この後、医師の許可もあり事情聴取が行われることになっているので家族の表情には安心感と同時に緊張感もある。確認したところ家族たちは悦子の心境を慮《おもんぱか》って、事件のことはほとんど聞いていないようだ。

やがて木村警部が三人の刑事と病室に入ってきて、これから事情聴取を始める旨を一同に告げた。これを受けて家族が病室を出ていき、室内には木村警部と三名の刑事、担当医、金子美香、私の七人(悦子も含めれば八人)だけとなった。なお、本来なら私と金子は事情聴取に立ち会えない立場の者であるが、それが許されたのは金子の過去の犯罪捜査に対する実績からくる警察側の信頼、加えて木村警部による個人的な好意からくる計らい、牧村家から依頼を受けた私立探偵であること、事情聴取を受ける悦子の希望などの理由による。これらの理由のうち一つでも欠けるものがあれば、私たちの立ち会いは、あるいは許されなかったかもしれない。

そして、この事情聴取の主役ともいうべき悦子であるが、やや疲れの色はあるものの、若さのためか回復は思ったよりも早いようであった。このような状況なので素顔に近い面差しであるが、それでも充分に美しい。

「悦子さん、昨日はこのようなことになりお気持ちお察しいたします。また、私たちがいながら事件を防げなかったことを、心からお詫びいたします。しかしながら、その憎むべき犯人を早くつかまえるためにも、あなたの証言が必要なのです。その点をご理解いただき、まだお気持ちもお身体も回復の途中だと思いますが、ご協力をお願いします」

「あの……私、こんなことになってしまいまして、多分まだ混乱しているかもしれません。ですから何か変なことを申し上げるかもしれませんが、その点はご容赦ください」

木村警部に協力を依頼された悦子は、少し戸惑った様子でそう答えた。

「どうかあまり緊張せずに答えてください。ゆっくり落ち着いて……慌てる必要はまったくありませんからね」

警部はそう言って悦子を安心させてから事情聴取に入った。

「まず、応接間を出ていってからの行動を話してください」

「はい。昨日応接間を出てからは高村さんが追ってきて、何やら応接間での件について言い訳を言ってきたのですが、私、あの時はどうしても話を聞く気になれず、自分の部屋の前でそう言って帰ってもらいました。それでしばらくの間、一人になりたいと思い、部屋の鍵を閉めたのです」

「それからどうしました」

「叔父から借りたオジー・オズボーンのＣＤを聴きました」

「それは事件の時にかかっていたＣＤですね」

「はい、そうです」

「どうしてその時、オジー・オズボーンを聴く気になったのですか」

ここで金子が口をはさんだ。

「私、叔父から借りたこのＣＤが気に入ってしまいまして、このところよく聴いていたのです。それとこういうサウンドは、気分がムシャクシャした時、爽快になるものですから……。それから母の事件にも少し関係のある音楽ですので、歌詞はどうなっているんだろうと思って訳詞の方を読んでおりました。その時……」

「犯人に襲われたのですね。その時の状況をお話しください」

警部の質問がいよいよ核心に触れてきた。

「その時、突然後ろに人の気配がしたので、何かしらと身体を少し曲げた時に……」

悦子はここで言葉と息を止め、少しブルッと身震いしてから、

「左の背中の方を刺されたのです」

と答えた。

「なるほど、刺されるほんの少し前に犯人の気配を感じたんですね。部屋に入ってからそれまでの間に人の気配を感じたり、ほかに何か変わった兆候はなかったですか」

「いえ、特にありませんでした」

「そうですか。おそらく悦子さんが人の気配を感じて左に振り向こうとしたので、傷がその位置にな

ったのでしょう。不幸中の幸いとでも言ったら怒られるかもしれませんが、もし犯人の気配に気がつかなかったら背中の真ん中をもろに刺されることになり、かなりの重傷を負うことになったかもしれません」

警部の言葉に悦子は再びブルッと震えた。だが、警部の言い方はこれでも控えめで、客観的に見ても悦子が身体を動かさなかったら傷は致命傷になっていた可能性が高い。警部もさすがに被害者の若い女性にそこまでは言えなかったのであろう。そして、次の質問こそ、この事情聴取の核心である。

「悦子さん、思い出したくないことでしょうが、そこを押して答えてください。刺された時に犯人の顔を見ましたか」

悦子は少し申し訳なさそうな表情をして、

「それが……私、見ておりませんの。そのまま振り向いていたら見ていましたのに、刺されたあとは怖さと痛さでそれどころではありませんでした」

と答えた。

犯人の目撃情報を期待していた警部はやや失望した表情になったが、ここであっさり引き下がるわけにもいかず、「よく思い出してください」とか「落ち着いて考えてみてください」とか「念のためもう一度記憶を確認してみてください」とか食い下がってみたのだが、結局悦子の答えは同じであった。

そこで、警部は質問の角度を変えた。

「判りました。顔を目撃していないのなら、ほかのことを思い出してください。犯人が男だったか女だったかは判りますか」

「顔を見ていないので断言はいたしかねますが、気配とか息遣い、においなどから感じたことを申しますと、おそらく男だったと思います」

「身長や体型など、身体的な特徴は思い出せますか」

「身長はよく判りません。ただ、私より背の低い人間ではなかったように思います。体型は筋肉隆々とか肥満とかいった大きい人でもなく、ガリガリのやせ型の人でもなかったと思います」

「どういうところからそのように感じたのですか」

「私の後ろに犯人がいた時の気配です。それから私が悲鳴をあげたので、人が私の部屋に向かってくる気配が、倒れて意識が薄れていく中でも判りました。その時、ほんの少しですが犯人の後ろ姿が黒い人影のように見えました。それが中肉中背の男に見えたということです。ですから、あくまで気を失う中での感覚ですので絶対だという自信はありません」

「その黒い後ろ姿の男はどちらの方向に向かっていましたか」

ここで金子が質問した。

「窓の方に向かっていたと思います。ただその後、気を失ってしまいましたので犯人がどこに行ったかまでは判りません」

すると担当医師が、今日はこれまでにしてほしいという合図を見せたので、事情聴取はここで終了となった。警察としてもとりあえず聞きたいことの最低限は聞くことができたので、格別不満はなかっただろう。犯人の情報に関しては不確定な要素が多く、男だろうということ以外、得られた点はなかったが、逃走経路が窓だということは、悦子の証言でさらに可能性が高くなった。

　事情聴取が終わると、私たちは悦子の病室がある階のロビーに行ったのだが、家族たちが不安そうにたたずんでいた。家族のほかには高村、並木、大石など牧村製薬関係の人間もいたが、私の目に止まったのは加賀大学教授、吉原和夫の姿であった。この既得権益護持派の筆頭といえる皮膚科教授は、T大閥の権威として患者や薬害被害者に対して専横を極めていることは先に述べたが、T大系のこの病院にも睨《にら》みが効いているようである。そんなこともあり、悦子の入院先がこの病院になったのかもしれない。吉原教授は恭一や大石、高村と親しげに話をしていた。牧村製薬の金権体質はこのように『類は友を呼ぶ』のだろう。私がそんなことを考えていると、同階のエレベーターのドアが開き、プラカードを持った十人ほどの人々がドッと出てきた。

　彼らがどのような人々なのかはプラカードに書いてあるスローガンですぐに判った。牧村製薬において多発する薬害に対する抗議活動である。

「病人がいる病棟なので静かにしてもらえませんか」

　木村警部が一同に向かって言ったが、抗議運動のリーダー格と思われる男が、

「我々はまだ何の声も発してないですよ。騒ぐなと言われても、中止しようがないじゃないですか」

と反論した。確かにその通りで彼らはプラカードを持って入ってはきたが、まだ一言も発していない。そして、プラカードをよく見ると論点を一つに絞っているようだ。

「ステロイドを使わないアトピー治療の確立を」

「医療界、製薬業界、厚生労働省はステロイド治療の過ちを認めよ」

「人災であるステロイド被害に対する充分な補償を」

といった標語がそれを象徴している。

「あなたたちはいったい何者です。我々警察は牧村家で起こった殺人、殺人未遂事件の捜査にあたっています。あなたたちも善良な市民なら協力していただきたい」

「私たちは見ての通りステロイド薬害を追及する患者団体で、決して怪しい者ではありません。牧村家で起こった事件については新聞やテレビで知っています。とんでもない事件だと思いますし、捜査の邪魔をする気はありません。今日、ここに来たのも反省ということを知らない皮膚科医師の代表を追いかけてきたらこの病院になったわけで、事件の関係者がここにいるなんて夢にも考えていませんでしたよ」

「あなたが団体の代表者ですか」

「そうです。『ステロイド薬害被害者の会』の代表で須崎真也と申します」

見たところ四十代と思われる男がこう答えた。抗議運動の同意者たちを騒がせないところや理路整然とした語り口は、かなりの統率力と頭脳を持っていると思わせる。私はこの時、当事者である「反省を知らない皮膚科医師の代表」と名指しされた吉原和夫の顔を見てみたが、苦虫をかみつぶした表情をしていた。

「ですから我々は事件とはまったく無関係で、牧村家の家族の方々にも用はありません。そこにいる吉原教授と大石弁護士、牧村社長のお三方だけです、用があるのは」

「君たちはいったい何のつもりだ。私をこんなところまで追いかけてきて。失敬じゃないか」

とうとうたまらずに吉原教授が口を開いた。

「これはこれは、あなたは失敬とおっしゃるが、私たちが何度会見を申し入れても、何だかんだと理由をつけてまったく会ってくれないじゃありませんか。また、個人的に大変忙しいと言うから、個人的にでも皮膚科学会としてでもいいから、私たちの公開質問状に対して誠意ある回答を頂きたいと要求しても、何の回答もよこさないじゃないですか。これではらちがあかないので、こうして直接行動に訴えているわけですよ」

「回答書なら皮膚科学会として出してあるはずだ」

「あれが回答書と言えるとお考えですか。質問の主旨をはぐらかして一般論を述べたり、『個々の症例によって対応が異なる』ともっともらしいことを書いていても、標準治療を標榜したり、あげくのはてに『根拠のない不信感が患者に広まっている』とそちらが言うから、患者自身の体験という根拠があると言うと『患者が不信感を持つことに根拠がないというのではなく、不信感の根拠である誤解に根拠がない』などと訳の判らないことが書いてある。そんなものが回答書と言えるのですか」

「だから、その誤解は日常の診療でしばしば聞かれると書いてあるじゃないか」

「話にならない言い草ですな。だいいち、あなたの言うステロイド外用剤安全論の根拠の一つが『健康保険で認められているから』というのだから話にならない。科学的と言うのならもう少しまともな理屈を考えてみたらどうか。逆にその理屈で言うと、あなたが科学的根拠のない治療法と攻撃している温泉療法が、フランスやドイツでは保険医療と認められていることからすれば、温泉療法に科学的根拠があると認めなければいけなくなるが……」

「その温泉療法は、民間療法の営利会社がやって不当に高額な料金になっているところが問題なのだ。君はアトピービジネス業者の回し者か」

「とんでもない。患者の治療に役立つかどうかで治療法を判断しているだけであって、まったく他意はない。それほど不審に思うなら、私の銀行口座を調べてみたらどうですか。くだんの会社から振り込みがあったかどうか調べてみればよい。何ならこちらにおられる警察の方々に私の通帳を捜査資料として提供してみても構わないが……。それから治療費を較べるなら、少なくともフランスでは保険が認められているという事実を考慮して、治療費を患者負担三割として計算してから較べるのでないとフェアな比較にはならないでしょう」

「君はフランスの保険審査を日本のそれより信用するのか」

「少なくともパロチンやステロイド剤のことを考えると、日本よりフランスの方を信用せざるを得ない。あなたには客観的にものを見る目がないのか」

「狂信的な反ステロイド信者と、これ以上話すつもりはない」

「何の根拠も示さずに『ステロイドは安全』を繰り返す言霊《ことだま》論者と話しても、空しい気がしますよ」

「議論は尽きぬようですが、時と場所を考えていただきたい。ご両人の声はそろそろ入院患者には耐えられない音量になっております」

ここで警部が両者に割って入った。いいタイミングである。これ以上激論が続くと両者つかみ合いの喧嘩になったかもしれないからだ。

「おっとこれはいけない。つい夢中になって入院患者のことを忘れかけてしまいました。患者さんたちに迷惑をかけるわけにはいかないので今日はこれにて退散いたしますが、吉原、大石の両先生と牧村社長は許すわけにはいかないので、またお会いすることになるでしょう。それではまた……」

須崎真也はそう言うと、運動員たちに合図をしてエレベーターの中に消えていった。

「とんだ余興が入ったが、悦子さんの傷も大したことはなく、まずは一安心じゃないか」

白々とした空気の中で大石がこう言った。

「刑事さん、彼らのような被害者たちが呪いをかけている可能性は否定できません。捜査の範囲を広げるべきです」

恭三が続いた。

この後、吉原教授は警部と恭一に軽く頭を下げて帰っていったのだが、恭一の顔色が一段と悪い。薬害論争が精神的な負担になったのであろう。そんなこともあり、悦子の周囲に警備の人間を残して、一同は病院を出て牧村邸に戻っていった。

牧村邸に着くと、木村警部は一同を応接間に集め、悦子の事情聴取の結果を伝えた。

「今日来た連中についても警察は捜査するのでしょうな」

大石が警部に問うた。

「まさかとは思いますが、彼らの周辺も調べます。今の段階ではあらゆる可能性を検討せざるを得ません」

「まさかなどという甘い見通しではなく、しっかりと調べてくださいよ。何しろ私と牧村君、吉原君は許されない対象となっているのですからね。頼みますよ」

「悪魔の呪いなど怖くないと言った御仁にしては、随分と臆病な物言いですな」

再び恭三が口をはさんだ。

「どういたしまして。近頃は臆病そのものですよ。人には結構恨まれているようなので……」

「自業自得というものだ」

「そうかもしれませんが、たとえそうだったとしても警察を頼ってはいけないということにはなりませんな。私にも人権というものがある」

「そう言えばあなたも弁護士でしたな」

「一応はね。それで牧村製薬の顧問弁護士をやらせてもらっているわけですよ」

「フンッ、ほとんど部下の高村君にやらせておいて、顧問弁護士面とは面白い」

恭三が鼻を鳴らして言ったが、大石は、

「いや、高村君にはもう少し経ったら、別の仕事に移ってもらうつもりですよ」

と意外なことを言い出した。

「それは本当ですか」

木村警部が質問をする。

「本当ですよ。今まで高村君には本当に頑張ってもらったが、彼の将来を考えると牧村製薬の仕事だけでは成長が止まってしまう。それで、仕事に幅を持ってもらうために、まずは牧村製薬の仕事を降りてもらうことにしたのですよ」

一同は高村本人に視線を集中させたが、高村が頷いたので「ホー」という声があがった。

「一週間後に高村君は出張があるのですが、それが終わったら私ともう一人の若手弁護士に牧村製薬関連の引き継ぎをすることになっております」

「つまり名実ともに顧問弁護士になるってわけだ」

恭三が皮肉たっぷりに言った。

「恭三、もうよさないか。大石弁護士も、今はそんなことを言っている時ではないだろう」

恭一が二人をたしなめるように言ったが、ますます顔色が悪い。

「そのようですな。牧村君、それから皆様、失礼しました」

大石がこう言ったので、ひとまず場は収まった。恭一の状態も心配なので、一同は家路につくことになったが、車を用意している間、暗い雰囲気を引きずってもいけないと思ったのか、木村警部が並木と良美の婚約のことを話題にした。

「良美さん、結婚式はたしか三ヶ月後でしたね」

「はい、そうなのですが、前にもお話ししましたように母がこんなことになってしまって、そのうえ姉のこの事件です。予定通り式を挙げてしまっていいものなのかと今悩んでいます」

「良美、そんなことで悩んではいけない。お前は予定通り並木君と式を挙げなさい。それにこれから三ヶ月も犯人を放置しておくほど日本の警察も金子さんも甘くはないぞ。そんな失礼なことを言ってはいけない」

恭一が父親らしく娘に声をかけた。

「お父さんの言う通りですよ。それまでに、いやもっと早く事件を解決してみせます」

木村警部も力強く言った。

この時点で牧村家における明るい話題といえば、良美と並木の結婚ぐらいしかなかったのは確かであるが、このような展開になってしまうと、かえって逆効果になってしまったところもある。しかし、ここで意外な人物が意外なことを言い出した。

「私は前々から不思議に思っていたのだが、いったい並木君はどうやって良美さんのハートを射止めたのかね」

「大石さん、急にそんなことを言われても……」

並木は困った表情を見せながら言ったが、大石は構わず、

「求婚歌でも唄ったんじゃないのかね。『籠《こ》もよ　み籠《こ》持ち　掘串《ふくし》もよ　み掘串持ち　この丘に　菜摘ます児　家聞かな　名告《なの》らさね　そらみつ　やまとの国は　おしなべて　吾こそ居《お》れ　敷きなべて　吾こそ坐《ま》せ　我こそは告《の》らめ　家をも名をも』といった具合にね」

と万葉集第一巻の歌を暗誦した。

「弁護士先生が万葉集にも造詣が深いとは、いささか驚きましたな」

恭三がチャチを入れたが大石は平然としている。並木は何のことか判らず茫然《ぼうぜん》としていたが、大石はここぞとばかりに説明を始めた。それによるとこの歌の大意は、

「籠《かご》を持ち、へらを持って、この丘で菜を摘んでいるお嬢さん、あなたの家をお尋ねいたします、お名前を教えてください。大和の国は全て私が治めています。さあ、私の方は名のりました。家も名も。ですから、今度はあなたの家と名前を私に教えてください」

ということになるそうだ。

要するに、丘で植物を摘んでいた美しい娘に天皇が一目惚れして求婚した歌なのである。もう少し説明すると、籠《こ》は文字通り籠《かご》のことで、掘串《ふくし》は土を掘るへら、そらみつはやまとの枕詞、また当時の風習は、男が女性に対して家や名前を聞くことは、『結婚してください』という求婚の意思表明であったようだ。ちなみに作者は雄略天皇ということになっているが、実際にはそれ以前から存在した歌のようで、本当の作者は不明である。ただ、歌の内容から考えて天皇であることは確かなようであるが……。

「そんな……私は天皇どころか身寄りのない身分で、それを言うなら良美さんと私は立場が逆ですよ」

並木はやや狼狽気味に言ったが、

「それじゃ良美は女性天皇ということになるな」

と恭一が冗談を言って一同は大爆笑となった。悦子の証言があまり捜査の進展につながらず、そのうえ須崎真也のような招かれざる訪問者も現れて何とも重苦しい空気であったが、意外にも大石の話題からそれが救われる形となった。

警察は再び精力的に捜査活動を始めたが、この日はほかにこれといった収穫はなかった。

なお、病院を出る直前、金子は木村警部に何か耳打ちしてから二人で悦子の病室に入り、五、六分ほどしてから出てきた。

夕方になると金子は、

「今日はこのへんでお暇《いとま》しましょう」

と私に言ってきたので、この日はこれで牧村邸を辞した。

「悦子嬢はほとんど見ていなかったようだね。もっとも犯人を見ていたらそれで事件はジ・エンドで、亮子先生の出番も仕事もなくなることになるが……」

事務所に入ると私はこう金子に声をかけた。

「確かにそれが一番簡単で結構な話かもしれないけれど、目撃された犯人が悦子嬢の知っている人間だという前提が必要になってくるわ。ジ・エンドならね。ただし、それはそれで大変な悲劇になるでしょうけど」

「それはそうだ。ところで、君は病院を出る前、警部と一緒にもう一度病室に行ったが、何を話してきたんだい」

「ああ、あれね。事件が起こる前のいくつかの行動や出来事の正確な時間の確定作業よ。どんな方法か判る？　私でなくても、いやモートクさんなら私以上に判る方法よ」

女探偵は私に何やら謎をかけてきた。

「何だい、それは。もったいぶらずに教えてくれよ」

「簡単なことよ。オジー・オズボーンのＣＤの演奏時間を調べてみればいいのよ」

アッと言ってしまった私に構わず、彼女は話を続けた。

「ただし、それを調べるには悦子さんにいつＣＤをかけたのかと、曲を飛ばしたり早送りしたかを聞く必要があるでしょう。それで木村警部にも話して、その点だけを悦子さんに聞きに行ったわけよ」

「それで悦子は何と言ったんだい」

「自分の部屋に入ってから、一、二分でCDをかけたそうよ。それから歌詞の日本語訳を読みながら聴いていたようだけど、一度も早送りや曲飛ばしはしなかったということよ」

「そうすると？」

「ここからは私よりモートクさんの出番じゃないの。事件発生時、つまり悦子の悲鳴が聞こえた時、何の曲がかかっていた？」

「もちろん『ミスター・クロウリー』だ」

「『ミスター・クロウリー』のどこ？」

「ワンコーラスめだ」

「ドアを破った時はどの部分が流れていたの？」

「ランディ・ローズの最初のギター・ソロだ」

「間違いない？」

「臥竜先生、バカにするなよ。ロックを聴き始めて二十年以上の俺だよ。かつてコピーしたペンタトニック・スケール主体の泣きのフレーズだよ。間違いようがないさ」

「それなら間違いないわね。そのアルバム『ブリザード・オブ・オズ』の解説書はあるの？」

「ああ、ライナーノーツね。自宅のレコードにライナーノーツが付いている。そうか、亮子先生に前にあげたCDは輸入盤でライナーノーツがないんだったね。すぐこちらに送らせるよ」

私はさっそく自宅に電話を入れ、FAXで事務所に送ってもらって、曲目と演奏時間を金子に示した。

SIDE A
①アイ・ドント・ノウ　I DON'T KNOW（5：13）
②クレイジー・トレイン　CRAZY TRAIN（4：50）
③グッバイ・トゥ・ロマンス　GOODBYE TO ROMANCE（5：35）
④ディー　DEE（0：48）
⑤自殺志願　SUICIDE SOLUTION（4：17）

SIDE B
①ミスター・クロウリー〈死の番人〉　Mr. CROWLEY（4：55）
②ノー・ボーン・ムービーズ　NO BONE MOVIES（3：57）
③天の黙示　REVELATION（MOTHER EARTH）（6：09）
④スティール・アウェイ　STEAL AWAY（THE NIGHT）（3：28）

「問題の曲『ミスター・クロウリー』を聴いてみましょう」
金子は、私が自分の店から持ってきたCDをパソコンに入れてかけ始めた。もちろん遊びで聴くのではない。その結果、曲構成が改めて判った。

ミスター・クロウリー　曲構成

荘厳なキーボードによるイントロ（0：00～1：00）
最初のヴォーカルパート　1、2コーラス（1：00～2：13）
ファースト・ギターソロ（2：13～2：48）
二番目のヴォーカルパート3コーラス目、及びヴォーカルパートのサビ（2：48～4：00）
エンディング・ギターソロ（4：00～4：55）
（注・ギターソロはフェイドアウトで曲が終了）

これが手持ちの時計で測った『ミスター・クロウリー』の曲構成である。ここまで判明すると、事件発生時の時刻がかなりの精度で確定できる。

「モートクさんが悦子の悲鳴を聞いた時間は、たしか八時三十三分だったわね」

「そうだ」

「その時、第一コーラスのどこがかかっていたの？」

「♪ミスター・クロウリー、という頭の部分だ」

「ドアを破った時は、ギター・ソロの終わりに近かったよね」

「その通り。ほとんど終わりに近かった」

「事件発生時に曲が一分経過したヴォーカルパートの頭がかかっていたけど、ドアを破った時がギター・ソロの終わりに近くて、曲が二分三十秒以上経過していた。つまり、悲鳴が聞こえてから皆が部屋に入るまで一分三十秒から一分四十秒くらいだったということね」

事件発生時には、この間せいぜい二、三分と感じたが、実際には私の感覚よりもさらに早かったことが判明した。

「予想以上に犯人の消失が早いね」

私は思わずこうつぶやいた。まさに悪魔の所業である。

「次にSIDE　Aの演奏時間を合計してみましょう」

合計時間は二十分四十三秒である。なお、念のために書いておくが、SIDEがA、Bと二つあるのはデータがレコードのライナーだからであり、実際のCDはA⑤の『自殺志願』が終わればすぐにB①の『ミスター・クロウリー』がかかる。つまり、レコードのように盤を裏返してかけ直す必要がないということだ。

この演奏時間に『ミスター・クロウリー』のイントロ約一分間を加えると二十一分四十三秒弱となり、事件発生時八時三十三分からこの時間を引き算すると、悦子がCDをかけた時間は八時十一分頃ということが判る。悦子が部屋に入ったのはCDをかける一、二分前ということなので、八時九分から十分くらいということも判る。さらにさかのぼると悦子が応接間を出たのが八時七、八分くらい、悦子と高村の口論はその前ということになる。ほかの人物の行動に関しても、ある程度のことは確定できる。例えば高村が悦子を追い、応接間を出たのは八時八分以後ということは誰も異存はないだろう。

「高村は悦子を追って応接間を出た後、一度表に出て用を足したと言っていたが、確認はとれたのかい？」

「牧村家の使用人や弔問客に表にいるところを見られているのは確認済みよ」

「もっとも、高村は事件発生時には我々の目の前にいたけどな」

「応接間に戻ってきたのが事件の数分前なので、これが八時二十五分から二十七分頃だということが推定できるわね」

「良美と並木、それから日向美智子、恭子の親子と行方少年、恭三が出て行った時間となるとさすがにハッキリはしないが、少なくとも八時九分以後であることは確かになるね」

「その通りよ。モートクさんのマニアックな音楽知識のおかげで、これだけのことが判ったわけよ」

「そう言われても単純に喜ぶわけにはいかないよ。事件が事件だしね。それに少しバカにされている気もするぞ」

「そんなことないって。木村警部も明日にはモートクさんに感謝することになるでしょうよ。さてと、今日のところはこのへんにしましょう」

　こうして事件発生時の時刻をある程度確定したところで、私たちは家路についたのであった。

第九章　消えた足跡

病院での悦子への事情聴取の翌日すなわち七月七日、私は一日中CDショップの仕事に戻った。もちろん事件の経過は気がかりであったが、警察も牧村邸は厳重に警備しているし、捜査も本職である警察や金子美香の仕事であり、私の出る幕ではない。そして、CDショップも四日ほど留守にしている。いかに私が凡庸な経営者であるといっても、店の運営を一〇〇パーセント他人に任せるほど間抜けではない。もちろん信用できる人間にある程度は任せているが、時には経営者として睨みを効かしておく必要もある。現実に私でなければ決済できない案件もある。

それにしてもこのブートレッグ業界は不思議な世界だ。私が何日か休んでいる間にも新しい音源が次々と入荷してくる。これらに耳を通して商品化できるか判断していくのも私の仕事である。そういった仕事を全て終わらせて、翌八日再び金子美香と牧村邸に行ったのであるが、さっそく木村警部から、

「このたびは立花さんに専門家としての視点から、色々と有益なアドバイスを頂き大変参考になりました」

と謝辞を言われた。

オジー・オズボーンのCDの件だろうが、ファンなら大抵の人に可能なことで、専門家などと言わ

れると、かえって恥ずかしいものだ。

牧村邸には顧問弁護士の大石が部下の高村と一緒に来ていた。事件が発生してからは大石をよく見かけるが、それは葬儀などの行事が増えたからで、普段は恭一の自宅の方にはあまり来ないようだ。ただし、今日からはしばしば見るようになるだろう。もちろん昨日、本人が言ったように顧問弁護士として高村との引き継ぎが必要となるからである。恭一を交えて三者で話をしていた。

「どうも、臥竜探偵も立花さんもご精励なことでご苦労さまです」

大石は機嫌が良いようだ。

「大石さんこそご多忙なようで大変ですね。さっそく引き継ぎですか」

「そうなんですよ。覚えなきゃならんことが山ほどあるが、年を取ると記憶力が落ちてくるのでままならんですよ。さらにこのほかにも牧村君に頼まれていることがあるので、本当に大忙しですよ」

「何ですか、その頼まれ事というのは」

私も会話のテンションにつりこまれて質問をしたのだが、

「悦子さんの縁談ですよ。牧村家にふさわしい婿どのを迎えなければいけませんからな」

と言われては心穏やかではない。

「縁談ですか。それはまた急なことで」

と言ってみても、

「立花さんがそう思われるのは無理もないのですが、実は以前から牧村社長と悦子さん本人から頼まれていましてね。決して急な話ではないのですよ」

と言われれば、これ以上は言いようがない。さらに、

「こんなことがあったあとで話を進めるとなると急な印象を受けるのはもっともですが、大石弁護士の言う通りなのですよ」

と父親の恭一に言われては駄目押しという感じである。金子は気の毒そうな顔で私を見ていたが、やがて目配せして木村警部のところへ向かった。

「吉川清十郎の家族のその後の足取りは掴めましたか」

警察の組織力を考えれば、さほど困難とは思われない捜査であったが、

「それが意外と苦戦していまして」

と警部は顔を曇らせた。

「吉川清十郎氏の夫人と二人の子供が、海に飛び込み自殺をしたというのは事実のようです。遺書と靴などの遺留品が現場の崖に残されていたそうですからね。ただ、死体が発見されたわけではありませんので、断言するわけにはいきません」

「ほかの親族はどうですか」

「清十郎の実弟夫婦が吉川薬品の幹部だったのですが、会社崩壊後、子供を連れて姿を消しています。こちらも夜逃げ同然ですので、その後の足取りが容易には掴めません」

「決めつけるわけにもいきませんが、並木の出身施設の線はどうですか」

「ご指摘のように予断をもって捜査を行うのは厳に慎まなければなりませんが、こちらの方も調べないわけにはいきません。しかし、施設の方も二十五年以上も前のことですので、現在では当時を知る

関係者がいないのです」

「書類などの資料は残っていましたか」

「残っています。ただ、施設の玄関口に捨てられていたのを育てることになった、と書かれているだけなので、これでは何も判りません。引き取られた時も牧村恭一氏に引き取られたと書いてあるだけです」

「それらの書類が改ざんされている可能性もありますね」

「その点は牧村社長に何度も聞いているのですが、頑として何も知らないと言うだけです。困ったものです」

「本当ですね。本来なら美談であるべき話を言おうとしないんですからね。早く当時の関係者を見つけて改ざんの証拠を突きつける方が先のようですね」

「そう思います。そちらの方も現在鋭意捜査中ですので、まもなく判明すると思いますが……」

だが、警部の思惑に反して、この線の捜査も実際には容易ではなかったのである。

そして、警部は次に意外なことを私たちに言った。

「金子さんと立花さんのお二人は、よろしかったら悦子さんに面会に行っていただけますか。それと言うのも、例のヘヴィメタル、オジー・オズボーンとか言いましたよね、そこから犯行時刻が判るという話をしましたら、悦子さんが随分と興味を持ったようで、ぜひ立花さんに話を聞いてみたいと言っていたものですから……」

私に異存があるはずもなく、金子も断る理由がなかったので私たちは帝心病院に向かった。

病室に入ると恭子とボーイフレンドの行方少年が来ていて悦子と楽しそうに談笑していた。若さのせいか悦子の回復は早く、かなり元気になっていた。

「皆様にはご心配をおかけしましたが、おかげさまで、あと四、五日ほどで退院できることになりました」

悦子が本当に嬉しそうに言った。

「それは良かった。私たちも安心しましたよ」

「立花さんにはわがままを言って、わざわざ来ていただいて本当に申し訳ありません」

それからCDの演奏時間と犯行時刻に関して私と金子が説明したのだが、これには行方少年も興味を持ったようで、

「音楽に詳しいと色々なことが判るものですね。これがきっかけで犯人が判るといいですね」

と言ったが、

「行方君は三段リーグが大変なのに、空いてる時間にギターを弾いたり、ロックの雑誌を読んだりして全然勉強しないんです。少しは勉強もするように立花さんと金子さんからも言ってもらえませんか」

と恭子にやり込められてしまった。

「でも、こうして捜査の役に立つこともあるし……」

と反撃を試みた行方少年だったが、

「イングヴェイ・マルムスティーンとかトニー・マカパインのギターを少しコピーしたからって実生

活には役立たないでしょう。プロのギタリストになるなら話は別だけど……。それとも棋士をあきらめて音楽の道に進むつもりなの？」

　と言われて二の句が告げなくなってしまった。もっとも私には興味深いやりとりではあった。

「へえー、恭子ちゃんも行方君もイングヴェイとかマカパインを聴くんだ。それから行方君はあの難しいフレーズを弾けるんだ」

「いや、弾けるといっても恭子ちゃんが言ったようにほんの少しなんですけど」

「私は行方君にいつも聴かされて、仕方なく」

「それじゃ、あまり好きじゃないのかな」

「最初はやかましいだけだったけど段々慣れてきて……。だけど速いだけで深味がないと思います。私はエリック・クラプトンの方が断然素晴らしいと思います」

「いいところを突いてるね。若い時はメカニカルな技術にこだわるものだけど、音楽は最終的には心の問題だからね」

　私は速弾きを売り物にする最近のギタリストはあまり好きではないので、得たりやとばかり音楽論を何分かぶったが、

「そういえば立花さんは、マニア向けのCDショップを経営しているんですよね」

と悦子が言って、恭子、行方少年も興味を持ったようなので、それからはブートレッグの話や業界の話をさらに得意になって話してしまった。三人とも耳を傾けてくれたのだが、最後に悦子に、

「それじゃ、私が退院したら立花さんのお店に寄らせてもらってよろしいですか」

と聞かれたので、

「どうぞ、どうぞ、悦子さんなら大歓迎ですよ。ただし、あまり広い店ではないので納得してもらえるかどうかは少し心配ですが」

と喜んで答えてしまった。

このように音楽の話題で予想外に話がはずんだのであるが、ここで恭子と行方少年が帰ると言うので私たちも二人を牧村邸に送ることになり、病院をあとにした。

牧村邸に着くと捜査陣は相変わらず精力的に動いていたが、金子は何を思ったのか、

「行方君、もし時間があったら一局指導対局してくれる？」

と言い出し、

「いいですよ」

と行方少年が承諾すると将棋を指し始めた。なお、金子美香の将棋の実力はヘボ将棋の私と違って初段である。しかしながらプロの予備軍である行方少年と平手では勝負にならない。そこで飛車角落ちで対局したのであるが、序盤はハンディを活かして金子が少し指しやすくなったのであるが、さすがに三段リーグの実力は半端ではなく、中盤のねじり合いで形勢が逆転すると、アッという間に行方少年が寄せてしまった。私の棋力では詰め手順は判らないが、それでも攻防ともに金子に見込みが既になくなっていることは判る。

「負けました」

「三筋の攻防で金子さんの３四歩が少し緩かったですね。３三歩と直接、焦点の歩で叩いておけば以

下同桂なら3四歩、同銀なら2二歩で下手が優勢でした。3四歩も、次に3三の地点に何か打ち込めれば厳しいのですが、その瞬間は何でもないので、上手の攻めが間に合ってしまいました」

まだ十七歳の少年だが、将棋の話になると急に大人びた話し方になる。考えてみれば当然で、将棋の世界では大人、年長者に囲まれているのでそうなるのだろう。その後、二人は三十分ほど感想戦を行ったが、局後に様々な変化を検討したり、元の局面に駒の配置を戻せるということが私には信じられないことである。上級者以上の人には当然のことらしいのだが、これも一種の特殊技能だといつも思うことだ。

私と金子は、感想戦が終わると恭子の部屋を出て一階の警部の所へ顔を出したのだが、新たな騒ぎが持ち上がっていた。またしても犯人からと思われる例の予告状と呪術の蠟人形がポストの中に入っていたのであった。文面は以下の通りである。

　おごれる者たちへ

　再び呪いをかけておいた。次の惨劇までもう少しだ。充分に警戒しておくがいい。

「相変わらずの文章ですね」

と言った私に対して、

「呪いにも有効期間があるようですね。前の事件で呪いが薄まって失敗したので、もう一度呪いをかけ直したということかしら」

と金子が皮肉を言った。だが、

「金子さんのおっしゃる通りなんですよ」

と話に入ってきた人物がいる。黒魔術愛好家の恭三である。以下、何故そうなのかを説明し始めたのだが、それをこと細かく記す必要はないのでここでは割愛する。

ただ、これまでの経緯から考えて容易ならざる事態と思うべきだろう。

「予告状と人形がきた後には必ず事件が起こっている。これからはさらに警戒を高めなくてはならないでしょう」

木村警部が自身に言い聞かせるように言った。しかし現実は、この日から五日後に第三の惨劇が起こるのであった。

誰が殺されたのか?

第十章　第三の惨劇

「今日は病院に行ったり、また戻ったりと何だかせわしなかったね」

帰りの車中、私は金子美香に声をかけた。

「おまけに例の予告状まできたしね」

私は金子の今日の行動に少し不満があったので、ここで質問をしてみた。

「今日の臥竜先生はあまり仕事をしたとは言えないんじゃないか。病室では聞き役で、牧村邸に戻ってからはプロの予備軍を相手に勝ち目のない名人戦だ。どういう深謀遠慮からの行動なのか教えてもらいたいものだ」

「アハハ、今日はモートクさんを少し怒らせてしまったようね。病院では悦子さんに改めて聞かなければならないことがなかったのと、モートクさんとお嬢様たちが盛り上がっていたので水を差しちゃ悪いと思って黙っていたんだけど……」

「それじゃ将棋対局は何なんだい」

「行方君の指導を受けるのが目的」

「おいおい」

「冗談よ、早とちりしないで。結果的にはそうなってしまったけど、目的は行方君の心理分析よ」

「心理分析？」

「そう、『棋は対話なり』という言葉があるけど、対局することによって、その人の性質がある程度判ることがあるのよ」

「どういうことだい」

「今回の場合で言えば、計画性の高い犯罪者になり得る資質があるかどうかね」

「どういうところで判断するんだい」

「端的に言えば、局面が不利になった時にどういう手を指すかね」

「どんな手を指すと犯罪者になり得るんだい」

「その手を指すことによって負けが決定的になるかもしれないけど、逆転の可能性が高くなる手を思い切って指せること。反対にこれ以上は悪くならないという手を指す人は、簡単には負けにくいけど逆転の可能性は低くなる。こういう人は犯罪者にはなりにくい」

「そうかなあ。それじゃ攻めの棋風の人は全て犯罪者の資質があるということにならないかい」

「違うわ。私が言ってるのは棋風の問題じゃない。確かに人によって攻めの棋風と受けの棋風というのはあるけれど、それはあくまでその人が勝つために作り上げてきた型で、それ自体は善悪とは何の関係もない。あくまで局面が不利になった時の対処よ」

「それで、行方少年はどうだったんだい」

「それが、さっきも言ったように指導対局になってしまったわけ。私の棋力では行方君の性質を引き出すほど有利な局面にもっていけなかったわ。モートクさんにも判ったでしょうけど、序盤で少し指しやすいくらいにはなったけど、そのくらいじゃ性質まで引き出すまでのことなく負けてしまったのよ」

「策士、策に溺れるといったところだね」

「ここが小説と現実の違いでしょうね。ホームズとかだと棋力もプロ顔負けで、プロに本気を出させるんでしょうけどね」

「蛇足だけど、行方少年の棋風はどちらかというと受けだったね」

「駒落ちなのでこちらの攻めを待つしかなかったところもあるけど、手厚い受け将棋という印象だったことは確かね」

「ところで明日以降はまた勝負を挑むのかい」

「さあ、どうしようかしら」

「僕の意見を言わせてもらえば、その心理分析の手法はプロの勝負師にはあまり使えないと思うよ。局面が不利な時に一発逆転の手とか局面を複雑化する手とか、いわゆる勝負手を指すというのはプロの習性だからね。羽生マジックと言われるのも、彼がそういう手を創造するのにたけているということだろうし、それがあまりできない人はどうしても勝率が落ちてしまうからね」

「それもそうね」

　金子は苦笑いした。

　さて、それから四日間は特に何事もなく過ぎたのであるが、もちろん警察も金子も手をこまねいて待っていたわけではない。しかし、これといった捜査上の進展がなかったのも事実である。毎日、牧村邸へ通う中、目に付いたのは大石と高村が書類の山に囲まれて引き継ぎをしている姿であった。高村が出張に出る前だけに、両名とも精力的だったと言っていい。ともあれ高村は後事を大石に託して、七月十二日、京都へ出張したのであった。

翌日の十三日は悦子が退院する日ということで、牧村家でも久し振りに明るい空気であったが、平日の金曜日ということもあり、女子大生の良美、高校生の恭子はそれぞれ登校した。もちろん、外出は危険という声もあったのだが、事件発生以来、二人のストレスがたまりにたまっていたこともあり、行き帰りと学校にいる間、完全に警護するということで二、三日前から条件付きの外出が許されている。彼女たちも久し振りに外の空気を吸い、友人たちと会うことによって、だいぶ気分が和らいできたことは私が見ても明らかであった。

彼女たちが車に乗って学校に向かった後、悦子から恭一に電話がかかってきた。恭一は、「それはよしなさい」とか、「今日のところは、まっすぐ帰りなさい」とか言っていたが、やがて電話を切ると、

「しょうがない奴だ」

と言いながら私たちのところへやって来た。

「どうしました」

木村警部が尋ねると、

「悦子が『家に戻るとしばらくは籠の鳥でしょうから、病院を出たら新宿で買物などしてから帰る』と言うのです」

一同に緊張が走った。

「それで、まっすぐ帰るように言い聞かせたんでしょうね」

「もちろん、きつく言ったのですが『もう病院発のバスに乗って新宿に向かっている』と言って電話を切ってしまいました」

「何て無鉄砲なっ！」

警部は思わず吐き捨てるように言った。

「やはり危険でしょうか」

恭一が誰にというでもなく恐る恐る尋ねたが、

「我々の監視を離れた以上、責任は持てませんよ」

と警部は機嫌が悪い。

「これまでの犯行が邸内であることを考えると、犯人が衆人環視の中、悦子さんに危害を加える可能性は少ないと思います。途中タクシーを拾ったりすると、それが犯人であったとしたら甚だ危険なことになりますが、悦子さんはバスを使っているようですので、その心配はないでしょう。だからそれほど心配することはないかと思いますが、あくまで机上の理屈であって、危険が絶対にないとは言い切れません」

金子がこのように言ったので恭一は少し安心した表情になったが、不安が解消されたわけではない。

「バスに乗っている、と言って電話をかけてきたのなら携帯電話ですよね。電話してみてください」

「おお、これは気づきませんで……」

恭一は金子に言われて、さっそく悦子の携帯に電話を入れてみたが、悦子の方はそれを敬遠してか電源を切ってあった。やむを得ず留守録にすぐに電話するようにメッセージを入れておいた。この時、私は腕時計を見ていたが、午前九時四十分に近かった。それから少しの間、一同はやきもきしていたが、十時三十分頃悦子から牧村邸に電話が入った。恭一が出て、

「駄目じゃないか。すぐ電話しないと」

「ごめんなさい。ずっとバスの中だったものですから」

「それで今どこにいるんだ。すぐに迎えを行かせるから」

「新宿の○○デパートよ。このまま立花さんのCDショップに行くので、そこに来てもらえればちょうどいいでしょう?」

「皆様に迷惑をかけているんだぞ。わがままを言うもんじゃない」

なお、先ほどの電話を受けてから、スピーカーフォンにして会話が聞こえるようになっている。

「それでしたら私が迎えに行きますよ。デパートから私の店まで歩いて数分ですので、かえって捜しやすいし店内なら安全です」

私の発言を警部と恭一が諒承したので、悦子には私の店に行ってもらうことになった。私は店に電話して悦子を迎え、守るように店員に指示してから、金子と刑事を一人乗せて西新宿に向かった。

ここで地理的なことを述べておくと、都内の高級住宅街にある牧村邸から、悦子の入院していた帝心大学病院までは車で約二十分。病院から西新宿までは約四十分かかり、この三ヶ所は私鉄で一本の線で結ばれている。悦子から牧村邸に所在を知らせる電話がかかってきた十時三十分頃から、私が自

分のCDショップに着くまで約五十分ほどかかり（いつもより少し道は空いていた）、店の時計は十一時三十分の少し前を指していた。

私たち三人が店内に入ると、悦子は店員と一緒に興味深げにCDやビデオテープ、DVDなどの商品を眺めていた。悦子は私たちの姿を認めるとニッコリと笑って、

「皆様にご心配をおかけして本当に申し訳ありません。だけど父にも申しましたように、しばらくは息の抜けない毎日になってしまうでしょう。ですから今日のところは大目に見てもらえませんか」

と言って頭を下げた。

「お気持ちは判らないでもないが、今回限りですよ。私や金子はいいとしても、こうして警察の人も来なくてはいけなくなってしまったのですからね」

私はこう言ったものの、内心は悦子が店に来てくれて嬉しかった。そこで、金子や刑事に苦情や文句を言わせないように先手を打って、このような台詞《せりふ》を吐いたのであった。

この作戦は成功したようで、両者とも、

「本当に今回限りですよ」

「以後は私どもの指示に従ってくださいよ」

と言っただけで、あとは何も言わなかった。

「立花さん、CDやビデオを見させていただきましたが、こんなにも多くのアーティストの演奏が商品化されているのですね。驚きました」

「そうなんですよ。この業界では『そこにライヴ演奏と録音機がある限り作品は作られ続ける』とい

う言葉があるくらい、どんなマイナーなアーティストにもマニアックなファンがいて音源が求められるんですよ」

「そうですか。だけど大物アーティストほどアイテムが多いですね」

「それまた仕方のないことで、ファンが多ければマニアも多くなるし、ライヴも数多くこなすようになりますからね」

「有名なアーティストになると、同じ会場での一日違いのコンサートまでCDになっていますが、それほど日時が近くても買うファンがいるものなのですか」

「それは人により価値観が違いますからね」

「内容的には、二つとも買うほど違っているものなのでしょうか」

「それもファン次第ではあるのですが、私が思うに、アーティストの資質が大きな要素になると考えています。つまり、エリック・クラプトンやヘンドリックスのような生粋のライヴ・ミュージシャンの場合は、たとえ演奏曲が同じであってもまったく異なったソロを演奏してくれるので、聴いてみる価値は充分にあります。逆に計算された音楽を演奏するアーティストや日本のポップミュージシャンなどの場合は、演奏の合間のMCでの冗談まで毎日同じということも多いので価値は低いと思っています。ただ、繰り返しになりますが、それもファン次第ではあるのですが……」

「そうですか……毎日違った演奏をしてくれるなら、買ってみる価値があるでしょうね」

「ただ最初からそんなにこだわる必要はないですよ。あくまで好きなアーティストのオフィシャルCDやビデオをよく聴いたうえで、オフィシャルライヴに収録されていないあの曲のライヴも聴いてみたいということでいいと思うんですよ。私もそこから入っていったんですから」

「最初に買う時の心構えというのはあるんですか」

「購入する側として最初に押さえておかなければならないのは、商品の選択はあくまで自己責任というのが原則です。あくまでブートレッグですから。選択の基準は音質、演奏、セットリストが三大要素です。音が良いに越したことはないですし、悪い場合は自分が聴けるレベルかどうかですね。演奏の出来が良ければ少々音が悪くてもということもあるでしょうし、レアな曲、めずらしいカバー曲を演《や》っていれば、それだけで価値が高くなってきます。さらに欲を言えば、コンサートをコンプリート収録していれば文句なしですね」

「そんなものがあるのですか」

「時々、いや結構あるものですよ」

「モートクさんに悦子さん、そろそろ行きましょう。警察の方も待っていますから」

私は金子にこう言われて我に返ったのだが、帰らなければならない立場の悦子は少し辛そうであった。そして、私の車に悦子を加えた四人が乗り、牧村邸に向かい始めてからすぐに刑事の携帯電話が鳴った。

刑事は一言、二言話すと緊張した顔付きに変わった。

「エッ、事件発生ですか。今度は誰が？　牧村家の人は無事、大石弁護士が自宅で殺された、それで犯人らしき人物は捕らえている？　判りました。お嬢さんを送ってから現場に急行します。それでは後ほど」

車内は緊張に包まれた。

「どういうことか順を追って説明してください」

金子の問いに刑事は説明を始めたが、ここではそれを記すより時計の針を少し戻して、午前十一時頃の牧村邸に場面を移してみよう。


ＣＤショップに現れた悦子から電話が入り、一同が一安心したところへ、再び電話のベルが鳴った。スピーカーフォンが解除してあった電話に恭三が出て対応していたが、電話を切ると、

「警部さん、えらいことですぞ。今のは悪魔からの電話であって、大石健二を殺したから家に見に行けと」

と警部に向かって言った。

何といっても奇人の発言である。すぐには信用されなかったが、電話の会話は全て録音されている。再生してみると例のテープ遅回し音で、

「再び呪いがかかった。大石の家を調べてみろ」

と声が入っている。

さっそく捜査陣が大石の自宅に向かったのは言うまでもない。その際、当然ながら牧村邸に警備を残し、良美、恭子の学校には警官がさらに派遣され、二人の安全は確保された。

牧村邸から大石の自宅まではどんなに飛ばしても三、四十分はかかるので、木村警部ら捜査陣の大半は牧村邸にいて、木村警部の要請を受けた地元の警察がすぐに駆けつけた。

警官たちは最初に呼び鈴を鳴らしてみたが、返事がなく、大きな音で音楽が鳴っていた。一斉に中に入ってみると、事務室兼応接室には大石が血まみれで倒れており、傍らに同じく血まみれの短刀が転がっていた。そして、死体のそばには例の蠟人形が置いてあり、部屋の中は耳をつんざく大音響でヘヴィ・ロックが鳴り響いていたのであった。

今回の事件で今までと一番違うことは、部屋の中には被害者以外には誰もいないのではなく、一人の男が茫然として血まみれで立っていたことである。彼は警官たちを見ると慌てて逃げ出そうとしたが、すぐに捕らえられてしまったのである。

犯人とおぼしき男をつかまえた警官たちにとって、スピーカーから流れる音楽は雑音以外の何ものでもなく、すぐに止められたのだが、木村警部の指示で何のCDがプレーヤーの中に入っていたのか調べられ、それはすぐに判明した。

ブラック・サバスの『黒い安息日』(『BLACK SABBATH』)というCDであった。

場面を私の車の中に戻す。

「十三日の金曜日！　ブラック・サバス‼」

「臥竜先生、やられたね」

私と金子美香の言葉を聞いた刑事が怪訝《けげん》そうな顔をした。

ここで、ブラック・サバスを知らない読者のために少し説明しよう。

オジー・オズボーンがかつて在籍した、黒魔術や恐怖世界をテーマに詞、曲作りをする「ブラック・サバス」というヘヴィ・ロック・グループがある。このバンドは「アース」という名前のブルース・バンドだったようだが、次第にオリジナリティを確立し「ブラック・サバス（黒い安息日）」というグループ名でデビューした。オカルトティックなイメージを定着させるため、グループ名もそうだが十三日の金曜日をわざわざデビュー日にしている。大石の家で死体発見時に鳴り響いていた音楽は、この「ブラック・サバス」のデビュー・アルバムに収録されているグループ名と同じ『ブラック・サバス』という曲だったのだ。このことはあとで警官たちにCDを聴き直させて確認したし、CDプレーヤーのタイマー予約のメモリーも、同曲だけを何回も演奏するようにセットされていた。つまり、犯人の捜査陣に対する挑発でもあるのだ。

それはともかくとして、一刻も早く現場に駆けつけたい刑事と私たちだったが、悦子を牧村家まで送り届けなければならない。それを気遣って悦子が、

「私のことはいいですから、まずは大石弁護士の家に向かってください。自宅の方から迎えに来てもらいますから」

と言ったので、車は直接大石の自宅に向かうことになった。

このように第三の惨劇は、十三日の金曜日という悪魔的な演出効果充分の形で、世間や捜査陣を嘲《あざ》笑《わら》うかのように行われたのであった。

第十一章　被疑者（BLACK SABBATH）

あの悪徳弁護士、大石健二もついに殺されてしまった。七月十三日の金曜日に『ブラック・サバス』の音楽が流れるという劇的な状況の中でである。

「さすがの大石弁護士も、悪魔の呪いにはかなわなかったようね」

「そうかもしれないが、偏執狂的な黒魔術好きの犯人も、捕らえられた男が自供すればジ・エンドということになるね」

私は金子美香の皮肉な言い回しに対してこのように言って反応を見てみた。

「確かにあの男が犯行を認めればそういうことになるわ。もちろん、その可能性はないとは言い切れないけれど、今までの犯行の手口や今回は殺人現場で茫然と立っていたという捕まり方からみて、その可能性は低いでしょうね」

「そうだと思う。おまけに彼の登場の仕方が事件の流れの中では突然という感じがするしね。しかし、現実に三つも事件が起こり、二人が殺されたとなると、彼が犯人であって事件はこれで終わりという形になればと思うところもあるよ。もしくは彼が犯人を目撃していて真犯人が捕らえられればとね……」

人が間近に殺されていくのを見ると、このように考えたくもなってくる。あの男、「ステロイド薬害被害者の会」の須崎真也が犯人でないとしたら気の毒な話ではあるが……。

「ところで須崎真也は何と言っているんですか。犯行を認めているのでしょうか」

「それが、今のところ自分は殺していない、の一点張りのようです」

金子の質問に同行の刑事が答えた。

「それで、木村警部は須崎をどのように見ていますか」

「実際に須崎が犯人かどうかは、にわかには断定できませんが、状況から言って須崎が第一の容疑者であることは間違いありません」

「それはそうでしょうね。それから第一、第二の事件の時の須崎の行動は調べてありますか」

「二つの事件とも犯行は夜ですが、須崎本人は家にいたと言っています。ですが、須崎は一人暮らしなので証明してくれる人物はいません。したがって、アリバイはありませんね」

このような会話をしているうちに、車は大石の家に着いた。既に報道関係者の知るところとなっており、多くのマスコミでごったがえしている。私たちは人ごみをかきわけて大石の家に入っていった。

悦子は、私たちの用が終わるまで待っていると言ったが、身体の疲れもあるし、大石の現場検証に立ち会ったり、遺体を見るなどは精神的に耐えられないという判断で、警察の車で牧村家に帰っていった。

犯行現場には凶行の痕跡が生々しく残っていて、血痕が多い。心臓に突き刺さっていた短刀を引き抜いたと須崎自身が認めているが、仮に須崎真也が犯人でないとしたら、思わぬ死体発見に動揺してしまった結果なのだろう。大石の遺体も惨死体と言っていいだろう。書棚から何か取ろうとしたところを、後頭部を鈍器で殴られてか、気絶させられてから心臓を短刀で抉《えぐ》られている。また、死に顔は犯人に殴られた瞬間、相手の顔を見たのか、かすかに恐怖の色が感じられる。その相手が須崎なのかどうかは、これからの捜査で判っていくだろう。

一通りの現場検証が終わったところで、牧村邸から現場に到着し検証に加わっていた木村警部が私たちのところに来て、

「須崎が落ち着いたようなので、これから署で事情聴取を始めます。立ち会いますか」

と言ってきた。

もちろん、私たちに断る理由はなく、警部の便宜に感謝して警察署に向かったのである。署までの道中、私は素朴な疑問を持ったので、警部と金子に聞いてみた。

「第二の事件は偶然か、そのタイミングに犯人が乗じたのかは判らないところがあるにしても、私が受けた予告電話と今回の事件では、明らかに意図的にオジー・オズボーンの音楽と『ブラック・サバス』が使用されています。私が考えるに、これらの音楽を愛聴する人間の比率は、歌謡曲や演歌を聴く人間と較べると明らかに低いと思います。したがって、こういう視点に立てば、ある程度は容疑者を絞れるように思うのですが……。もっとも私自身が、この手の音楽を愛聴していますので忸怩《じくじ》たるところはありますが」

「ご指摘はごもっともなのですが、立花さんが今言われたように、ヘヴィ・メタル好きというだけで容疑をかけるわけにはいきません。また、そういう先入観が捜査を遅らせることもあり得ますので……」

「モートクさんが言うように、犯人が『ブラック・サバス』やオジー・オズボーンをそういう音楽だと知っていることは確かだけど、愛聴しているかは話は別よ。黒魔術と関連しているという知識さえあれば、こういう形で利用することは誰にでも可能だし……。そして、牧村家と関わりのある人間なら誰でも、恭三氏という存在から、その手の知識を得るのが可能だしね。ただ、予告電話での笑い声の利用や『ブラック・サバス』という曲の利用は、ある程度以上、ＣＤを聴き込んでいないと思いつかないことだということは言えるけど……。だから、知識のない人を容疑者から除外するということは理論的には可能だけど、実際上、一人一人に聞いても本当のことを言うかどうか判らないし、あとで嘘が判っても『容疑を受けるのが恐かったので』と言われればそれまでの話だし。大事なのは、今警部が言ったように先入観に捉われてしまう危険が大きいということでしょうね」

このような問答をしているうちに、車は地元の警察署に着いた。私と金子は木村警部に案内されて取調室に入った。部屋の中にいた須崎真也は、先日の病院での印象と違っていて目が血走っていた。冷静な受け答えをした初対面の時と違うのは、重大殺人事件の容疑者として警察に拘留されているからなのだろう。しかし、ここに到って自分の立場が理解できたのか、警部の質問に対して少しずつ話し始めた。

「私は須崎真也と申しまして、現在四十三歳です。職業はリハビリ助手をやっております。それと、警察の皆様は既にご存じのように、社会的活動として薬害追及と医療改革を目指して『薬害被害連絡協議会』、一般呼称『ステロイド薬害被害者の会』の代表として活動しています」

「それはこちらも承知している。ところで君が今日、大石弁護士の自宅に行ったのは、その社会的活動の一環としてなのかね」

「もちろん、そうです」

「君の社会的活動とやらは、君が悪と認定した人物に対しては何をしてもいい、つまり殺人などの私的制裁を目的としているのかね」

「とんでもない！　確かに社会正義に反して薬害を創り出した人間には、それ相応の罰が与えられて然るべきだと思いますし、現実に彼らが罰されることが少なく、罰された場合でも罪に較べてあまりにも軽い処分が多いことには怒りさえ覚えます。しかし、私たち薬害被害者が暴力を使ってしまっては、彼らと同様のテロリストに成り下がってしまいます。そんなことするわけがない！」

警部の質問は須崎の使命感、正義感を刺激したのか、場合によっては警察の人間でも許さないぞ、という気迫が感じられるものであった。

「君の使命感は判ったが、こちらとしてはその答えだけで、ハイそうですか、というわけにはいかない。今日のことは全て残さずに話してもらうよ」

「もちろん、そのつもりです」

「まず最初の質問は、君はどうやって大石弁護士の自宅を知り得たのかということだ。それから大石弁護士が今日、あの時間に家にいるという情報を、どうやって掴んだかだ。それと先日の病院での件だ。どうして吉原教授のスケジュールを知っていたんだ？」

「こういう活動をしていますと、蛇《じゃ》の道は蛇《へび》、とでも言ったらいいんですかね、我々の事務所に色々と情報を提供してくれる人がいるものですよ」

「その情報提供者は誰だ。何人くらいいる？」

「提供者は何人かいます。が、今の三つの情報源は全て同じ人物です。ただ、その人物は匿名なので私にも誰かは判りません」

「君は名前を名乗らない人間を信用するのかね」

「必ずしも然らずです。特に医療界や製薬業界では、一個人としては間違っていると思っていても、組織の人間としてはその方針で動かざるを得ない人たちは大勢います。その中には万が一の発覚を怖れて、私にさえ本当の名前を言えない人は決して少なくないのです」

ここで須崎は一口水を飲んでから話を続けた。

「もちろん、私にしても当会にしても、名乗らない人物の情報は初めは信用しません。しかし、何度か提供された情報がいずれも正確であれば、自然と信用度は高まってきます」

「その情報提供者は、あなたや事務所の人たちに何と名乗りましたか。仮名かニックネームでもないと、被害者の会でも同一人物という認識ができにくいですよね」

金子が口を挟んだ。

「『ピーター・ベントン』と名乗りました。私は『ER』のファンなので、それで好感を持ったところもあります」

ここで、警部が、

（何のことだ？）

という顔をしたので、私は、

「『ER』はアメリカの人気医療ドラマです。『ピーター・ベントン』は、そのドラマの黒人医師の名前ですよ」

と説明した。その間に金子が質問した。

「その『ピーター・ベントン』から最初に連絡があったのはいつですか」

「半年くらい前です」

「今まで得た情報が全て正確だったので、最近では、すっかり信用するようになっていたのですね」

「その通りです」

「今まで得た情報は何件くらいかね」

警部が再び質問を始めた。

「最近の三件を含めて十二、三件くらいだったと思います」

「内容的にはどんなものが多かった？」

「医療界や製薬業界内の薬害情報と、医師会や製薬会社の動きについてです」

「今回の事件に関連した情報は、ほかにもあったかね」

「いえ、直近の三件が初めてです」

「それでは、その三件について話してもらおうか。最初は吉原教授が帝心病院にいるという情報だが」

「警察の方々もご承知のように、我々の会は吉原教授との面会を求めていました。しかし、吉原教授の対応は、けんもほろろ、というか徹底して無視だったので、何とかならないかと思っている時に、例のピーター・ベントンから電話がかかってきたのです」

「その内容は？」

「『あなたたちが吉原教授に面会を求めているのに、同教授が何かと理由をつけて会わないのは知っている。同教授のスケジュールの一つを知っているので、そこに行ってみたらどうだ』というものでした」

「それで帝心病院へ行ってみたら、吉原医師がいたので信用したというわけだね。それで今回は？」

「四、五日前に事務所に電話が入り、大石の自宅の住所を教えられました。在宅の時間が判ったら連絡すると言われたので、携帯や勤務先の電話番号を教えました」

「そして今日、奴から電話が入ったんだね」

「そうです。勤務先にかかってきました。午前十時半頃だったと思います。『十一時頃から十二時頃までだったら大石が自宅にいるので、行ってみたらどうだ』と言われたのです」

「それで大石の自宅に行ったんだね」

「そうです。大石弁護士にも薬害被害者を代表して言わなければならないことが山ほどありますので、行ってみることにしたのです」

「それで」

「勤務先には急用ができたと言って午後三時頃まで時間をもらって、大石宅に行ったのです。十一時を少し過ぎた頃だと思います。呼び鈴を押しても返事がないので、ガセネタかなとも思ったのですが、中からやたらと大きな音楽が聴こえたので、何だ、いるじゃないか、と入口に手をかけたら、ドアが開いているのでそこから中に入ったのです。これだけ大きな音でCDを鳴らしていれば、呼び鈴のベルくらいじゃ気がつかないな、と思いながら部屋のドアを開けたら、中には誰もいません。それで、変だなと思いながら中に入ってみたら……」

ここで須崎は大きく息を整えて、再び口に水を流し込んでから、

「血まみれの大石が書棚の前で倒れていたのです」

「それで君はどうした？」

「いかに大石が悪人でも、助かるのなら助けなければいけません。それでそばに行ったのですが、心臓を刺されて完全に絶命しています。それで警察に連絡しようかと思ったのですが、私が疑われるかもしれないと考え、どうしようかと迷った時にベルが鳴ったように聞こえ──何せあの大音響の中ですから──警官隊の靴音が聞こえたので、その瞬間、はめられた！　と思ってパニックになってしまい、ああいうことになってしまったのです」

「随分と都合のいい話だね。その話を我々に信じろと言うのかね」

「しかし、本当のことなんだから、警部さんにも信じていただくしかありません」

「君は牧村家の最初の事件にも第二の事件にもアリバイがない。我々としては嫌疑をかけざるを得ないんだよ」

「警部さん、そんな……。私は一人暮らしで、夜に家にいればアリバイの立証なんて無理ですよ。それに誰だって、いきなり何日と何日のアリバイを証明しろと言われたって、できっこないじゃないですか」

「それはそうだが、君が現場にいて、いかにパニックになったからといって、死体に触ったり、凶器の短刀を引き抜いたりしたら、こちらとしても黙って帰すわけにはいかないよ。少なくとも嫌疑が晴れるまで、ここにいてもらうことになるからね」

「判りました。ただ、実家と知り合いの弁護士に連絡を取っていただけませんか」

「いいだろう。被疑者に与えられた権利だからな」

「ところで須崎さん、あなたが大石弁護士の家に入った時、中でかかっていた音楽についてどう思います？　ああいった音楽は好きですか？」

ここで再び金子が質問した。

「いや、私はヘヴィ・メタルは好きではありません。ポップスなら聴きますが……」

「それでは、事件を発見した時に、かかっていた音楽を演奏しているグループ名や曲のタイトルは判りませんね」

「もちろんです。ああいった曲は私には全て同じようにしか聴こえませんから、判るわけがありません」

ここで事情聴取は打ち切りとなった。

そして、私たちは別室で木村警部から、ここまでの捜査状況を聞くことになった。

大石健二に家族はいない。自宅は玄関から入ってすぐの応接室兼事務室が一階のほぼ全てであり、自宅としての機能は全て二階になっている。

検死結果は既に述べたように、鈍器で後頭部を殴られてから心臓を刺されたのが死因で、死亡推定時間は午前九時頃から十一時頃までの間ということである。死体はこの後、解剖されたが、この時点での所見と大きく異なる点はなかった。近所の聞き込みも行われたが、大石宅の周辺は商店街が近いこともあって人通りは少なくなく、したがって、誰が歩いていても人の目を引きにくいようで、これといった目撃情報はなかった。凶器の短刀も過去の事件と同様にありふれた物で、ここから手がかりを掴むこともできなかった。

それから一連の事件関係者の午前中の行動であるが、牧村邸内にいたのは恭一、恭三、恭平の三名であった。

「したがって、この三人が本件の犯行を行うことは不可能と判断しています。それから朝から学校に行っていた良美、恭子、同級生の行方少年も同様ですね。もちろん、邸内の三人に関しても警護の者に確認してあるし、学校内での行動も警護の者と級友たちに確かめています」

「恭子の母親や並木はどうですか」

金子美香の質問に、警部が続けて答える。

「日向美智子は一人暮らしで、自分のアパートにいたと言っていますが、確認できる証言などはありません。それから並木に関しては興味深い事実が明らかになっています。それは、午前十一時頃に並木は、良美の通う大学に現れているのです」

「それは？」

「並木が言うところによると、会社に何者かから電話が入り、『今日これから良美が殺されるぞ。助けたければ良美のいるキャンパスに向かうがいい』と言われたというのです。それで『誰だお前は』

と思わず言ったようですが、『信じるか信じないかはお前が決めろ。ただ、今日の午前中に必ず事件が起きる。行かないで愛する良美を失ったとしても後悔しないのか』と言われて、慌てて仕事を中断して良美のいる大学に向かったというのです」

「怪電話があったのは何時頃ですか」

「午前十時前後です」

「それで大学に行ったのですね」

「そうです。会社をそのまま出て十一時三十分頃に大学に着いています。牧村製薬でも大学でも確認しています。それから電話に関しては、もう一つ貴重な情報があります。それは、大石弁護士宅に午前十時十分に九州へ出張中の高村が電話を入れています。その時に大石と話をしたと高村が言っているので、この時刻まで大石は生きていたことになります」

「それは確認できたのですか」

「大石の家の電話には通話記録が残っていました」

「並木へ怪電話をした人物についてはまったく判りませんか」

「変声器を使ったようで、並木には誰だか判らなかったようです」

「高村は本当に出張地にいたのですか」

「確かに動機という点から考えると高村は第一の容疑者といえますが、出張地からどのような交通手段をもってしても、東京へ戻って殺人を犯して再び出張地に戻るのは不可能です。現地での訪問先を全て確認しましたが、全て高村の証言した通りに訪問していますので、アリバイとしては完璧です」

「悦子はどうですか」

「悦子は先ほど家に送る前に事情聴取しましたが、病院を出てからまっすぐに新宿に向かい、デパートで買物をしてから立花さんのＣＤショップに行ったと言っています。この間、デパートの店員が悦子を見たと証言しています。そして、高村の証言で大石が十時十分までは生きていたことが判っています。病院を出た悦子が、十時十分以降に大石宅に入って殺人を実行し、ＣＤのタイマーを設定したり買物までして十一時に西新宿まで行くのはかなり難しい。つまり事実上無理だと思います」

「交通機関と時間の関連は確認しましたか」

「大石の家から最寄り駅までは歩いて約十分です。時間を節約するには、ここでタクシーなど車を使わなければなりませんが、今のところ同駅周辺のタクシーで悦子を乗せたという証言はありません。その他の交通機関では、十時四十分以前に新宿のデパートに入るのはちょっと不可能です」

「デパートに入った証明は領収証ですか」

「そうです。最近のレシートは時間が入りますからね。もちろん、レジの時計が狂っていないことも確認してあります」

「モートクさん、良かったわね」

金子は笑いながら私に言った。

私がここで一安心したことも事実であった。もっとも、悦子は第二の事件の被害者だし、第一の事件では完璧なアリバイがある。私が心配する必要はないのだが……。

そこへ刑事が一人入ってきて、木村警部に耳打ちしたのだが、

「判った。ここにお呼びするように」

と指示した。

「どうしました」

私が何気なく聞いたのだが、警部は、

「良美がこちらに来て、ぜひとも話したいことがあると言ってきているそうです」

私たちは思わず顔を見合わせたのだが、やがて刑事に連れられて、深刻そうな顔をした良美が入ってきた。

「どうされました。何かお話があるということですが……」

警部に促された良美は、まだ意を決しかねるような表情であったが、自分に何かを言い聞かせるように小声で何か言ってから話し始めた。

「あの……大石さんがこんなことになってしまって私、本当に驚いてしまったのですが、どうしても警察の方たちに話さなければならないことがありまして……。それで私を守りに来てくれた警察の人にわがままを言いまして、ここに来てしまいました。本当にごめんなさい」

「いいんですよ。それよりどうしても我々に言わなければならないことをお話しください」

「判りました。その前に一つ、どうしても警部さんにお聞きしたいのですが、皆さんは並木さんをお疑いなのでしょうか？」

「いや、私たちはまだ誰が犯人と絞って捜査をしているわけではありません」

「並木さんに限って、絶対に一連の事件の犯人ではありません。警察の皆様は様々な状況から容疑者として疑うかもしれませんが、私が神に誓って保証いたします。あの人は人を殺せるような人間ではないのです」

良美の言葉は、最後は嘆願に近い、何とも悲しい叫びであった。

「良美さん、あなたが恋人の身の上を心配されるのはよく判ります。ただ、我々は並木さんの人柄をよく知りません。したがって、あくまで客観的な状況を一つ一つ押さえていくしかないのも、また現実です。ところで、あなたがわざわざお越しになったのには、何か並木さんが犯人ではないと考え得《う》る根拠をお示しになるためですね」

木村警部も良美の悲痛な訴えに、やや困惑したようであったが、そこはベテランの捜査官だけあって、巧みに良美の発言を引き出そうとした。

「その通りなのです」

「それはどのような根拠なのですか」

「はい、私は今回の大石さんの事件が起こる前は、人をむやみに疑ってはいけないと思い黙っていたのですが、警部さんは高村義男という人をどう思いますか」

「才子《さいし》だと思いますよ。何しろあの若さで牧村製薬の顧問弁護士として活躍しているのですからね」

警部はわざと良美の意向に反して、高村を評価する発言をした。

「才子⁉　そう、高村さんは優れた人です。だけど、それだから恐ろしい人なんです。私、実は以前に父と大石さんがこう話しているのを聞いたんです。父の部屋で二人で仕事をしているようなので、お茶と菓子をお出ししようと部屋の前に行きました。そうしたら、こんな会話が聞こえてきたのです。

『牧村、君はいつまで高村を使い続けるつもりだ』

『高村君は、今や我が社にはなくてはならない存在だ。解任なんて考えたこともないぞ』

『相変わらず甘いな、確かに高村は切れる。しかし、我々にとって切れ者ほど怖いということは、何度も言ったはずだぞ』

『君はそう言うが、実際会社の様々なやり繰りは彼なしではできなくなってしまっていることも多い。彼の代わりはどうする』

『高村なしではというところが怖い。我々にとっては知りすぎた男だからな』

『具体的にどうする？』

『顧問弁護士を降りてもらう。私が後を引き継ぐ』

『バカな。解任という形をとれば、かえって敵になる。会社で抱《かか》えている方が安全だ』

『甘い。人間には抱えて使いこなせる者もいるが、高村はいつまでも抑えていられる人間ではない。奴をこれ以上抱えておくのは、爆弾を抱えて寝るようなものだ。君も私もいつ寝首を掻《か》かれるか判ったものではないぞ』

『どうしても高村を解任するつもりなのか』

『だから今言ったように、業務を引き継いでから金を与えたうえで引導を渡す』

ざっとこのような話の内容でした。お判りいただけたでしょう。高村さんは父や大石さんから見ても恐ろしい人なのです。きっと今度の事件もあの人の仕業です」

日頃おとなしい良美にしては、めずらしいくらいの雄弁であった。また、父や大石が怖れていた男を告発している。良美としてはかなりの覚悟と勇気が必要であったことは想像に難くない。いかに彼女が並木を愛し、その身の上を心配しているかが私にも判る。しかし、良美は重要な点を忘れている。

「良美さん、貴重な証言を頂きありがとうございました。今後の捜査に大いに参考とさせていただきます。ですが、最初のお母上の事件は別としても、お姉様の事件と今回の事件に関して高村のアリバイは完璧です。ちょっと今回のお話だけでは彼を容疑者として取り調べるわけにはいきませんな」

「それはそうでしょうけど、きっと何か恐ろしい悪知恵か何かで、姉や大石さんを狙ったのに違いないのです」

良美には気の毒であるが、現段階では警部の言う通りである。なるほど、恭一と被害者との会話内容には興味をそそられるが、今のところそういうことがあったというだけの話でしかないのだ。その後、良美は警察の車で家に帰っていった。

「恭一の方はともかくとして、大石の方はかなりの覚悟で高村を解任するつもりだったようですね」

「知りすぎた男というところですかね」

私の問いかけに、警部が応じたところで刑事が部屋に入ってきた。

「須崎の弁護士が警部に会いたいと言って来ています」

「お通しして」
二、三分後、弁護士が入ってきた。
「初めまして、私、本事件の容疑者、須崎真也の弁護をすることになった吉田夏央と申します」

この女性弁護士は、見たところ三十代、金子美香のような体育会系の女性ではなく、いかにも理知的という感じの顔立ちで、評論番組で司会をする女子アナウンサーのイメージである。

「よろしくお願いします。ところでさっそくですが、ご用件は何ですか」

「それは言うまでもなく須崎真也の即時釈放です」

いきなり吉田弁護士は直球を警部に投げてきた。

「吉田さん、それはちょっと無理ですね。物的証拠がこれだけあるのに釈放するわけにはいきませんよ」

「そうでしょうか。確かに須崎が犯行現場にいて凶器を持っていたというのは事実でしょうが、それだけの理由で彼を犯人と見なすのには無理があります」

「とすると、逆にあなたには須崎が犯人たり得ないと考える根拠があるということですね」

「もちろんです」

「それを伺いましょうか」

「まず第一に動機です。須崎が薬害追及の社会的活動を行っているといっても、良子さんや悦子さんに対しては、動機はないと言っても過言ではありません」

「誤解のないように申し上げますが、須崎はあくまで大石弁護士殺しの容疑で拘留しているのですよ」

「一連の事件を分けて考えるのは誤りです。大石弁護士が殺された現場にも蠟人形があり、黒魔術をテーマにしたロックが流れていたし、予告状や犯行通告電話も来ていました。この事件だけ別件と考えるのには無理があります」

「しかしですね、須崎には第一、第二の事件ともアリバイがないのですよ」

「須崎がどうやって牧村邸に忍び込むことができるというのですか。見も知らぬ他人の家に入って、社長の恭一を狙うならまだしも、その奥様や娘を殺したところで何のメリットがあるというのです」

「……」

「それに、大石弁護士にしても吉原教授にしても牧村社長にしても同様ですが、こういう社会活動をしていますと、彼らを憎む気持ちは誰にも負けないほど強いものがあるのですが、殺すまではいかないものです。それは須崎自身が話しているように、自分自身を彼らのレベルまで下げてしまう行為だからです」

「殺すまでは気持ちが昂《たか》ぶらないと……」

「殴るまではあり得ますけどね」

「あなた自身にもそのお気持ちはありますか」

「ないとは言えませんね。被害者の会に関わるようになってからは、患者たちの悲痛な涙ばかり見てきましたから」

「すると大石弁護士の死はあまり同情できないと……」

「彼の悪行の数々は、私も同じ法の世界にいて聞いております。一個人としては自業自得かなとも思いますが、私は弁護士です。頼まれれば大石弁護士の弁護もするし、犯人の弁護もするでしょう」

この女性弁護士は、けれんが嫌いなようだ。警部のやや意地の悪い質問にも真剣に答えている。

「次の根拠は、『ピーター・ベントン』なる本事件の真犯人と思える人物の存在です。この人物なくして須崎が吉原教授や大石弁護士の行動予定を知る術《すべ》がありません」

「しかし、この人物は確認されていません。被害者の会では電話内容を録音していないでしょう?」

「していません。基本的には患者、被害者に対する応対ですから。このような悪質な罠は想定外です」

「では、会の他の電話対応の人が、何度かこの人物の電話を須崎に取り次いだという証言でもありますか」

「それは……その点は犯人も気を遣ったのでしょう。会長である須崎本人以外には、仮名も用件も話していません。ただし、こういう人物がいて色々と情報を提供してくれる、ということは会のスタッフの何人かは須崎から聞いています。そして、当然証言することもできます」

「それだけではね……。須崎本人が、こういう時のために予防線を張っておいたとも考えられますからね」

確かにこれでは弱い。私も論理では須崎が犯人だとは考えにくいし、少なくとも第一、第二の事件の犯人ではないだろうとは思うが、この場合、大石殺しの物証があまりにも大きい。現場の責任者である警部としては、安易に釈放というわけにもいかないだろう。それに吉田弁護士の主張は、あくまで理屈ではという話で、例えば動機の点にしても、真に須崎が被害者全体を代表して復讐を実行する気になったとしたら、恭一の妻や娘に危害を加えることは、精神的苦痛という意味で動機になり得る。

吉田弁護士の必死の訴えであったが、須崎はしばらく拘留ということになった。

「やれやれという感じですね」

私は吉田弁護士が帰った後、警部に声をかけたが、

「現時点では須崎はやはり最大の容疑者ですよ。たとえ他の事件でのアリバイが判明したとしても、大石弁護士殺害の容疑までは否定しきれませんからね」

と返ってきた。捜査の責任者としてはやむを得ない。

「ところで、この事件にはもう一つ大きな手がかりと思われるものがあります。ただ、詳しく調べてみた結果、何でもないという可能性もあります。しかし、逆に犯人解明の決め手になる可能性もあるのです」

「それは何ですか」

金子の問いに警部は、内ポケットから一つの紙片を私たちの前に差し出した。

第十二章　万葉集名歌の謎

その紙片には簡単な図が記され、そこには大石の筆跡で次のように書いてあった。

あかねさす紫野《むらさきの》行き標野《しめの》行き
野守はみずや君が袖ふる

額田王
X（良子）
天智天皇
Y（恭一）
大海人皇子
Z（？）

Zは誰か？

もしや自分か？


「これは大石の手帳の中の一ページです。他の部分は仕事のスケジュールなど意味の判る内容です。ダーティーワークと思われる記述もあるにはありますが、意味の判らない内容ではありません」

「大石が柄に似合わず万葉集の愛好家であったことは知られていますが、それに託したダイイング・メッセージという可能性があるわけですね」

「その通りです。そして、この歌は額田王《ぬかたのおおきみ》が歌った有名な恋の歌ですね」

「そうですね。今風に言えば男女の三角関係の不倫の歌ということになりますね」

「その三角関係が紙片に記してある図ということですな」

ここで簡単にこの歌の意味と登場人物、及び時代背景を説明しておこう。


額田王は、秀《すぐ》れた女流歌人として知られている人物であるが、その生涯は運命に翻弄されたものであった。

初めに夫になったのは、この紙片にも名が出ている大海人皇子《おおあまのみこ》（後の天武天皇）で、二人の間には十市皇女《とおちのひめみこ》という娘がいた。このまま平凡に人生が過ごせれば二人とも幸福な生涯だったと言えるのだが、運命は二人に厳しいカードを用意していた。そのカードとは、図に示すYこと中大兄皇子《なかのおおえのおうじ》（後の天智天皇）である。中大兄皇子は、定説では大海人皇子の兄であるとされる。当時、政治の実権は大化の改新を実行したばかりの中大兄皇子にあり、彼は理不尽にも、大海人皇子の妻である額田王を宮中へ召そうとした。大海人皇子は天智天皇の死後、その御子、大友皇子《おおとものみこ》と戦を行い、勝って天武天皇となるであるが、この時点では勝ち目はなく、屈辱に甘んじるしかなかった。額田王もそんな夫を気遣い、愛人に甘んじることにしたのであろう。典型的な権力者による略奪愛である。

大石の紙片に書いてある歌は額田王が歌ったもので、万葉集の中でも屈指の名歌と評価されている。この歌の大意であるが、強引に別れさせられた二人が、天智天皇の御料地で再会した時に、人目を憚《はばか》ることもなく袖を振ってラヴコールする大海人皇子に対して、額田王が、

「紫草の生えている野、御料地の野をあちらゆきこちらにゆき、まあ、野守が見ないでしょうか、そんなに袖などお振りになって」

と、大海人皇子を案ずる歌であると解釈されている。大筋はその通りだろう。天智天皇主催と思われるイベントの場に参加して、そのような行動を取ることが危険な行為であることは言うまでもない。仮に天智帝自身は現場にいなかったとしても警備員（野守）は当然いるわけで、彼らの口から報告が入れば、天智帝が不快になるのは必然の結果だからだ。したがって、この歌で言う野守とは、単なる警備員以上、すなわち天智天皇のことを表すと言っても過言ではない。

「この歌の解釈とこの相関図から考えて、牧村夫妻が結婚する前に良子に恋人がいた。そして、その恋人は大石自身かもしれないということですね」

「この、自分かもしれないという部分が一番の謎ですね。大石に身に覚えがあるのでしょうが、『も

しや』と書くということは、自分以外にZ、すなわち大海人皇子が存在する可能性も認めているということになりますね」

「そこなんですよ。それが本当だとしたら、良子は夫の他に二人以上の異性と通じていたことになる。いくら何でもそこまで多情な女性だったのでしょうか」

「その点は大石と良子が死んでしまった今、恭一に聞くしかないでしょうね。恭一は何と言っていますか」

「まったく考えられないことだと言っています」

「まして大石以外の男などいるわけがないと……」

「そう言っています」

「それと、この図で解釈すると絶対権力者は社長である恭一、立場の弱いZは大石ということになりますが、あくまでそれは大石から見た場合の視点ということで、年上で過去の犯罪でも主導権を握っていたのは大石の方ですから、Yが大石でZが恭一であるとも考えられないことはないですね」

「なるほど、金子さんの今の論理にも一理ありますね。いずれにしても良子の男性関係を調べ直していく必要がありますね」

ここで、木村警部は紙片の検討をやめ、牧村邸に行くことを提案した。私たちにも異存はなく、牧村邸に向かった。

大石殺しは既にニュースになっていたので、警察署の前は報道陣でごったがえしていた。

「警察では牧村邸での一連の事件と関連がある可能性が高いとみて、大石殺しを単独事件、連続事件の両方の観点で捜査をしてゆく方針です」

というニュースがカーラジオから何度か流れているうちに、私たちは牧村邸に着いた。

牧村家の中では恭一が一番疲れた表情であった。大石がいかに悪徳弁護士であるといっても、恭一から見ると盟友ということになる。例の紙片に書かれていた三角関係という点ともあいまって、精神的なダメージは大きい。もちろん、警部に改めて質問されたが、良子と大石の関係は断固否定である。

「悦子はもう戻っているようだな。連れてきてくれないか」

恭一の指示で使用人の佐々木が悦子を呼びに行き、やがて悦子が応接間に入ってきた。

「お父様、少し前に戻りました。このたびは本当に心配をおかけしました」

「お姉さん、お帰りなさい」

ちょうど応接室にいた良美と恭子が、同時に悦子に声をかけた。

「ありがとう、今日からまたよろしくね」

三姉妹が手を取り合う良い光景だったが、この時ドアが開いて高村が入ってきた。

「ただ今戻りました。今日はとんだことになってしまって」

さっそく一同に挨拶したのだが、悦子と良美の視線は厳しい。

「高村君、出張ご苦労さま。さっそくだが大石さんがこんなことになってしまった以上、勝手な言い草だということは承知だが、しばらくは元の仕事に戻ってもらうことになるよ」

恭一の言葉は命令口調だが、トーンは哀願に近い。

「はあ、しかし、故人の遺志に反することになりますので……」

高村としても内心はともかく、とりあえずこう言わざるを得ないだろう。もっとも恭一も解任に最終的には同意した人間だ。高村からすると不快感があるのかもしれない。

「高村君、近いうちにゆっくり話し合おう」

「判りました。とりあえずお話し合いをするまでは今の仕事を継続します。それでは今日のところは失礼いたします」

出張帰りの高村は、これで帰っていった。

恭三は相変わらずという感じで、刑事をつかまえて黒魔術に関する知識を披露していたが、大石殺しの件になると、

「自業自得だ。私の再三の忠告にもかかわらず、悪魔の呪いを甘く見るからこうなるんだ。当然の報いだ」

と言って部屋に戻っていった。

夕方になると、恭子を心配した日向美智子と行方少年が来た。特に行方少年は学校に警察が来るという生々しい場面を目撃しただけに、その心配ぶりは、見ている方には微笑《ほほえ》ましく感じられた。さらに遅くなると、並木が仕事を終わらせて来た。並木の方は今日の行動が、警察から見ると疑わしく思えるため、警部から再び厳しい質問を受けたが、答えは昼と変わらず、何者かに電話で呼び寄せられたということであった。

この日、牧村邸ではこれといった新事実の発見や事件の進展はなかった。そのため、私と金子は夜になると牧村邸を辞して金子の事務所に引き揚げた。

「いやあ、悦子が退院して一安心というところで大石が殺されてしまったね」

金子の事務所に戻ると、私は彼女がカフェ・オレを出してくれる前に話しかけた。

「モートクさん、それじゃ今日の事件を初めから検討してみましょうか」

「まず、いきなりだけど須崎は犯人なのだろうか」

「今のところ犯人かもしれないし、そうじゃないかもしれないとしか言いようがないわね」

「臥竜先生らしい言い方だね。まだ断定はできないと……」

「もちろんそうよ、理屈で考えれば第一、第二の事件では可能性は少ない。だけど現実はしばしば確率を超越するものよ。たとえがふさわしいかどうか判らないけど、麻雀《マージャン》で、三面待ちが単騎《たんき》待ちや辺《ペン》張《チャン》待ちに負けることは、それほどめずらしいことではないでしょう」

「それに大石殺しの件では物的証拠もある。少なくとも今日の事件ではしばらく容疑が晴れそうもないことは事実だろうね」

「無実を証明するということは大変困難な作業だものね。それに警部が考えているように、今回の事件は独立した別の事件であるという可能性も否定しきれないわ」

ここで私は、ちょっと思いついたことがあったので話してみた。

「それともう一つ、今回の事件は一連の牧村家の事件と、須崎が犯人である単独の事件とが重なっているという可能性もあるんじゃないだろうか。つまり、大石を殺したい人間が二種類いて、実行日が重なってしまったというケースだね」

「モートクさん、面白い点に気がついたわね。実は私もその考えは持っているのよ。実際に殺したのがどちらかは別にして、二人の殺意を持った人間がが同じ日、ほぼ同じ時刻に大石を殺しに来たという可能性ね。確率的には低いけれど、状況を冷静に考えるとあり得ない話ではない。先に来た人間の早い者勝ち？　というケースね」

「実際に須崎が犯人でないとしたら、真犯人は恐ろしいほどの幸運の持ち主だね。少しタイミングがずれれば須崎に犯行を見られてしまったはずだし、逆に須崎よりあとから着いたら犯行を行えなかった」

「だから偶然説よりも計画説を採る方が自然でしょうね。須崎は真犯人にはめられたという考え」

「そうなると議論がまた元に戻ってしまうね。須崎や吉田弁護士の主張が正しいという議論。この点は今は結論が出ないから、別のことを考えてみようよ。並木の行動はどう思う？　これも須崎同様にはめられたのだろうか」

「これも今のところ何とも言えないわね。ただ、並木もはめられたとしたら、犯人は二人の人間を同時に罠にかけたことになる。注目すべきポイントでしょうね」

「どちらに重きを置いて罠をかけたのだろう」

「判らないけど、須崎の方は直接に容疑がかかるように仕向けたけど、並木の方はアリバイがなくなるように仕向けられているところがポイントになるでしょうね」

「アリバイと言えば、今回の事件はアリバイを持っている人間が多い。そこから犯人を絞れないかな」

「エッ、何言ってるのモートクさん、私に言わせれば完全なアリバイがあるのは高村だけよ。他は信用できない」

「臥竜先生、それはないだろう。午前中牧村邸にいた人や学校に行った人、それと悦子はまず圏外だろう」

「相変わらず甘いわね。牧村家にいたという三人にアリバイは成立しないわよ。例えば恭一、彼は気分が悪くずっと自室にいたと言っているけど、部屋の中にいたのを第三者が確認したわけじゃない。その気になれば警備の目を盗んで大石を殺してきて戻ったとしても誰も気がつかないかもしれない。同じことは恭三にも恭平にも言える」

「でも恭平は病人だぞ」

「恭一も恭平も絶対に動けない身体だと決めつけるのは危険な考えよ。まして恭三は、精神はともかく身体的には何の問題もないんだからね」

「学校に行った人間も疑えるのか?」

「恭子の場合は、あまり疑う必要はないわ。同級生と一緒に授業を受けていればね。これは行方君も同じだけど。ただし、良美の場合はそうとも言えない。大学の講義は出欠も高校と較べてしっかりしてないし、ずっと一緒にいましたという友達の証言でもあれば別だけど。良美の通う大学から大石宅まで車なら十分ほどで着けるので、三十分間所在が不明ならアリバイは成立しない。まして、悦子の場合はあと十分ほど時間が捻出できれば犯行が可能になってくる。とにかく距離的に考えて高村以外の人間は誰でも可能であると思うべきよ」

「悦子や良美まで疑うのか」

「私の仕事は事件を解決することで、特定の人間に情をかけることじゃないの」

　これまでも何度か触れたが、私は金子のこういうところは好きになれない。ただ、彼女のために弁護しておくと、素顔の金子は決して情がない人間ではなく、むしろ深すぎるくらいの人間である。歴史談議や政治討論などをすると何時間でも話をする方だ。ただし、仕事になるとこのようにクールになってくる。私がそんなことを考えているのを察したのか、彼女は、

「だけどモートクさん、私は可能性の一つを指摘したにすぎないのよ。実際に可能かどうかは別の話よ。良美に三十分ほどアリバイがなかったとしても、大石を殺して大学まで戻るというのは時間的にギリギリだし、悦子にしても同じよ。激情的な犯行ならともかく、計画的な犯行ならもう少し時間的なゆとりが必要よ。実際の犯行時には何が起こるか判らないでしょう」

「その点ではクラウゼヴィッツの戦争論と同じだね」

「その通りよ。『実際の戦闘では予定外のことばかり起こる』ということを想定して計画しない犯行だったら、犯人はすぐつかまることになるでしょうね」

「さてと、今日の最大の問題、万葉集名歌について検討してみようか。臥竜先生はどう思う？」

「死の直前に書き残したものとは言えないので厳密にはダイイング・メッセージとは言えないんだけれど、少なくとも大石が牧村夫妻に関連する三角関係に直接関わっていたか、誰かを含めた三角関係が存在する疑いを持っていたことは確かで、一連の事件の中で重大な手がかりであることは間違いないでしょうね」

「最初の疑問はそこになるね。何故、大石は身に覚えがあるのに、でなければ、もしや自分かなどと

考えるはずがないからね、自分だとは断言できなかったのだろう」

「そのことなんだけど、まず大石が良子に対して男と女としてのアプローチをしたことまでは事実と考えていいでしょう。ただ、良子がそれを受け入れたかどうかは別の問題になってくる。大石から見た場合、片思いに終わってしまったからこそ、Zの存在に気がついたとも考えられるでしょう？」

「それと時期の問題もあるね。この万葉集の歌の通りなら、大石と良子はかつて結ばれていたけれど、恭一が横恋慕したために別れざるを得なかったということになる。したがって、いつ焼け木杭《ぼっくい》に火がついたとしてもおかしくない」

「それはその通りだと思うけど、紙片の内容をそのままダイレクトに解釈していいかどうかは考える必要があるわ」

「それはどういうことだい」

「大石には死の予感があった。少なくとも自分の命を狙う者がいるという点に関しては確信があったはずよ。脅迫状や人形も来ているし、そういう発言もしている。そうするとこのようなメッセージを残すにしても、あまりにも直接的な表現では、犯人に堙滅《いんめつ》されてしまう可能性がある。だから、犯人からすると一見、自分には関係ない、むしろ自分には有利なことに見えるような表現になっている可能性が高いと思うのよ」

「なるほど。ただ、犯人が手帳を見なかったので、メモがそのまま残ったという可能性もあるよね」

「もちろんそうよ。だから今の段階では両方の可能性を考えていかなければならないのも当然の話よ」

「ところで事件とは関係ないだろうけど、歴史学界のいわゆる定説は、特に古代史に関しては考古学や遺伝子学などの進歩によって、かなり揺らいでいるね。大石のメッセージにある天智天皇と天武天皇の関係などもそうだけどね」

「揺らいでいるというよりも、砂上《さじょう》の楼閣《ろうかく》状態と言っていいでしょうね。最新の学術的成果や実証主義的な説による反証は、根拠、証拠が強力で、定説側はほとんど反論できていないのが現実でしょうね。今モートクさんが言った天武天皇が天智天皇の実弟だとする『日本書紀』の記述は、数多くの反証が出ていて、論理的には間違いであると言っていいでしょうね。『古事記』『日本書紀』を通じて年齢の記載がない天皇は天武天皇だけだし、その記述も天智がまだ即位していない時期に、天武を天皇の弟という意味で皇弟と書いていたり、即位してからは大皇弟とか太皇弟とか、引退した皇帝の弟だと書いてみたり矛盾だらけよね。それから天智天皇は実弟であるはずの天武に、自分の実の娘を四人も嫁入りさせている。いかに古代が近親結婚が多いとはいえ、この場合は異常な例と言えるわね。ほかにこのようなケースはないもの。そして、天武が天智の実弟ではないと考えると、この問題は解決する。何より後世に書かれた『一代要記』や『本朝皇胤紹運録《こういんじょううんろく》』には、天武は天智より四歳年上と書いてある。これに対する反論は、『日本書紀』『古事記』の記述をくつがえす力は後世の史料にはないという、およそ理論とは言えないものでしかないことは、モートクさんもよく知っている通りよね」

「最近の歴史セミナーで研究しているテーマだからね」

「これこれこういうわけで後世の史料が信用できないという理論的な根拠があるわけじゃないものね。

これは単なる思い込みにしかすぎないでしょう」

「吉原教授が言う『正しくステロイドを使えば副作用はまずない』という理論と同レベルの発想といえるね」

「どうしてそこへいっちゃうのかしら。でも須崎真也じゃないけれど、大筋はその通りね」

「さてと……話を事件に戻そうか。大石が殺されたことにより、牧村家以外からも被害者が出たことについてはどう考える？」

「仮に今までの三つの事件が全て同一犯人の仕業と考えると、犯人外部説はほとんど可能性がなくなったことは確かね」

「どうしてだい。須崎が犯人の可能性だってあるじゃないか」

「須崎が犯人だとしたら犯人は外部にいたということになるけれど、仮にそうだとしても第一、第二の事件の場合には牧村家内に内通者、共犯者、そこまでいかないにしても協力者くらいは必要になってくるわ。それなしでは不可能なことよ」

「それはそうだ。だけど、そうだとしたら協力者は誰だろう？　家族にいるとは考えにくいし、使用人たちの中にいるのだろうか？」

「もちろんまだ判らないわ。ただし、外部犯人説を採るにしても、そういう視点が必要になってくることは確かね」

「なるほどね。だけど、牧村家をめぐる一連の事件は、黒魔術だの『ブラック・サバス』だのオカルトぽかったりしたかと思うと、今度は万葉集の名歌が出てきたりして、何でもありという感じだね」

「そうね。だけど犯人が意図しているのは、あくまで黒魔術の方で、万葉集の方はたまたま大石が愛好家だったという偶然にすぎないと思うけど」

「臥竜先生らしくない言い方だね。犯人は大石が万葉集愛好家だったことを知ったうえで今回の事件に利用したのかもしれないじゃないか」

「さすがはモートクさん、もちろんその可能性もあるわ。ただ、どう利用したかが今のところ判らないけどね。したがってダイイング・メッセージをどう解釈するかという点が重要になってくるのよ。議論としては最初に戻ってしまったようね。それでは今日はここまでにしましょう」

　私たちはここで検討を打ち切って、それぞれ家路についた。

　このようにして激動の一日、ブラック・サバス（黒い安息日）は終わったのだが、私の頭の中では『ブラック・サバス』の不気味なリフとアルペジオがベッドの上でも鳴り続けていた。オジー・オズボーンやロニー・ジェイムス・ディオが唄う悪魔の讃美歌と共に……。

第十三章　第四の惨劇

大石が殺された翌日、つまり七月十四日の土曜日であるが、テレビ、新聞などの報道は以前の事件以上の大騒ぎで、『呪われた牧村製薬』とか『殺人現場に悪魔讃歌』とかセンセーショナルな見出しを並べている。さらにオーバーな表現だと『現代に魔王降臨』というものまであった。もちろん『ダイイング・メッセージか万葉名歌』とか『万葉名歌が重大手掛かりか』といった見出しも読み進めばあるのだが、それに関して識者やら推理作家らが様々な見解を述べて、国民的な百家争鳴状態になりつつあるようだ。

その中で、私が不謹慎にも失笑してしまったのは次の記事であった。

「この事件では腕ききと呼ばれる木村力也警部や臥竜探偵と称される元バレーボール選手の美人探偵、金子美香氏らが捜査に当たっているが、両氏とも『私のいるそばで事件が起こってしまって面目次第もありません。ただし、犯人と目される人物を捕らえてありますので近々事件は解決するでしょう』と述べた」

木村警部はともかく、須崎犯人説に否定的な金子がこんなことを発言するはずもなく、いわゆる新聞記者の臆測による勇み足であろうが、両氏ともおおむねこのような意向だろうから、まったくの与太記事というわけでもないだろう。

ただ、冷静に考えて須崎が犯人という報道は少し気が早いように思う。それとも世間の批判を怖れた捜査当局が、せめて大石殺しの犯人だけでも捕まえたということにしておきたいのだろうか。もちろん、本当なら許されることではないのだが……。あるいは、あれから捜査当局は須崎が第一、第二の事件に関連していた証拠でも掴んだのだろうか。

そんなことを考えているうちに、金子が私の家に来た。さっそく、

「記者の前で猛反省したようだね」

と冷やかしてやったが、

「バカなことを言わないで。さっさと行きましょう」

私は彼女に促されて車を出したのだが、

「モートクさん、昨夜は色々と今までのことを考えてみたけど、本事件の犯人は本当に恐ろしく頭が働く奴よ。推理小説によく出てくる生まれつきの殺人鬼で、かつ頭脳が鋭い。こんな人間が本当に存在したなんて信じられないわ」

金子がやけに興奮した表情で言うので、私も思わず、

「それほど凄い奴なら、どうして昨日あっさり捕まっちまったんだい」

と応じたのだが、彼女もやけにテンションが高く、

「それは、天下統一後、漢の高祖、劉邦によって捕らわれの身になってしまった時の韓信の言葉『閣下は将に将たる器だからです』よ、おっと全然違う、だけど犯人は戦争の采配になぞらえれば韓信、義経級よ。戦略家という意味では張良、太公望クラスと言ってもいい。それほどの奴が、須崎のよう

にドジな形で捕まるわけがない」

と来たので、私も負けじと、

「へえー、韓信や張良クラス。そうするとギタリストでは？」

と角度を変えて問うと、

「エリック・クラプトンやジェフ・ベッククラスでしょうね。犯人が私の考えた通りに行動してきたとすればね」

と、これにも応じる。

「そうすると、以前に話した希代《きたい》の犯罪者がいよいよ登場して、臥竜先生と対決ということになるんだね」

「そういうことになるでしょうね。したがって須崎犯人説やら、そのほかのかなりありそうもない可能性は全部排除して考えていい」

「一見偶然に見えることも、全て犯人の計算づくであると」

「そこまで言うと言いすぎになるかもしれないけど、一応考えてみる必要はあるでしょうね」

「それじゃ臥竜先生が言うところの、韓信と張良とエリック・クラプトンとジェフ・ベックを足して四で割ったような犯人はいったい誰だね。彼の名前を教えてもらいたいものだ」

「モートクさん、私が何も言う前から犯人を男と決めつけてはいけないわ。彼、または彼女、もしくは彼らと言わなくては」

金子美香がこのように雄弁になる時は、重大なことを考えているか、難解な問題に直面している時が多い。彼女は昨夜、じっくり考え抜いた末に、ある結論にまで達したのだろう。しかし、犯人の特定まではいっていないようだ。それだけに心の中に、現時点で何もできない自分自身への苛立ちがあるようにも感じられた。

「ところでモートクさん、我らの熱血漢、木村警部が今日、皆の前で密室の謎を解いてくれるそうよ」

「エッ、警部が⁉」

金子が出し抜けに言い出したので、私も少々驚いてこう反応したのだが、

「何言ってるのモートクさん、あなただってもうその方法は判っているでしょうに」

と金子が言うので、

「そりゃ、僕だって少しは推理小説を読んだことはある。今回の事件の場合は、それらのケースに較べれば、極めて簡単な方法で密室が構成できることくらいは判っているつもりだよ。だけど、警部にしても臥竜先生にしても、何故今までそれに触れなかったんだい？」

と、逆に切り返しの質問をした。

「それは、私の場合は犯人が頭の働く奴だと思っているからよ。見え見えのトリックだけに、なまじ解明すると、かえって犯人の思う壺になってしまうことを怖れているの」

「それじゃ、警部の場合は？」

「三回も続けて同一犯と思われる事件が起こっているのに、まだ事件には判らないことが多い。したがって、密室のトリックぐらいは解明してみせなければ世間が納得しないということでしょうね」

「それじゃ、臥竜先生が言うように、捜査陣が犯人の罠にはまってしまう可能性があるじゃないか」

「その可能性は否定できないわね」

その後の事件の経過、結果を見ると、残念ながら金子の危惧は当たってしまうことになるのだが、それは後述することにする。

ともあれ、我々が牧村邸に着くと、木村警部は良子の部屋に一同を集めて（プレスも含めて）トリック解明の準備を終えていた。

木村警部は人々が集まると、

「皆さん、今日は憎むべき犯人の密室からの脱出方法を説明いたします」

と一同に挨拶してから説明を始めた。

「といって格別に難しいことではありません。第二の事件はもちろんのこと、第一の事件においても部屋のドアから脱出することは極めて困難で、かつ犯人から見て大変危険なことであります。また、第二の事件の現場の痕跡から考えても、窓が脱出口と考えるのは当然でしょう。問題はどうやって窓の鍵を閉めたかでありますが、良子さん、悦子さんの両部屋とも窓の上に換気用の通風孔があります。そこまで判れば、あとは洗濯ばさみと紐さえあれば誰にでも密室構成が可能になります」

警部はここで一度言葉を止めて一同を見回したが、私がここで驚いたのは、報道関係者の中に何人かであるが、この話を聞いてアッという顔をした者がいたことである。しかし冷静に考えれば非難すべき筋合いのことでもない。推理小説をあまり読まないという人にとっては自然な反応なのであろう。

「洗濯ばさみに鍵をはさんで、あとは洗濯ばさみの穴に通した紐を通風孔に通し、外からそれを引っ張れば窓はロックされます」

説明の通りに鍵がロックされ、紐と洗濯ばさみは外に出ていった。

簡単といえば簡単、バカらしいといえばバカらしいといえるくらい単純なトリックである。しかし、それゆえに多くの人々が惑わされてしまったのである。

警部の説明が終わると、次は報道陣との質疑応答になったが、ここでは特筆すべきやりとりはなかった。

この後、午前十時半頃であったが、高村が来て恭一と部屋で三十分ほど話し合っていたが、やがて二人とも一同の前に顔を出し、

「大石弁護士に替わる牧村製薬の顧問弁護士は、高村君にやってもらうことになった」

と恭一が関係者の前で挨拶した。

そして、この日は大石の通夜が行われることになっていたので、並木や高村たち関係者は午後から大石邸に向かった。大石自身は家庭がなく、身内も少ないため、牧村製薬の関係者がいないと葬儀が充分に段取りできないようだ。

その通夜であるが、いかに故人が生前に評判が良くなかったとはいっても、そこは牧村製薬の顧問弁護士だったということで、多くの人が式に参列した。そもそも金子を牧村恭一に紹介した山上昭一松山電産会長も姿を見せていた。私も顔見知りなので挨拶したのだが、

「立花さん、恐るべき殺人鬼が現れたようだが、我らが臥竜先生、亮子女史に戦いを挑むとは無謀な奴だね。こと推理力に関して彼女の右に出る者はいないからね。犯人がそれを思い知るのもそう遠い

日ではないだろうね」

と私に言い、かつ会う人ごとに同趣旨の発言を繰り返していた。

牧村家の人間は、まだ高校生の恭子と病弱な恭平以外は葬儀に列席したが、当主の恭一は体調不良なので早々に大石邸を引き揚げた。

そして、一同が牧村邸に戻ると、そこではまた一騒動が起こっていた。皆が大石の通夜に向かった後、使用人の佐々木が夕刊を取りにポストに行ってみると、またもや例の蠟人形と予告状らしきものが入っていたのである。

封を開けると文言は簡潔に、

「次は七月十五日」

と記されていた。

犯人は、今度は大胆にも犯行日を予告してきたのだ。警部は家族を集めて、

「皆さんご承知のように、またも犯人と思われる人物から犯行の予告状がきました。そして大胆にも明日の犯行を予告しております。我々は何としてもそれを防がなければなりません。したがって明日はもちろん、しばらくの間、皆さんには外出を控えていただきます。どうしても必要な場合は我々に必ず相談してください。その都度、私の方で判断して、会う必要のある方に来てもらえる場合はそうしていただくし、こちらから行かなければならないような場合は、必要なだけの護衛を付けて行ってもらいます」

と基本方針を伝えた。

もとより家族たちは同意するほかなく、良美や恭子などは学校に行くのが楽しみになっていただけに、失望の色は隠しようもなかった。

そして、いよいよ運命の日、七月十五日を迎えたのであるが、当日は日曜日ということもあり、高村、並木、日向美智子などの関係者も午前十時頃には牧村邸に来た。行方少年は三段リーグの対局があるということで、この日は来ていない。本人は夜にでも恭子に会いたい様子であったが、彼自身が犯人に狙われる可能性もなしとは言えないので、両親が将棋会館まで送迎することになっている。なお、この日は恭三が病院に行って診察を受けることになっていたのだが、警部の意向により医師の方が牧村邸に来て診察することになった。弁護士の高村は午前十時頃に来てからは、恭一の部屋でずっと打ち合わせをしていた。並木は十一時頃に来てから、良美の部屋にいるか一階の応接間にいて誰かと話をしている。日向美智子と恭子は、月に何度かの親子水入らずを楽しんでいる。恭三の主治医は午後二時頃に来て、一通りの診察を済まして帰っていった。

この日、捜査陣は犯行の予告日ということで朝から緊張感に包まれていたが、昼間は何事もなく過ぎ、夕食の時間になった。関係者の中では日向美智子が夕方に帰っていった。立場が立場なので夕食まではいづらいのだろう。

夕食は重苦しい空気の中だったが、並木が努めて明るく振る舞い、恭一や高村もこれに応じたため雰囲気は良くなった。そのため昼とは違い、笑い声がある食事となった。私と金子は、悦子、恭子と同じテーブルで食事をとっていたのだが、恭子が期末試験が近く、勉強が大変だという話になり、

「立花さんや金子さんの高校生の頃は、試験はどうだったんですか？」

と聞いてきた。

「私は恭子ちゃんと違って勉強が嫌いな人間だったので、全然勉強しないでバンドでギターを弾いたり、仲間とマージャンをやったりしたものですよ。恭子ちゃんは真似しちゃ駄目だよ」

「私は中学生の時に実業団チームにスカウトされたので、高校は行けなかったの。その分バレーをしながら通信教育で高校を卒業したのよ」

私の恥ずかしい限りの高校生活に較べて、全日本で活躍しながら通信教育で高校卒業の資格を得た金子の心意気は立派なものである。

「でも、十代で全日本入りした選手は金子さんだけじゃありませんよね。ほかの選手たちのように高校に行きながらオリンピックを目指すということは考えなかったのですか」

悦子が、なかなか鋭い質問をした。

「それは私のポジションがセッターだったからなの。確かに私と同い年で全日本入りした選手はほかに三人いたけれども、全員アタッカーなので試合の時だけの参加でも何とかなったんだけど、セッターの場合、チーム全員の選手と常にコンビネーションを合わせておかないと、いざ試合の時に役に立たないということになってしまうのよ」

「勉強と選手の両立は大変だったんじゃないですか」

「そりゃあもう。先輩の選手たちは試合とか練習が終われば休めたけれど、私だけは勉強しなきゃいけなかったんですもの。眠っちゃうこともしばしばよ」

ここでメイドが食後の飲み物を持ってきましょうかと言ってきたが、悦子が、

「今日は私が淹れましょう。恭子は勉強があるので濃いコーヒーを淹れないと」

と言って、私たちにコーヒーを淹れて持ってきてくれた。

恭子がコーヒーに口をつけると、

「恭子、立花さんに何かお聞きしたいことがあるんじゃないの」

と悦子が言う。

私はドキリとしたが、

「でも……」

と言う恭子に、

「何を遠慮しているの。思い切ってお聞きしてしまいなさい」

と悦子。

「何でも遠慮なく聞いてください」

私は何を聞かれるのか判らないのでいささか不安ではあったが、恭子に安心感を与えるためそう言った。恭子は私の一言で安心したのか、こう切り出した。

「ギターっていうのは、弾けるようになると楽しいものですか」

「そりゃあ、もちろんですよ。アコースティックにしろエレクトリックにしろ、それで自分が表現できるのですからね」

「やっぱりそうですか。実は行方君がギターを弾いているのを見て楽しそうだなといつも思っていたんですよ。それで私も始めてみようかなと思いまして。だけど女の子には向きませんか？」

「決してそんなことはないですよ。確かに女性ギタリストの数は多いとは言えないけれど、クラシックの村治佳織は世界的なギタリストだし、ロックの世界でもジェニファー・バートンなどはかなりのテクニックの持ち主で、最近ではジェフ・ベックのバンドに入ったようですし。それから、ロドリーゴ・イ・ガブリエラのガブリエラ・クインテーロは、リズムギタリストとしては歴代の中でも五本の指に入るのではと思います」

「アコースティックでやるのとエレクトリックでやるのとでは、どちらが楽しいですか」

「一人でいつでも音楽になるのがアコースティックの良いところですね。エレクトリックの場合はドラムスやベースなど、他の楽器とのアンサンブルで一つ一つの曲を作り上げていくのが醍醐味ですね。何回も練習して一つの曲がピッタリと演奏し切れた時は、何とも言えない快感です」

「私、行方君と一緒に演奏してみたいのでエレクトリック・ギターを始めたいんですが、最初は何を買ったらいいでしょうか」

「これは私の持論なのですが、初心者でもなるべく良いギターを買った方がいいです。理由は簡単で、その方が上達が早いからです。自分の経験から考えてもその通りで、悪いギターを良いギターに変えただけで、短期間にかなり上達しました」

「その良いギターというのはどんなギターですか」

「フェンダーというメーカーが出しているストラトキャスターというギターと、ギブソンというメーカーが出しているレスポールというギターがあるのですが、この二つは作り、音ともギターの基本中の基本です。他メーカーも様々なギターを作っていますが、基本的にはこの両モデルのコピーと言って過言ではありません。ただ、価格的にはかなりしますので無条件に勧めるわけにはいきませんが、国産のコピーモデルでも上級機種なら充分に良い音がしますので、せめてこのクラスの機種を購入するのが良いでしょう。避けた方がいいのは、奇をてらった形のギターです。一時的には良いと思っても、ルックス、音色ともいずれ飽きがきます。フェンダー、ギブソンなら飽きることはありません」

「立花さん、お話の主旨は恭子も判ったと思うのですが、次は実物かそれが無理ならカタログでもあると実感が湧くと思うのですが」

　ここで悦子が口をはさんだ。

「実物は、後日でよろしければ私のギターを持ってきます。カタログはたしか車の中に入っていますので、少し待っていただければお持ちしますよ」

「実物を持ってきていただくのは大変です。だけどカタログは立花さんにお願いして見せてもらいましょう。ねえ、恭子」

「あの……それじゃお願いします。ただこれから私、少し勉強しますので明日でも結構ですから」

「勉強ばかりじゃ息が抜けないわよ。あとで一休みする時に見せていただけば？」

「いえ、本当に明日で大丈夫ですから。それじゃ勉強しに部屋に戻ります」

　恭子はこう言って食堂を出ていった。

　他の者は食堂で談話を続けたが、三十分ほどすると恭三と恭平が部屋に戻った。もう少し時間が経過すると、良美と並木が食堂を出ていった。この後、数分して時計が七時を回った時、

「恭子の勉強が一段落したか、見てきましょう」

と言って、悦子が恭子の部屋に向かった。そして、少しすると悦子は戻ってきたが、

「立花さん、すみません。恭子は疲れているのか机で眠ってしまっているので、もう少し休ませてくださいませんか」

と言うので、

「私の方は全然構いませんから」

と私は了承した。それから一時間ほど過ぎたが、恭一と高村は相変わらず向かい合って、仕事のことや高村の今後の処遇などについて話し合っていた。

「そういえば一九九五年のA社との業務提携に関する書類は、大石弁護士のところにあるのかな」

「いいえ、その書類は、たしか邸内の資料室にあるはずです」

「そうか、ちょっと見てみようか。高村君、申し訳ないが取ってきてくれるかね」

「資料室の管理は、私ではなく並木君の仕事になっています。私は資料室に入ったことがないので、その資料を探せないと思います」

「それもそうだ。ただありがたいことに、並木君は今、良美の部屋にいるね。今日は休日で申し訳ないが頼んでみよう」

「それじゃ、私が頼んできます」

高村は食堂を出て良美の部屋に行って戻ってきた。ここで悦子が、

「立花さん、一時間ほど経ったことですし、恭子の部屋に行きましょう」

と言い出した。

「せっかく眠っているところを起こしたら気の毒じゃありませんか」

私は一応こう言ってみたが、

「大丈夫ですよ。勉強があるので一度は起こしてあげないと」

と言うので、それももっともだと思い、

「では少し待ってもらえますか。まだカタログを持ってきてませんので、今取ってきますから」

と応じると、

「それじゃお願いできますか。その間に恭子がまだ眠っていたら起こしておきますから」

と言って、悦子は恭子の部屋に向かい、私は車にカタログを取りに行くことになった。

私と悦子は食堂を出て、悦子は階段を昇り、私は玄関を出て車に向かった。そして、私が車に近づいた時、二階の恭子の部屋の方から、

「あなた何してるのっ！　誰か助けてェー！」

という悦子の叫び声がして、何か物音がした。それと同時に、

「きゃーっ」

という恭子の悲鳴！

私は即座に車を離れ、玄関から階段を昇ったが、ほぼ同時に木村警部、金子、高村が恭子の部屋に向かっている。そして、一同がドアを開けた時、部屋の中には悦子に抱きかかえられた恭子が恐怖の表情で横たわっていたのであった。悪魔はまたしてもこの厳戒の中、その兇刃《きょうじん》を振るったのだ。

第十四章　暴かれた出生

「恭子っ、恭子ーっ！」

と叫び取り乱していた悦子だったが、素早く駆け寄った金子美香に、

「大丈夫、腕を刺されただけ。すぐ手当てすれば何でもないわ」

と言われて少し落ち着いたようだった。

ここで部屋の中の様子を説明すると、恭子は勉強中、机に伏して眠ってしまったところを犯人に襲われたらしく、机のそばで悦子に抱えられていた。恭子は左上腕部を刺されていて、そこから出血している。ただ不幸中の幸いと言うべきか、金子が指摘したように深い傷ではない。すぐに応急の止血処置がとられ、やがて来た救急車に乗って病院に向かったが、私から見ても軽傷で命に別状はないということは判る。第二の事件における悦子の傷と較べると、こちらの方がかなり軽いことは確かである。

恭子のそばに毛布が落ちていて血が付着している。一時間ほど前に、眠っている恭子に悦子が掛けたものだ。また、犯行に使用された短刀も毛布のそばに落ちていた。

事件発生直後、家族と関係者はすぐに恭子の部屋の前に駆けつけたが、木村警部はすぐに部屋を封鎖して誰も入れないようにして、悦子以外の家族は全員応接間に行くように指示をした。

そして、悦子が落ち着いたところで事情聴取を開始した。

「悦子さん、あなたが大変なショックを受けていることは我々も承知しておりますが、まずはこの状況を話してもらわなければなりません。協力していただけますね」

「はい、私の知っていることは全てお話しいたします」

悦子はまだ蒼ざめた表情で力なく答えた。

悦子はまず、私と彼女が恭子の部屋を訪ねる事情を説明したうえで、

「それで七時頃だったと思うのですが、私が恭子の様子を見に行きました。ところが恭子は机の上でよく眠っていましたので、身体が冷えないようにと毛布を掛けて食堂に戻ってきました」

と警部に言った。

「その時、部屋のドアに鍵は掛かっていましたか」

「いえ、掛かっていませんでした。母や私の事件が起こってからは、一応一人でいる時は鍵を掛けておこうということになったのですが、事件が密室で起こっているのでかえって危険だということもあり、今は眠る時以外は各自で判断しています」

「それでは、あなたが部屋を出る時は合鍵で鍵を掛けて戻ったのですね」

第二の事件以後、原則各自の部屋は鍵を掛けることになっていたので、家族は全員の部屋の合鍵を持っている。

「はい、そうです。それから一時間ほど経ちましたので、もう起こしてもいいだろうと思いまして、再び恭子の部屋に行ったのです」

「その時、立花さんもご一緒に行ったのですね」

「いえ、立花さんはまだカタログを持って来ていなかったので、車に取りに行くことになりました」

「それで……」

「それで恭子の部屋のドアを開けますと電気がついていなかったので、まだ眠っているなと思い、電気をつけようとした時に、恭子のそばに人がいるのに気がついたのです」

緊張のためか、ここで悦子は言葉を止めてため息をついた。

「その瞬間に、すぐ賊だと判りました。それで大声を出して助けを呼ぶと、犯人は毛布の上から恭子を刺して、窓から外に逃げていきました。それからは無我夢中で、手探りでスイッチを見つけて電気をつけると、恭子のところまで行ったのです」

「その時、犯人の顔は見ましたか」

「いえ、暗がりの中だったので顔の方は判りません。また、断言はできませんが覆面のようなものを被《かぶ》っていたかもしれません」

「体格とかはどうですか」

「身長は一七〇センチ以上ありそうな感じで、体格から言って男です。窓から出て行く時の身のこなしから言ってもそうです。これは自信があります」

悦子に対する事情聴取はこれで終わった。続いて鑑識課員が何人か入り捜査が始まったが、凶器の短刀はごくありふれたもので、ここから犯人の足がつくことはないだろうと思われた。犯人は手袋を使用したらしく、指紋は付いていなかった。また、当然ながら短刀と破れた毛布の傷口は一致したし、凶器や毛布に付着した血痕と恭子の血液も一致した。

そして、部屋の窓の外を調べてみたところ、悦子の事件と同様に足場があった。悦子の事件の後、一度片付けられたはずであるが、その後犯人の手によって昨日か今日に付けられたものだろう。この点は警護の者の手抜かりと責められても仕方がないかもしれない。それから窓や足場の真下に、例の人形が落ちていた。犯人が逃走時に落としたのであろう。

木村警部は、悦子の事情聴取と現場検証を終えると、一同が待つ応接間に入った。

「皆さん、まずは犯人の予告通り今日の犯行を許してしまったことをお詫びいたします。ただ不幸中の幸いと言うべきか、恭子さんの傷はそれほど深くはなく命に別状はないようです。ただし言うまでもありませんが、犯人はまだ捕まっていません。お疲れの時間であることは重々承知しておりますが、捜査に協力していただくことになります」

警部はこう一同に切り出したが、事件としては既に四件めである。神妙さと厳しさが以前にも増している。

「警部さん、私たちは事件が起きるたびに厳しく取り調べられているが、このように辛いことばかり起きます。どうせ避けられぬ不幸なら、あまり厳しく調べないで少し手心を加えていただけないだろうか」

たび重なる心労にたまりかねたのか、恭一の口から思わぬ弱音が洩《も》れた。確かに憔悴し切った恭一の表情は私から見ても痛ましかった。しかし、別の意味で木村警部の心労も恭一のそれと較べて劣らないものだったろう。何と言っても捜査の責任者である。しかも弱音や泣き言が許される立場ではな

い。警部は恭一の言葉には答えず、

「事件が起こった時、食堂にいた牧村社長と高村さんは、特に気づいたことがなければ休んでもらっても帰っていただいても結構です。ただし、ご両名に一つだけ確認しておきますが、良美さんの部屋にいた並木さんに資料を捜すように頼んだのは、お二人に間違いありませんね」

と二人に質問した。事件発生時、並木が既に資料室にいたことを知ったうえでの問いである。

「はい、社長が資料を欲され、並木君がある場所を知っているので彼に私が頼みました」

高村が事実を証言したので、恭一は部屋に戻り、高村は帰宅した。ここで警部は事情聴取の場所を食堂に変え、応接間は控室とした。食堂の片付けは終わっていたので、使用人たちは隣の控室で刑事たちに簡単な事情聴取を受けた後、住込みの者たちは使用人棟に戻され、通いの者は帰された。

警部は最初に恭三を食堂に呼んだ。

「恭三さん、まずあなたの食後の行動からお尋ねしたいのですが、六時三十分頃にここを出て自分の部屋に戻ったのですね」

「その通りです」

「それから事件が起きるまでの間、何をしていましたか」

「例によって例の如くお祈りをして、それから黒魔術の研究ですよ」

「その間、何か変わった音がしたとか、気配を感じたことはないですか」

「さあ、祈っている間は精神をそれに集中していますし、研究中も結構夢中になっていますからなあ。気配の方は常に悪魔の気配を感じるように努力していますが、今日は特に感じることはなかったですね」

「判りました。部屋に戻ってください」

と言って、警部は恭三に対する事情聴取を終わらせた。

「恭三氏は神経を磨ぎすまして悪魔の気配を感じようとしているらしいが、今日に限ってはその勘もさっぱりのようだ。何しろ自分のほぼ真上に悪魔が現れても、まったく気づかなかったようだからな」

警部が嘆息するように皮肉を言った。確かに私でも嫌みの一つくらい言いたくなる心境ではある。

次いで誰が呼ばれるのかと思ったが、事情聴取を受けたのは私であった。

客観的に考えれば、私は事件の直前、食堂から出て警部たちの前から姿を消している。したがって、かなり厳しい取り調べを受けてもやむを得ない立場であることは理解できる。しかし、自分にはまったく身に覚えのない容疑で事情聴取を受ければ、ある程度動揺してしまうことは仕方がない。

金子はというと、私と目が合うとからかうように笑うのであるが、それ以外は知らぬ顔をしている。

そんな私であったが、身にやましいことは何もないので何事も隠さずに話をしたし、警部も本心から私を疑っているわけではないので、数分で私は事情聴取から解放された。これがために私は後日、何か事あるたびに、

「モートクさん、容疑者の体験というのもなかなか面白いものでしょう」

と金子に冷やかされることになった。

私の次に事情聴取を受けたのは十三歳の恭平であったが、食事の後、部屋に戻り、体調があまり良

くないので寝ていたということ以上のことは出てこなかった。事件前後の時間帯で特に気づいたこともない。

次に呼ばれた良美は明らかに動揺していた。察するに恋人の並木が過去の事件においてアリバイがなく、今回の事件でも直前に自身の前からいなくなってしまったので、

――並木が疑われているのではないか――

――もしや並木が事件と関連があるのでは――

といった不安が拭《ぬぐ》い切れないのだろう。

「食事を終えて部屋に戻ってからの行動をお話しいただけますか」

警部はそんな良美の気持ちを察したのかどうか判らぬが、事務的な口調で質問した。

「あの……戻ってからの行動と申しましても、私と並木さんと二人でお話しをしていただけなので、特にこれといってお話しすることはありません」

「お二人で今日はどのような話をされましたか」

「他愛のない世間話や芸能界の話などで、本当にお恥ずかしゅうございます」

「お二人の将来のことなどは話さなかったのですか」

「あまり話しません。私たちのことに関してはもう話し尽くしまして、今さら話し合わなければいけないことはもうありませんので」

「何があろうと結婚をやめることはないということですね」

「そういうことです。それから、これも何度も言ってきたことですが、財産などはビタ一文もいらな

いということです」

「そのあとのことですが、夜の八時頃に高村さんが来て、並木さんは資料を探すのを頼まれたのですね」

「そうです。それで並木さんは資料室の方へ行ったのですが、皆様はそれであの人を疑っているのでしょうか」

ここで良美は突然嘆願口調になって感情を爆発させた。警部が何も答えずにいると、

「確かにあの人が事件の時、私の部屋にいなかったのは本当ですが、並木さんが犯人のはずはありません。私が一番よく知っています。とてもじゃないですが人を殺せるような人ではないのです。まして恭子を殺すなんて……」

と、普段おとなしい良美にしてはまくしたてるように言った。何とも言えない悲痛さと必死さが私にも伝わってきて、見るに忍びない姿であった。

「良美さん、我々は今、これといった結論をまだ出していません。ですから容疑者うんぬんという心配をするのはまだ早計です。ただし、あらゆる可能性というものを考えていく必要があるのも事実です。今の段階ではあまり取り越し苦労をしても仕方がないですよ」

警部は諭すように良美に言って、ここで事情聴取を打ち切った。

この日、最後に呼ばれたのは問題の人、並木紹平であった。

警部は夕食後から高村が良美の部屋に入ってくるまでのことを並木に質問したが、答えは良美と同じだった。

「ところで君が牧村社長から探すように頼まれた資料は、当分見ることはないだろうという判断で資料室に保管されたのだろうが、それは君の判断かね」

「はい、そうです」

「しかし、妙じゃないかね。普通に考えれば社長の仕事場は会社で、自宅ではない。ここの資料室にはまず見る必要はないというものばかりのはずだが……」

どうも警部は、事件直前の並木の行動、特に資料室に行く用が偶然起きたかに見えることが気に入らないようである。

「はあ、それはそうなのですが、警部さんもご存じのように少し前から社長が体調を崩されていましたので、逆に必要度の高い物を最近こちらの方に移しました。そういう意味では特別なことではないと思います」

「なるほどね。さすがに敏腕秘書と言われるだけのことはあるね。ところで君が資料室に入ってから二、三分もしないうちに隣の部屋で事件が起こったわけだが、何か気づいたことはなかったかね」

「警部さん、事件の時に私が隣の部屋にいて資料を探していたのは事実です。それだけに客観的に考えて第一に疑われる立場だということも重々承知しています。しかし、私が一連の事件の犯人でないことは天地神明に誓って間違いありません。信じてほしいと言っても簡単に信じてもらえないことも承知していますが、それでも信じてくださいと言うしかありません」

並木も自分の置かれた状況と警部の半ば容疑者扱いの口調から、己の立場を察してこのような発言となったようだ。

そして、この後も警部からかなり厳しい質問が飛んだが、並木の答える姿勢は変わらなかった。警部としても確証がない今の段階では、まだ勾留といった処置をするわけにもいかず、かなり夜遅くまで取り調べは続いたが、今日のところは並木を解放せざるを得なかったのである。

事情聴取が始まる少し前、午後八時頃、知らせを聞いた日向美智子が半狂乱の態《てい》で牧村邸に現れた。

「どうして……どうして恭子まで狙われたんですか⁉　これじゃ危なくて今後はここには預けられません。私の方で引き取ります」

と、凄い剣幕で叫んでいたが、警部に命に別状はないこと、現在は悦子の時と同様に帝心大学病院で治療を受けていることを聞き、一息つくとすぐに同病院に向かった。

なお、恭子への事情聴取は大事を取って翌日、病院にて行われることになった。並木への事情聴取が終わり、この日可能な捜査が一通り終わった時点で時刻は午後十時半を過ぎていた。

私たちは警部や家族に暇《いとま》を告げて帰ろうとしたが、ここで木村警部が金子のところに来て、

「実は並木の出生の秘密が明日にも判りそうなんです」

と言った。

「確か施設の段階で捜査の糸が切れていたんですよね」

「そうです。当時のスタッフが全員すぐにはどこにいるのか判らない状態になっていたのですが、全国に捜索の網を広げ、ようやく全員の居場所を把握しました。もっとも、そう言ってしまえば格好良いのですが、実は昨日、匿名のタレ込みがありまして、それを基に絞り込んでみたら、あっさり判っ

たのです。ただ弁解するわけではありませんが、タレ込みがなくてもそう遠くない時期に判明したことは間違いありません。しかし、今日より遅くなってしまったであろうことも認めなくてはいけないでしょう」

警部にしては謙虚な物言いであった。

「そのタレ込みはどのような形で？」

「封書にスタッフ名とおおよその住所が書いてあるという形です」

「判りました。それではまた明日」

私たちはここで警部と別れ、玄関に向かおうとしたが、気づいた悦子と良美が送ってくれた。良美の方は並木が心配なようですぐ中に入ってしまったが、悦子の方は玄関の外まで来て、

「立花さん、今日は私のせいで大変なご迷惑をおかけしてしまってすみませんでした。私が余計なことを頼んでしまったばっかりに、警察の疑いを招くことになってしまって……」

と私に頭を下げた。

「とんでもない。悦子さんには何の責任もないことです。どうかお気になさらずに。それよりも、こんなことで以後私につまらぬ遠慮をしないでくださいよ」

私は悦子があまりに神妙に頭を下げるので、今後私にあまり口をきいてくれなくなるのではと本気で心配して、いらぬことまで言ってしまった。

「そう言っていただいて嬉しいです。ところで金子さん、恭子の部屋で私の取った行動はあれで良かったでしょうか。ほかに取るべき行動はなかったでしょうか」

悦子は事件に関して責任を感じているのか、そんな質問をしてきた。

「いえ、あれで良かったと思いますよ。ほかの行動では恭子さんの命が危なかったはずです」

「金子の言う通りですよ。仮にあの場をやり過ごして警察の者を呼んでみても、その間に恭子さんは確実に殺されてしまったでしょう。悦子さんがすぐに大声で助けを求めたからこそ犯人は慌てて逃げ、恭子さんは軽傷で済んだのですよ」

私も悦子の精神面を心配して力強く言った。

帰りの車中で金子は何か考え込んでいる様子だった。私は彼女に気を遣い、しばらくの間黙っていたのだが、やがて表情が落ち着いたので、

「犯人は予告通りにやりやがったね。恭子が無事だったのは何よりも幸いだったが……」

と声をかけた。

「本当にそれが幸いね」

「今回の事件についてだが、四番目の被害者が恭子だったことについてはどう思うね？　臥竜先生」

「大石の事件に続いて、恭子という牧村家の財産と直接関係のない人間が狙われた。したがって犯人の動機は、予告状にあるように怨恨である可能性が高いんじゃないか、そう言いたいのね、モートクさん」

「君が考えているように、一連の事件の犯人が恐ろしく頭のいい奴だとしたら、財産狙いで四人のうち二人も関係ない人間を殺そうとするのは非常に効率が悪い。したがってそう考えるのが自然じゃないかね」

「それはその通りね。ただし本事件の犯人は並の奴じゃない。だから、動機とは別の大きな目的があって犯行を行っている可能性もあるの。いずれにしてもまだ決めつけるのは……」

「早計ということだね。ところで明日の恭子への事情聴取は、犯人を特定するという意味では望み薄だろうね」

「モートクさんの言う通りでしょうね。恭子は眠っていたところを襲われたわけだから、悦子が見えなかった犯人を判るわけがない。ただし、気配とかにおいとか感覚的なことは、悦子より近くにいたから何か気づいたことがあるかもしれないわ」

「ふーむ、感覚ね。ただ、それで何かが判ったとしても証拠にはならないね」

「それは当然。ただし、手がかりになる可能性はある。今のところそれくらいしか期待できないわ」

「ところで悦子の事件に続いて今回の事件も、犯人の側から見ると失敗している。この点はどう考える？　犯人が張良並みの天才だとしたら、二つとも犯人らしからぬ失敗をしてしまったということになるが……」

「その点に関しては今考えてみたけど、犯人像は変えなくてもいいと思うわ」

「それはどういうわけで？」

「それはまだ説明できない。だけど考えるべきポイントを一つ挙げると、失敗した事件は両方ともすぐに事件が発覚するような状況の中で行われたことね。一方、良子の事件は邸内ではあっても皆が寝静まった時間帯だったし、大石の事件も少なくとも家の中には誰もいない状況だった。いずれの事件も、失敗した犯行に較べれば失敗の可能性がはるかに少ない状況下で行われている」

「つまり、悦子と恭子の事件は失敗の可能性が高くてもあえてやってみせる必要があったというのかい」

「そういうことね」

「それはどういう理由で？　まさか天才犯罪者ゆえの虚栄心と言うつもりじゃないだろうね」

「理由の何割を占めるかは判らないけれども、それも理由の一つでしょうね。つまり困難な状況の中でも犯行を行ってみせる、どんなもんだという、世間あるいは捜査陣に対する挑発というか嘲《あざけ》りの心理」

「本気かい」

「ある意味ではそうよ。犯人は自分のことを天才だと信じている。そうだとすれば、殺人を犯すのにいくつかの方法があるとしたら、必ず困難な方を選ぶものよ。もちろんそれだけの奴だから、万一失敗したとしても自身の安全度は簡単な方法と同じくらいに高めているはずだけど……」

「そんなものかねえ。それじゃほかの理由は？」

「それが判れば犯人の動機が判るでしょうね。つまりその方法を選ぶことによって犯行の目的に一歩近づくことができるというわけよ」

「困難な方法を選ぶ方が目的に近づくねえ。どうも僕にはよく判らないな」

「まだ判らなくてもいいわよ。それじゃ今日のところはこれで」

私たちはこの日はこれで家路についた。

翌日、つまり七月十六日は恭子への事情聴取があるので、私たちは直接帝心大学病院に向かった。

午前十一時頃に病院に着いたが、警部は来ていて刑事たちに指示を出していた。病室の周りは当然ながら何名もの私服が警備している。やがて担当の医師も来て、その承認のもとに私たちは病室に入った。中には恭子のほかに日向美智子と行方少年がいたが、日向美智子は軽傷で済んだとはいえ心配で仕方がなかったのだろう、ろくに眠れなかったとみえ、目は真っ赤で顔色にも疲れが感じられる。行方少年は昨日会えなかったこともあり、これまた心配そうな表情で恭子のそばにいた。学校の方は午後の授業から出席するようだ。ちなみに昨日の対局は勝ったようで、高校生プロ棋士誕生にまた一歩近づいた。野球でいうとあと一勝、マジックナンバー1というところだ。

事情聴取が始まるので日向美智子と行方少年は病室を出ていった。医師は残り、そのまま立ち会う。

「恭子さん、昨日の事件についていくつか尋ねたいことがあるので答えてくれますね」

警部は余計な前置きをせず、やさしく声をかけた。恭子は軽く頷いた。昨日の出来事だけに、まだ精神的ショックは大きいと思われたが、このあたり、十七歳という若さであるがかなりしっかりした娘だという印象を持った。恭子の答えは印象と同じでしっかりしていたが、内容の方は予想通りで事件解明に結び付くような証言はなかった。

「私、昨日は勉強しようと思って部屋に戻ったのですが、疲れていたのかすぐに眠ってしまいまして、途中悦子姉さんが毛布を掛けてくれたのも判らなかったくらいです」

と、警部に申し訳なさそうな顔をして言ってから、

「腕を刺された時は痛さと怖さで本当にびっくりしました。姉さんがそばで大きな声で叫んでいるので、もしかしたらこのまま死んでしまうかもしれないと思い、気を失ってしまいました」

と、刺された時の恐怖を話して昨夜の事件を改めて想い出したのか、大きく震えた。

「刺される直前に犯人の気配か何かを感じませんでしたか?」

途中、金子美香からこう聞かれたが、

「いいえ、感じませんでした。何を言っているかよく判らなかったのですが、姉の声が聞こえたと思ったらすぐに刺されて激しい痛みが襲ってきたので……あとは今お話ししました通りです」

という答えだったので、金子がわずかに期待した感覚的な犯人像も出てこなかった。

恭子への事情聴取は三十分近くかけて行われたのであるが、新しい事実、展開は何もなかったと言っていいだろう。

そして、恭子の傷であるが、犯人に時間を与えなかったためか、当日の見た目よりもはるかに軽傷で、もう退院しても構わないと担当医師は言明した。本人も退院を希望したので退院手続きをし、そのまま私たちと一緒に牧村邸に帰ることになった。だが、母の日向美智子は事件が牧村邸で起きていることを心配して、自分の家に引き取りたいと言いだした。しかしそうなると、警察としては牧村邸のほかにもう一件警備の人員を配置せねばならず、人員の分散はかえって危険ということになるので、やはり恭子は牧村家に戻ることになった。警部がさらなる厳重な警護を日向美智子に約束させられたのは言うまでもない。

「母親としては娘の安全を心配するのは当然だよね。それに恭子の安全性は、牧村邸より日向の家の方が高いんじゃないか? 臥竜先生」

私は病院を出て牧村邸へ向かう車の中でこう聞いてみた。

「私の考えに従えばそうなのよ。犯人がもう一度恭子を狙うとしたら、牧村邸の可能性の方が高いと思う。ただし、犯人は天才を自認しているので、次も警戒厳重な牧村邸を犯行現場に選ぶはずだという主張では、警察の方針を変える説得力にはならないでしょう?」

「確かにそうだね。それに日向の家だったら狙われないという保証はどこにもないからね」

「その通りね。私にしたところで、犯人ではないのだから犯人が何を考えているのか判るはずがない。したがって日向宅なら安全とは言い切れるものじゃない」

このような会話をした直後に私たちは牧村邸に着いた。病院の前と同じく、いやそれ以上に牧村邸の正面門近くは報道陣でごったがえしていた。無理もない、この華麗なる一族に昨夜の事件で四件目の悲劇である。夜のテレビではテロップが流れたし、NHKでは臨時の報道番組が組まれた。今朝の新聞でも大きく報道され、大新聞のほとんどが社説で事件の早期解決を訴え、初動捜査に誤りはなかったか、などと捜査当局に対する批判も出始めている。別に新聞社の肩を持つつもりはないが、彼らマスコミとすれば当然の姿勢だろう。何しろ下手をしたら四人の命が奪われていたかもしれないからだ。悦子と恭子が助かったのは幸運によるところが大で、捜査当局が犯人に対して先手を打てたからではない。

そうは言っても、家に入るまでの間、フラッシュの嵐を浴びた恭子は見ていて気の毒であった。あとで、

「何だか私が犯人で、警察に連行されているような気分になった」

と洩《も》らしたのも無理はないところだ。

それだけに家族との対面は少しばかり感動的であった。

「お姉さん、心配かけてごめんなさい」

「本当に心配したわよ。でも大したことなくて良かった」

「悦子姉さんのおかげでこうして無事です」

「恭子、本当に大変だったな。今日はのんびりしなさい」

父親の恭一も安心したようにこう言ったが、

「日中はなるべく一人にならない方が」

と木村警部。

「だけど一度は部屋に戻って落ち着かないとね」

と悦子が言い、

「それもそうですよ」

と良美も同調した。

結局、三人で恭子の部屋に向かった。

「良い姉妹ですね」

私がこう言うと、

「本当にそうなんですよ。恭子ちゃんが当家に来た当初は、いきなり妹が現れた形だったのでどうなることかと私も随分と心配したのですが、今では仲の良い姉妹になりました。良子義姉《ねえ》さんが度量を示したことも大きかったと思います」

と叔父の恭三がしみじみとした口調で言った。

ここで恭一が、

「皆様に申し訳ないが……」

と言って自室に戻っていった。そして、入れ替わるように三姉妹が応接間に戻ってきた。悦子は私の方を笑いながら見て、

「立花さん。実はもう少ししたら行方君が来るらしいんですよ。よろしかったら二人に昨日のギターの話をしてやってくれませんか?」

と言った。やや意外な申し出なので、

「エレクトリック・ギターのお話ですか? それは構いませんが、恭子ちゃんは良くても行方君はどうですかね。ここ何日か会えなかったのだから二人になりたいんじゃないですかね」

と一応気を遣って答えてみたのだが、

「いつも二人で会っているんだから大丈夫ですよ」

と悦子は言う。しかし、恭子が、

「多分大丈夫だと思うけど、一応行方君に聞いてみてから」

と言うので、それももっともということになり、話は行方少年が来てからということになった。

私はふと思い出し、

「でも今日は、たしか例の施設のスタッフの事情聴取があるはずですね。時間は大丈夫ですか」

とそちらの方も気になるので警部に聞いてみた。

「証人は二人来るのですが、二人とも遠方から来ますので、署に着くまでまだ時間があると思います。おそらく午後四時を過ぎるのではないでしょうか」

木村警部が腕時計を見ながら答えた。

この部屋には良美がいる。彼女が並木に関して余計な心配をしないように、私が小声で警部に質問したことも言うまでもない。

金子が近づいてきて、私の耳元でささやいた。

「今午後二時頃だから、もう少ししたら行方君が来るわよ。たしか今日の授業は五時間目までと言っていたから。それから今言っとくけど、話が乗ってきたら、私や警部に気を遣って話を中断しないようにしてね。恭子ちゃんや行方君の気持ちがモートクさんの話で安らぐなら、それが一番だからね。事情聴取の内容は私があとで教えるから」

私が悦子と恭子の要請に応じられるようにギターのカタログを用意していると、ちょうど行方少年もやってきた。恭子がその旨を彼に話すと、

「僕もお話聞いてみたいです」

と乗り気になったので、私も説明を始めた。

下手の横好きの典型である私は、話に夢中になり、

「ストラトキャスターはシングルコイルのピックアップなので出力は小さいけど、シャキッとした鋭い音が魅力だね。レスポールはハムバッキングのピックアップなので出力が大きく大音量が得やすく、そのわりには甘い音色が特徴で……」

などと話を続け、一時間ばかりかかっておおむねを話し終えた。

それから少し経つと警部の携帯電話のベルが鳴り、例の証人が署に着いたという連絡が入った。

さっそく私たちは警察署に向かい取調室に入ると、そこには見たところ六十代半ばといったところの女性が椅子に座っていた。

木村警部はゆっくりと腰を下ろすと、

「今日は遠いところをご苦労さまです。お疲れのこととは思いますが、大変大事なことをいくつかお尋ねしなければなりません。ご協力いただけますね」

とその女性に声をかけ、女性は静かに頷いた。

「まず確認させていただきたいのですが、お名前は野村さんでよろしいですね」

「はい、野村美枝と申します。現在は長野県に住んでおります」

「野村さんは以前、都内にある『希望の家』という児童養護施設に勤めていましたね」

「はい、今から二十五年前までそこで所長をしておりました」

「私どもの調べでは、その児童養護施設に二十五年前、並木紹平という子供が預けられています。その時のことをお話しいただけますか」

「はい、今から二十五年前のある日、吉川様と名乗られたご夫婦が『希望の家』に来られました」

「その夫妻は吉川薬品の専務だった人ですね」

「はい、そうです」

野村美枝はもう観念しているとみえ、言いにくそうではあるが、早めに返答した。

「彼らは何をあなたにお願いしたのですか？」

「自分たちは、先日社長が自殺した吉川薬品の幹部だった者で、社長の弟だ。一文なしになった後、親子三人で何とか暮らしてきたが、生活苦でこれ以上やっていけない。そこでその子を預かってもらえないかということでした」

「それを受けたのですね」

「はい、事情も判ったことですし」

「その時点では吉川紹平という形で引き取ったのですね」

金子が質問した。

「そうです」

野村美枝はうつむきながら答えた。

「その日から半年ほど経ってから、あなたは所長の職を辞して長野の方へ住所も変えています。その間に何があったのかお話し願えますか」

警部の質問はついに核心に入った。

「お預かりした子供はまだ物心がついていなかったので、養育にはさほどの苦労はありませんでした。ただ、昨日まで可愛がってくれていた人間が変わってしまったことは本能的に判るらしく、私どもに慣れるのに多少の時間はかかりました。そうこうして三ヶ月ほど経った頃、児童養護施設に一人の紳士が訪ねてみえました」

「その人が牧村製薬社長、牧村恭一氏ですね」

「そうです」

「牧村氏の用件についてお話しください」

「はい。牧村様は『この児童養護施設に吉川紹平という子供がいると聞いている。ついては私がその子を引き取りたい』とおっしゃいました」

「それであなたは何と言ったのですか」

「もちろん断りました。私は吉川夫妻から引き取る時に事情を聞いています。いくら何でも親の敵《かたき》とも言うべき人物に子供を引き渡すわけにはいきません」

「それで断られた牧村氏は何と？」

「牧村様はこう言いました。『いや、あなたが私を信用せず、こうして断るのは判る。私がこの子にどんな仕打ちをするか判らないと心配しているのだろう。だが、判ってほしい。私がこの子を引き取りたいのは決して禍根《かこん》を絶とうとしているのではない。むしろ過去の罪滅ぼしをしたいからなのだ』と」

「その発言を信用されたのですか」

「いえ、もちろんすぐには信用できません。それで私はこう申しました。『仮に牧村様が本当にこの子の面倒をみようと思っているとしても、どのような形で育てるつもりなのですか？　まさか牧村家の人間として育てるわけにはいきますまい。それに物心がついてからはどういう形で接するつもりなのですか？　本当のことをこの子が知れば大きなショックを受け、あなたを親の敵として怨《うら》むことになるかもしれませんよ』と」

「あなたにそう言われて牧村氏は何と？」

「まず牧村家としてこの子に財政的援助を与えることを約束する、このことは妻も了解している、と言われました。それからいくら何でも牧村家の人間として育てるわけにはいかない、それでは吉川家の人間が牧村家の中に埋もれて、いずれ消えてしまうことになる、それでは吉川家の人々に申し訳ない、と言われました。その際、決してこの子を牧村家に入れたくないという意味ではないと何度も繰り返し言われました」

「それであなたは？」

「そこまでは理解できましたので、具体的にどうするのかと訊きました。すると住まいとして一軒の家を用意してそこに住んでもらう、牧村家とは遠い親戚で両親が他界してしまったので、成人して独立するまで牧村家が支援するということにする、その家には養育係として乳母が同居する、という具体的な方法を提示されました」

「その案なら良いとあなたも今度は同意されたのですね」

「そうです。その形なら本人も過去の出来事を知らずに済み、成人まで経済的にも精神的にも安定した暮らしをすることができますからね。あとはその約束が守られる保証さえあれば問題ないと思いました」

「牧村氏はその保証をどういう形で提示しましたか」

「念書を一枚頂きました。今お話ししたことを必ずするという内容です」

「誓紙だけで不安は感じませんでしたか？」

ここで金子美香が質問した。

「もちろん念書だけでは不安でした。ただし、それまでの牧村様の話がとても誠意に溢れているように感じました。本当に過去の過《あやま》ちを悔いて反省しているようでしたし、『万一私が約束を実行しなかったら、今の話をマスコミにでも伝えれば、私は社会的制裁を受けることになる』と言われました。そこまで牧村様ご自身が言明しましたので、信用してもいいと思ったのです」

「なるほど。物心がつく前なら、そのまま育てれば自然にその家の人間になりますからね」

「はい、その点も考えてそれが一番良い方法だと思いました。ある程度以上に自我ができてしまうと、いきなり違った環境に身を置かれるとどうしても混乱してしまいますから……」

「そこまでのお話はよく判りました。児童養護施設の責任者としてあなたの対応は正しかったと思います。しかし、この世の中、美談だけでは成り立っていかない部分もありますね。それを話していただけますか」

「はい、警部さんが言われるように、あの子がどういう大人になるのかは別にいたしまして、それで話が終わっていれば牧村様の美談ということで済んでいたのです。しかし、それで終わりというわけにはいきませんでした」

「私たちが『希望の家』を調査したところでは、並木紹平を児童養護施設に連れてきたのは吉川という夫婦ではないことになっていました。また、子供を引き取ったのは現在並木紹平が同居している乳母だという点は事実ですが、その後三ヶ月ほどで、あなたと副所長とも言うべき主任スタッフが『希望の家』を退職していますね。その理由を話してください」

「最初の質問からお答えいたします。吉川様ご夫妻からお預かりした時は、先ほども申しましたように吉川紹平という形で当施設に入所していています。しかし、牧村様に引き取っていただく話がもちあがってきますと事情が変わって参ります。吉川という姓では牧村様にも子供にも都合が悪くなってきました。そこで吉川様の奥様の旧姓である並木姓を使うのが良いだろうということになり、当院で預かることになった日まで遡《さかのぼ》って、吉川姓を並木姓に変更することにしたのです」

「それはあなたと牧村氏の同意というより、牧村氏の要望に近いのですね」

「最終的には私たちも同意したことは事実ですが、警部さんのおっしゃる通り、牧村氏の強い要望という形で始まった話でした」

　野村美枝はもはや言い逃れはできないと覚悟したのか、あっさりと認めた。

「牧村氏の強い要望が、あなたと主任スタッフの退職でもあったのですね」

「はい、そうです。理由はもうお察しのように、引き取った子供の秘密保持です」

「つまり、施設の入退所記録の改ざんを隠すためと、秘密を知る人間の口封じということですね」

「そうでした」

「牧村氏は具体的には何と言いましたか？」

「『これはご承知のように大変に大きな秘密である、何としても守らなければならない。したがって、全ての手続きが終わったら、なるべく早いうちにここから去ってもらいたい。もちろん秘密は誰にも話してはいけない。そのための条件があれば何でも言ってほしい。大概の条件は呑む』と言われました」

「それは口止め料という形のお金ですね」

「はい、申し訳ありませんでした。それが決して良い方法ではないことはもちろん承知しておりました。しかし、住み慣れた東京を離れ、慣れない田舎暮らしを余儀なくされる身としましては、それ以外に頼るものがなかったことも現実でした。それに私たちは決して自分の欲のためだけにその条件を呑んだわけではありません。あの当時、正直に申しまして施設の運営は大変苦しゅうございました。牧村様は施設の運営資金のことまで申し出てくれました。そのおかげで『希望の家』は持ち直し、現在に到っているのでございます」

野村美枝は警部に対して必死に嘆願するように頭を下げながら言った。

「野村さん、私どもは今世間を騒がせている連続殺人事件を解決するために捜査をしているのです。二十五年以上も前の、しかもそのような特別な事情のもとに行われたことに対して責任を追及するつもりは毛頭ありません。したがって、全てを包み隠さずに話していただければ何も心配することはありませんよ。あなたの部下だった主任スタッフの方も同様です」

「ありがとうございます。ありがとうございます」

警部の言葉に安心したのか、野村美枝は何度も頭を下げながら言った。

野村美枝に対する取り調べはこれでおおむね終わった。あとは野村美枝が東京を離れた後の行動について補足的な質問が行われた。野村の住まいは東京からいきなり長野へ移転してそのまま定住したわけではない。短い期間に何回か住所を変え、追跡調査をしても簡単にはたどり着けないようにしている。だからこそ警察の捜査も容易にはいかなかったのであるが、そのことからだけでも恭一の意志がいかに強烈なものであったかがうかがい知れる。

施設を去った後、住居を転々と変えたのは当時の主任スタッフ、石井律子も同様であった。彼女に対しても野村美枝と同じく、当時の恭一とのやりとりについて事情聴取が行われたが、答えは全て野村美枝の発言と一致した。石井律子も事情聴取中に何度も、

「申し訳ありません、申し訳ありません」

と警部に詫びながら、当時の状況を語った。もちろん彼女たちの行動はあまりほめられたものではない。しかし、当時の状況を考えると、彼女らを責める資格のある人間がはたして何人いるだろうかと思う。我が国の福祉もまだまだだなと思わざるを得ない。

ともあれ、野村美枝と石井律子は過去の件については一切その責任を追及されず、何かあればすぐに出頭してさらに事情聴取を受けるという条件でそれぞれ帰っていった。

捜査の順序としてこれらの話を恭一に確認しなければならないことは当然である。私たちは再び牧村邸に向かうべく、車中の人となった。

第十五章　もう一つの秘密

木村警部以下の捜査陣は私たちと一緒に牧村邸に着いたが、時刻は六時半を過ぎ、牧村家の人々は夕食をとっていた。

「何か大事な証人が警察に来たそうですが、貴重な証言はとれまして？」

もう食事は終わったのか、警部が使用人に来訪を告げると、悦子が微笑みながら私たちを出迎えた。

「大変に重大な証言がとれました。ついてはそれを確認したいのですが、お父様はもう食事の方は終わりましたか」

「それが……ご承知のように父は精神的に大変滅入っておりまして、今朝から主治医の田中先生が付きっきりの状態なのです。食事は今しがた終わったのですが、はたして事情聴取に耐えられる体調なのか、先生に聞いてみないといけないかもしれません」

悦子は少し顔を曇らせて答えた。

「判りました。それでは田中先生を呼んでもらえますか」

「はい、かしこまりました」

警部としても体調不良ですと言われて、そうですかと簡単に引き下がるわけにもいかない。悦子は田中医師を呼びに行った。

田中医師は見たところ五十歳半ばという感じの男性で、牧村家の家庭医としては長い。恭三が精神的な病気になった頃からの付き合いなので二十年近く経っている。精神科、神経科を専門にしているようで、恭三の治療が主であるが、ここ二、三日前からは恭一の状態が思わしくないので、むしろこちらが本筋といった感じになっている。

「今日、これから事情聴取ですか？」

警部から要請を聞いた田中医師は苦い顔をした。医師としての立場では恭一に事情聴取を受けさせたくないのは当然であろう。何しろ悦子の話では朝から医師が付きっきりなのだ。

「田中先生。あなたが医師としての立場から恭一氏への今の状態での事情聴取はできれば控えたいと考えるのはよく判ります。しかし、先生も牧村家の主治医として、当家における一連の事件についてはよく知っておられるはずです。我々はこの事件と関わりがあると思われる過去の出来事にについて、ある情報を得ました。そして、それが事実であるかどうか、どうしても恭一氏に確認する必要があるのです。そのことをお考えのうえ、何とか先生のお許しをいただけないでしょうか」

田中医師は「うーむ」と言って考え込んだ。やがて何かを覚悟したような表情で、

「その事実確認は今日でなければならないのですね」

と切り出した。

「そうです」

「それも早い方がいいのですね」

「できるなら今すぐです」

田中医師が大きなジレンマに陥っていることは、そばで見ている者には明らかであった。恭一の体調不良は精神的なもの、つまり心労である。この症状を軽減するには心を休ませることが必要であるが、警部の事情聴取はその内容から考えて恭一の神経に良いはずがない。しかし、一方で一連の事件の凄惨さを考えると、捜査の足止めとなる事態は避けるべきであるのも自明である。

「判りました。警部がそこまで言うのなら事情聴取を許可します。ただし、私も同席させていただき、これ以上の事情聴取は無理と判断しましたら、即刻中止させていただきます。よろしいですね」

この医師としての妥協案を警部が受け入れたので、恭一氏の事情聴取が行われることになった。

「それでは牧村氏に話して参りますので少々お待ちください」

田中医師はまだ食堂にいる恭一のもとに向かった。一、二分ほどすると田中医師は戻ってきて、

「今、牧村氏にお話をして参りました。場所は部屋でお願いします。ベッドがそばにあった方が何かと便利ですので」

と我々に言った。

私たちは玄関から家に入り、一階の右手奥にある恭一の部屋に入った。中にはベッドの上で待っている恭一がいた。

「こんな場所、こんな格好で大変失礼だが許してください」

やつれた大企業の経営者は、力ない声で私たちに詫びた。

「いいえ、こちらこそ大変な容態の時に無理を申しましてすみません。ただ、どうしてもあなたに確認しなければならないことが今日判ったものですから」

「それは今しがた田中先生から聞きました。どのようなことでしょうか」

「あなたは『希望の家』の所長だった野村美枝さんという女性と、主任だった石井律子さんという女性をご存じですね？」

　恭一の顔に驚愕の表情が走った。

「野村美枝……石井律子……」

「そうです。その二人です」

　恭一が驚いた様子だったので、早くも田中医師は立ち上がりかけたが、逆に恭一が田中医師を制して、

「その口ぶりでは、もう皆様に秘密は知れてしまったようですから、私の口から申しあげましょう。そうです、彼女たちが多分話したように、並木君を引き取る際、施設の記録を改ざんし、二人を口止めさせるための工作を私がしたというのは本当です」

　と、事情聴取より先に事実を認めた。

「では記録を変えさせたことも、口止め料を払ったことも、条件として施設を辞めさせたことも認めるのですね」

「はい、そうです」

　恭一は力なく頭を下げた。

「何故そこまでして隠す必要があったのですか？　そりゃ、並木君や家族には知られたくないというのは判りますが、この秘密工作はいささか度を越しているように思われるのですが……」

「それは……もちろん並木君のことは一番大きな問題でした。また、当初はまったく予期しなかったことですが、良美とこういうことになってみますと、良美のためにも秘密は公開するべきでした。ただ、当時としましては会社の方がまだ発展途上でありまして、磐石《ばんじゃく》の基盤があったわけではありません。したがって罪滅ぼしと思いながらもスキャンダルは厳禁であるという意識が働いたのです」

恭一が絞り出すような声で言った時、田中医師が、

「牧村氏はだいぶ疲れておいでです。見たところ必要な情報は引き出せたようですので、今日の事情聴取はこれまでということにしていただきます」

と事情聴取の打ち切りを警部に宣言した。警部も所期の目的は達したのでこれを了解した。

警部が部下に並木を出頭させるよう指示してから、私たちは恭一と田中医師を部屋に残して食堂に戻ったのだが、そこには家族全員が待っていた。警部以下捜査陣の表情から何かただならぬことが起こっていると感づかれたのか、それとも施設のスタッフへの取り調べが行われたことが既に知られていたのか、彼らは深刻な表情をしていた。警部は家族たちに野村美枝、石井律子への事情聴取で判明した新事実、すなわち並木紹平が吉川一族の血を引く人間であったこと、恭一がその出生の秘密を隠すべく様々な工作をしたこと、そして恭一自身が先ほどの事情聴取でそれを認めたことなどをゆっくりと話した。

当然ながら家族たちの動揺と驚きは大きかったが、中でも恭三と良美は特に衝撃を受けたようであった。

「そうか、そうだったのか。兄があまりにも強引に話を進めるので何かあるとは思ったのだが、そう

いうことだったとは……」

恭三は絶句した後、頭を抱えてしまった。警部から本当に何も知らなかったのかと問われたが、

「いや、本当に何も聞いていない。兄はそうまでしても秘密を守りたかったのだろう」

と答え、以後何を聞いても知らないと繰り返すだけであった。

一方、良美の受けたショックは恭三以上に大きかった。無理もない。何と言っても愛する並木青年が、過去に父が陥れた吉川家の血を引く者であることが判ったのだ。今にも泣きそうな顔になった良美であったが、それでも警部に詰め寄り、気丈に、

「それでは警部さん、警察ではあの人を容疑者として取り調べるのでしょうか?」

と質問した。その口調には必死の情念さえ感じられる。

「良美さん、我々としては判明した新しい事実を並木君に告げ、彼が知っていたかどうかを確認するということです。その中で疑いが深まれば追及し、疑いが晴れればそれでおしまいにするという、いわば捜査の定石を一つ一つ行っていくだけです。今の段階で容疑者うんぬんということはありませんよ」

警部はおだやかに、ただし毅然とした口調で答えた。

「それでは並木さんは、これから警察に呼ばれて調べを受けることになるのですね」

「遅い時間なので申し訳ないとは思いますが、そういうことになりますね」

この状況下では充分に予想される事態ではあったが、当事者の良美には耐えかねる展開だったのだろう。彼女は溢れる涙を拭うと、きびすを返して部屋に走り去った。

室内の空気が重苦しくなったので家族たちは一人一人部屋に戻っていったが、入れ違いに田中医師が入ってきた。恭一が休んだので今日はこれから帰るのだろうが、その前に警部に挨拶を済ませに来たものと思われる。

「牧村社長はもう休まれましたか」

「先ほど睡眠薬を飲み、床につきましたので私も帰らせていただこうと思いご挨拶に参りました。患者の容態について警部さんにもお話ししておく必要もありますので……」

「そうですか。それで恭一氏の容態はどうなのですか」

「良くないですね。心因性の神経衰弱なのですが、これといった良薬があるわけではありませんからね」

「心因性と言われますと、私も耳が痛いですね。原因のほとんどが一連の事件でしょうから」

警部は自嘲気味に言ったが、田中医師はあまり気に留めない感じで、

「いや、それだけではなくて、会社の経営のことや過去のことなどについても神経をすり減らしていますからね。もちろん事件のことが大きいのは事実です。誰だって自分の家族や知人に不幸があれば参ってしまいますが、牧村氏の場合は、家族が何者かに殺されたり殺されかけたりしているわけですからね」

「それで回復の見込みはどうですか。例えば犯人が捕まれば、回復は進みますか」

「容態自体は良くないとは申しましたが、重症とまでは言っていません。ただし精神的なものと言いますと、まだ世間では軽く見ている人が多いように思われますが、実際には考えている以上に大きい

です。事実、精神状態が良い時は免疫細胞が活性化し、悪いと免疫能が落ちるという現象は多くの研究や実験で明らかになっています。もっとも臨床医の中にも患者の精神面を軽視し、治療は自分の薬剤のさじ加減次第と思っている者が多いですから、あまり世間を批判する資格はありませんがね。ハッハッハ」

「例えば加賀大学の吉原教授のような人ですか」

ここで私が会話に割って入った。

「いや、私は医師全般の傾向について言っただけで、特定の個人を名指ししたつもりはないのですよ。ただ、吉原教授のことは存じあげていますよ。何でしたっけ？　たしか『アトピービジネス論』とかいって週刊誌とかで色々と書いておられますね。臨床医としてほかに手がないということは判るのですが、あそこまでステロイド外用剤が安全だと言い切ってしまうのは凄い度胸ですね。私が同じ立場なら恐ろしくてとても言えないですよ。実際に治療破綻した患者さんは少なくないですからね」

「それでも内服や注射なら危険だけど、外用ならまず心配はないと言っていますよ」

「同じ薬剤を投与方法が違うから安全だという主張は詭弁だと言うしかないですね。こんな論理では患者から『ステロイド外用剤安全論と詭弁とはどこが違うのか？』と言われてもやむを得ないでしょう。少なくとも私ならそう言われたら絶句してしまうでしょうね。おっと、立花さんに言われて話が少し脱線してしまいましたね。話を戻しますと、やはり根本原因である心因を除かないと治療は難しいと思います。それまでは症状を見ながら、薬でその場その場の症状を抑えていくしかないでしょう。ただ、今も申しました通り薬剤には必ず副作用がありますし、使用が長期にわたると効き目も落ちてきますので、そうなる前に事件が解決するというのがベストです。そういう意味からも、皆様には頑張ってもらいたいと思います。決してプレッシャーをかけるわけではないですが……」

「田中先生、ちょっとお聞きしてよろしいですか？　牧村社長の容態についてはよく判りました。あとは弟の恭三氏の容態についても教えていただけませんか。確か初診時から診ていらっしゃいますよね」

ここで金子美香が質問した。

「そうです。恭三さんの場合はその頃から診察しています。こちらの方は社長とは違って過去の出来事に対しての心傷であり、状況が変わることがないのでより難しいですね。ただ私が思うに、こうなってしまった原因は牧村製薬と吉川薬品の件だけではなく、奥さんとのことも少なからずあると見ているのですが……」

「奥さんがいたんですか⁉」

金子が少し驚いた様子で聞き返した。これは警部も知らなかったようだ。すぐに部下たちに確認したが、把握している者はいなかった。これには逆に田中医師の方が驚いたようであったが、すぐに納得したように頷きながら、

「なるほど、皆様がご存じなかったのも仕方ないですね。恭三さんの奥さんは例の事件の頃に病死していますので、今回の事件との関連を考える必要はありませんし、そもそも奥さんの存在を知っているのは、当家では恭一氏と恭三さん自身だけ、ほかには大石弁護士くらいでしょうから、彼らがしゃべらなければ誰も知る由《よし》がないですからね」

と言った。

「それで、亡くなった奥さんはどのような人だったのですか？」

金子はこの話にだいぶ興味を持ったようで、少し興奮した様子で質問したが、田中医師は少し困惑した表情で黙り込んでしまった。

「恭三さんの病気の一因ということで言いにくいところがあるのですね。ですが話してもらえませんか」

「しかし、先ほども申し上げましたように、今回の一連の事件とは関係があるとは思えませんし……」

田中医師は金子の要請に対してこう言いながら警部の顔を見た。どうしても答える必要があるのかという意思表示である。

「事件に関係があるかと問われれば、今のところ事件と結び付くものはありません。しかし、これだけの事態になってしまった今、我々としてもあらゆる状況を想定して捜査に当たる必要があります。したがって、一見関係ないと思われる事柄に関しても一応知っておく必要があるのです。もちろん、事件との関連がはっきりしない間は、秘密は厳守いたします」

警部はこう言って情報の提供を促した。

「そうですか。そういうことならお話しいたしますが、今言われたように事件との関連がはっきりしない限り秘密は守っていただきますよ。私にも患者の個人情報に関しては守秘義務がありますからね」

田中医師は警部にこう確認してから話し始めた。

「恭三さんの奥さんは一言で言えば毒婦といったところでしょうか。性格的に色々と問題が多く、恭三さんも扱いには随分と苦労なさっていたようです」

「具体的にはどんな様子だったのですか」

「故人の悪口になってしまうことなのでなかなか言いにくいのですが、わがままで強欲、多情といったところでしょうか。そういった要素が、世間でいう常識を大きく逸脱していたのです」

田中医師は続けて具体例を数例挙げたが、それ自体は物語とは関係がないのでここには記さない。ただ、田中医師が語ったように、それが相当な程度であったことは記しておく。

「それは先生から診て精神病と言っていい状態でしたか?」

「初期の段階では性格的な問題という範囲内だったと思いますが、途中からはそれが激しくなり、それが原因となって精神病というレベルにまで高まったと思います。結局は普通の夫婦生活、家庭生活ができる状態ではなくなり、別居、離婚という形にならざるを得なくなったようです」

「離婚した後、奥さんはどうなりました?」

「彼女の実家に引き取られたようです。ご両親も娘の状態を見て納得ずくで離婚を認めたというふうに聞いていています」

「奥さんは実家に帰ってから病死したようですが、それに関しては詳しいことは判りますか?」

「いや、詳しいことは判りません。先ほども申しましたように、私は恭三さんが会社のことと奥さんのことで心を病み始めた頃から牧村家と関わりあうようになったのですが、その頃吉川薬品の乗っ取り工作は進行中で、奥さんは実家に引き取られる直前です。ですから奥さんと直接の面識は本当に少ないのですよ。したがって奥様について色々とお話ししましたが、ほとんどは恭三さんとのカウンセリングで得た伝聞情報です。ただ、心因性の疾患が肉体的にも大きな影響を与える場合が少なくありませんので、あの状態が酷くなったとすれば、それがしばらく経過してから死に結び付いたとしても決して不思議ではないと思います」

「そういった状況の数々が、恭三さんを追いこんでいったということですね」

「そうですね。時系列で言いますと、乗っ取り工作と奥さんとの問題がほぼ同時進行で進み、それから離婚、乗っ取り、吉川社長の自殺、前妻の病死と続きます。これだけ精神的な葛藤が多発すれば、誰でも参ってしまうのではないでしょうか」

「判りました。色々と貴重な情報をありがとうございました。最後にその奥さんの名前を教えていただけますか」

「牧村易代《やすよ》、旧姓は岡本です」

「実家はどこですか」

「たしか島根県のM町と聞いています。それ以上のことは私も聞いていません」

「どうもお疲れさまでした。お引き留めしてしまってすみませんでした」

田中医師は立ち上がり、食堂を出ようとしたが、一度立ち止まり、

「牧村易代のことを牧村社長や恭三さんに尋ねるのはやめてくださいね。どうしても聞く必要が生じた時は必ず事前に私に言ってください。彼らの健康管理上、これだけは約束していただきますよ」

と私たちに向かって言った。これに警部、金子が同意したので田中医師は安心した表情で出ていった。

「ひょんなことから意外な事実が判明しましたね」

私が誰に言うともなく口に出すと、

「そうですね。ただ当人は既に亡くなっているので牧村家の事件とは関係はないでしょう。易代の死因だけは確認しておく必要があるでしょうが……」

と、警部があまり気のない口振りで答えた。

この時、一人の刑事が入ってきて、

「警部、並木紹平が署の方に出頭してきました」

と言ったので、私たちは再び警察署に向かった。

取調室に入ると並木は中にいたが、既に刑事から自分の出生《しゅっしょう》の秘密を知らされていたと見え、顔色は蒼白であった。

「並木君、もう知っているようだから単刀直入に聞こう。牧村一族は君にとって自分の一族の敵《かたき》だね？」

「それは……たった今刑事さんからお聞きしましたが、それまでまったく知らなかったことで本当に驚きました」

並木青年は震える声で答えた。本当に心底から驚いているように私は感じた。仮にこれが演技だとしたら、まさに一世一代、稀代《きたい》の名演技である。いや、嫌疑を逃れるための必死の演技なのかもしれない。

「そんな言い分は信じられないな」

　警部は並木の返答を言下に否定してみせた。既に容疑者扱いだと私は感じた。

「そんな……でも警部さんが信じようと信じまいと本当に私は何も知らなかったのですから、それ以外に答えようがないじゃないですか」

「いいか、君が吉川の血を引く者だと判った以上、我々としては君を容疑者の一人として考えないわけにはいかないということなのだ」

「バカな……私は本当にたった今までそんなことは知らなかったし、それに良美さんを愛しているのです。確かに牧村のおじさんや恭三おじさんたちのことは、ほんの少し前に聞いてショックを受けましたが、物心がつく前の出来事なので正直言って実感が湧きません。それに罪滅ぼしとはいえ牧村家に世話になったのも事実です。だいいち牧村家の人たちは皆、良美さんの家族ですよ。仮に……」

　並木はここで一息入れてから、続けて叫ぶように言った。

「あくまで仮にですよ、私がこれからおじさんたちに復讐心を持ったところで、良美さんが悲しむようなことができるわけがないじゃありませんか」

「それはどうかな。社長やおじさんの過去を知った君は、両親の恨みを晴らすために意図的に良美さんに接近したんじゃないのかね」

「私は心底から良美さんを愛しているのです。それはあまりといえばあまりな言い方です」

「それじゃ、百歩譲って君の愛情が本物だとしてみよう。だけどそれは『ミイラとりがミイラになってしまった』という話ではないのかね。本来殺すべき相手の娘を愛してしまったとでもいうような……。そう考えると、三姉妹のうちで良美さんがまだ狙われていないのも説明がつくことになる」

「冗談じゃないですよ」

「冗談でこんなことは言わないよ。恨みを晴らそうとしても、牧村家に自由に出入りできなければ犯行は難しい。その権利を得るには牧村製薬の社員というだけより、娘たちの誰かと恋人同士だと都合がいい。おまけに結婚すれば財産までついてくることになる。復讐としては最高の形ではないのかね」

「財産が目的なら、何で私が奥様を殺す必要があるんですか。奥様はその点なら私にとって最高の味方のはずです。おかしいじゃないですか」

並木はこの若さで恭一に秘書室長に抜擢されただけあって、決して愚鈍ではない。警部の追及のわずかな隙を突いて反撃してきた。しかし、警部はまったく動ぜず、

「私は何も君の動機が財産狙いだと言ったわけではないのだよ。一族の恨みを晴らしつつ財産も物にしてしまおうという意図ではないかと言っただけで、主目的は復讐であるという点では何も変わっていないのだ。それに復讐が目的なら妻や娘、あるいは盟友を殺していった方が効果的と考えたとも推論できる。したがって今の君の論理では疑いが晴れたというわけにはいかないね」

と言い放った。

これには並木も反論できず、怒りとやり切れなさを表情に出して警部を睨むだけであった。以後もしばらく警部と並木の間で激しいやりとりがあったが、並木は頑として答えを変えることなく、自分

は無実であると訴え続けた。並木にしてみれば当然の抵抗であったが、警部及び捜査陣の心証が悪くなったことは確かであった。

その証拠に――並木はこの日は結局、夜遅い時間に家に帰されたのであるが――並木が帰った後、木村警部は金子との会話の中で、

「近く並木を勾留するかもしれません」

と言明した。

「被害者の会の須崎真也はどうしますか」

との金子の質問に対しては、

「少なくとも恭子殺人未遂の件に関しては無実と認めなくてはいけないでしょう。留置所の中にいたわけですからね。ただ、第一、第二の事件はともかく、第三の大石殺しに関してはまだ容疑を解くわけにはいきませんね」

「すると、大石殺しでは並木は無実だと考えているのですか」

「いや、今の段階でそう決める必要はないと思っています。並木と須崎の共犯まで考えるのは疑いすぎだと思いますが、大石殺しを決意した二人の人間が、偶然同じ日のほぼ同時刻に大石邸を訪れた可能性は考えてみてもいいのではないでしょうか」

これは以前に金子が私に示した仮説と同じ考えである。

「なるほど、柔軟な考え方ですね。ところで先ほど判明した恭三氏の奥さんの件ですが、ほかの家族や関係者にも秘密にするべきではないでしょうか。もちろん事件との関連が明らかになった場合は、

話は別ですが……」

　金子は、警部と自分の仮説が一致したことには何の反応も見せずに別のことを言い出した。

「そうですね。田中先生との約束を守るうえでもその方がいいでしょうな。決して良い話ではありませんので、息子さんや娘さんの心を傷付けてしまうでしょうからね。家族の名誉を考えると、マスコミに知れてしまうこともまずいですね」

　警部もあっさりと同意した。

　私たちはここで警察署を辞することになったが、金子は警部と二、三分話してから取調室を出てきた。

「何を話してきたんだい」

「ちょっとした打ち合わせよ」

「何だい、秘密主義だな」

　私が追及すると、

「別に秘密にする気はないわ。ただ、いつ実行するか、まだ決められないだけ。なるべく早くするつもりだけど……その時が来たら言うわよ」

と、その場はかわされてしまった。

「今日は色々とあった一日だったね。恭子の事情聴取からは大したことは判らなかったけど、並木の出生が判ったことは大きいね」

　帰りの車中、私は運転しながら金子に声をかけた。

「並木の出自がやはり吉川一族だったことは確かに大きいけれど、まるっきり予想できないことではなかったわ。だけど恭三に妻がいて病死していたことは、ちょっと予想していなかっただけに、こちらの方が私にとっては大きいわ」

「そういえばそれが判った時、君にしてはめずらしく驚いていたね。どうしてだい？　警部も言っていたようにあまり事件とは関係ありそうもないじゃないか」

「確かに今のところ事件との関連は見いだせないわ。だけど、それが判ったことで事件全般に関する見方というか視点が変わってくることもあるのよ。もちろん、その視点が正しいかどうかは調べてみないと判らないことだけど」

「その考え方が正しいかどうか、近いうちに確認するということだね」

「そういうこと」

それが何だか聞いてみようかと思ったところで、車は彼女の家に着いた。

「今日はこれで終わりにしましょう。それじゃまた明日……」

彼女は私の質問を避けるように、さっさとドアを開け、家の中に入ってしまった。

七月十六日はこのようにして終わったのであった。

第十六章　第五の惨劇

明けて十七日、午前十時頃、私たちは牧村邸に入ったが、またしても例の予告状がいつもの呪術蠟人形と一緒にポストに入っていて、大騒ぎになっていた。その文面は、

おごれる者たちへの呪いはまだまだ続く。次もルシファーが血を求め牧村家へ来るだろう。

七月二十二日を警戒せよ。


となっていた。

「相変わらず時代がかった文を書く奴ね」

金子美香が呆れたように言った。

「悪魔崇拝癖も変わってないよ。次はどんな悪趣味な演出を考えているんだろうか。吐き気がするよ」

私もだいぶうんざりしてきたのでこのように応じた。

この日はいつになく悦子に元気がなかったので——もっとも、不気味な事件が続き、今朝も犯人による犯行予告がきている状態で元気な家族などいるはずはないが、

「どうしました。何かありましたか」

と尋ねてみると、悦子は目を伏せて言った。

「実は今朝ほど、見合いを仲介してくださっている方から父に電話がありまして、先方が私との見合いをしばらく見合わせたいと言ってきましたの」

「そんな……事件のことは悦子さんに責任があるわけじゃないのに」

私が思わず憤って言うと、悦子は意外と冷静に、

「ありがとうございます。でも先方の立場で考えれば仕方のないことかもしれません。こんな不気味な事件が続く家と好《す》き好《この》んで姻戚関係を結ぼうとする家などあるわけないですものね」

と言って寂しそうに笑った。

私は言葉を失って立ちすくんでいたが、

「でも立花さん。先方もはっきりと断ってきたわけではありませんの。事件が解決したらすぐにでも見合いをしたいと付け加えてきたようですわ。政治というか打算というか、ブルジョアはブルジョアなりに悩みというのがあるものですね。牧村家の力は利用したいけど、危ない一族と関わりは持ちたくないといったところでしょうね」

と悦子は自嘲気味に言葉を続けた。

このあたりはお嬢様のわりには世間を知っているなと感じた。一連の事件はこんなところにも影響を与えている。改めて犯人に対する怒りがこみ上げてきた。この旨を金子に話すと、

「悦子さんが好きなモートクさんには良い話じゃない。見合いが中止となればチャンス到来じゃない

の」

　とからかわれてしまった。

「そんなこと言うなよ。不謹慎だぞ」

　私が思わず気色ばむと、

「冗談よ、冗談」

　と言って、逃げるように私の前から立ち去っていった。彼女に逃げられても困るので私はあとを追ったが、ここで玄関から入ってきた高村にぶつかった。

「今日はこちらで仕事ですか」

「いや、そういうわけではないのですが、今日から二、三日、仕事で出張になりますので、その前にここに顔を出しておこうと思いまして」

「出張ですか、相変わらず忙しいですね。牧村製薬の関連ですか」

「そうです。それで少し社長と打ち合わせをしておこうと思いまして」

　高村はこう言うと恭一の部屋のドアをノックした。中からは田中医師が出てきて高村の意向を聞いていたが、

「そうですか。今朝は比較的調子が良いようなので少しくらいは構わないですよ。ただし、判っているでしょうが興奮させないようにお願いしますよ。それから時間は十五分程度にしてください」

　と言って高村を部屋に通した。

　高村は約束通り十五分ほどすると部屋から出て、私たちのいる応接間に入ってきた。高村は警部の

前に出て、

「私は二、三日東北方面に出張して参ります。その間、こちらは留守になりますが、よろしくお願いします」

と挨拶した。

「そうですか。仕事とあれば引き留めるわけにもいきませんからね。ただ、所在だけは判るようにしておいてくださいよ」

「今度の出張は事務所の者と常に一緒なので、所在はいつも明らかです」

「結構です。もっとも私があなたに至急連絡を取らなくてはいけない事態が起こっては困りますがね」

「もっともです。それでは時間なので行って参ります」

高村は軽く頭を下げると、待たせてある車に向かった。

「殊勝な顔をして言ってるけど、油断ができない人です。そう思いませんこと、お姉様」

良美が姉の悦子に声をかけた。

「その通りだと思うけど、お母様の事件以外ではアリバイがある。悔しいけどその点は認めないと……」

「悪賢い人です。きっと何か計略を使って……」

「そうでしょうけど、私たちでは見破れないでしょう。それは警察や金子先生にお任せしましょう」

悦子はこう言って良美を宥《なだ》めたが、その目は良美と等しく、今高村が去った方角に向けられていた。

この姉妹の高村に対する憎悪と疑惑は周囲で考えている以上である。ただ、同じ憎悪、疑惑であっても悦子のそれが理知的、体験的であるのに対して、良美のそれは本能的、感情的である。この点、二人の立場と性格を如実に語っていると言えるだろう。

その良美の感情の対象である並木は、警部の心証が禍《わざわい》したのか、今朝の予告状が禍《わざわい》したのか、あるいはその両方なのか、この日の夕方、仕事が片付いた頃に警察に勾留されてしまった。良美の失望と衝撃は大きく、見るに忍びないほどであった。それは恭一が娘を心配して――自身も衝撃は決して少なくないはずにもかかわらず――田中医師を良美の部屋まで行かせたくらいであった。

田中医師は良美の部屋を出てくると、

「もう落ち着いたようなので今日のところは大丈夫でしょう。何かあったらお電話ください。すぐに飛んできますから」

と言って帰っていった。

「今日のところはこれで失礼しましょう」

金子美香が私に声をかけ、私たちは牧村邸を辞した。西新宿の事務所に戻ると彼女は私にカフェ・ラテ用の豆を煎《い》らせ、旅行鞄を出して旅支度を始めた。

「どうしたい？　高村に続いて君も出張かい」

不審に思い尋ねてみると、

「見ての通りよ。私も出張」

「随分急だな。で、どこへ行くんだい」

「それはまだ秘密。今言えることはとても重要な調査だということと、何ヶ所か行かなければならないということだけ。あとは聞かないでね。お願い」

「亮子先生が留守の間、俺はどうすればいい？　自宅待機か」

「とんでもない。モートクさんには重大な役目があるので引き受けてもらいたいの。私が調査でここを空けられるのも、実はモートクさんにその役目を引き受けてもらえることが前提なのよ」

「そんな大事な役目、俺なんかで大丈夫なのかい」

「大事なことは確かだけど、それほど難しいことでもないから安心して」

「それで何をすればいいんだい？」

「今も話したように、私は何日か牧村邸を留守にする。なるべく早く帰るようにするし、どんなに遅くても犯行予告日の二十二日には戻ってくるけれど、それまでの間モートクさんは毎日牧村邸に行って、家族と関係者たちを見守っていてほしいの」

「すると君は、牧村家で予告日以前に事件が起きると踏んでいるのかね。だとすると警察官でもない俺では務まらないだろう」

「いかにモートクさんでも全員を見守ったり、保護をするのは無理よ。ほかの人はともかく牧村家の美人三姉妹の見守りだけを考えていればいいのよ」

「ということは、彼女たちが狙われるということだね」

「可能性は否定し切れないということね。だけどこれから説明するけど可能性は低いのよ。ただし、現実は何が起きるか判らないから注意してもらうわけ。要するにモートクさんはこれから何日か牧村邸に通って、三人のお嬢さんのお相手をしてあげればいいのよ。どう？　随分と良い役回りじゃないの」

「なるほど。そういうことなら務まらなくもないな」

「何言ってるのよ、そのくらい務まらなくちゃしょうがないじゃないの。待望のナイト役よ。慎んで承《うけたまわ》って然《しか》るべきよ。それで木村警部にもよく頼んで、モートクさんに便宜をはかってもらうことになっているから安心して」

「判った。喜んで引き受けるよ」

「そうこなくっちゃあ、それでこそモートクさんよ」

「それで令嬢たちにお伽話をする時の心構えは何かあるかね」

「その前に可能性としては低いと言った理由を説明するわね。まず第一に、犯行予告が二十二日になっていること」

「おいおい、君は犯人の予告を信用するのか？」

「普通の相手ならモートクさんの言う通りよ。だけど当事件の犯人に限ってはある程度まで信用してもいい。どうだ、俺の犯行を阻止してみろ——という感じの自信家だから。ただし、相手が殺人鬼だけに信じ切るわけにもいかない。予告状が詐略の可能性もあるし、犯人の事情が急に変わることもあり得るでしょ。それでモートクさんの役目が重要になってくるのよ。第二に並木紹平が勾留されたこと、これは何と言っても大きい。私の考えが間違っていなければ、彼が警察に勾留されている限り、たとえ予告日であってもまず事件は起きない」

「何だって。それじゃ君は並木紹平が最大の容疑者だと……？」

「それに関しては今はそれ以上聞かないで。いずれ説明できる時が来たらその時にということで……。それで注意事項だけど、これから事件が起きるとしたら、家族や関係者たちにとって一番危険な場所は、実は牧村邸なのよ」

「それは判る。何しろ過去四つの事件のうち三つは邸内で起きているからね。だけどそうは言っても家族全員を安全な場所に引っ込ませるわけにもいかないぞ。それに君が言うように犯人が困難な状況下での犯行にやりがいを感じているとしたら、住居だけ変えてみても同じことになるぜ」

「その通りね。だから危険度を下げようと思ったら、なるべく三姉妹を外出させなければならない。そこでモートクさんの出番というわけよ」

「何だそれは」

「つまりお嬢様たちを連れて遊びに行くわけよ。うってつけじゃないの」

「しかし遊びに行くったって、いったい何をするんだい」

「モートクさんなら遊びのネタには事欠かないでしょう。三人を誘って観劇でも映画でもドライブでもいいじゃないの。何だったらお得意のライヴでもいいのよ」

「妙なところで期待されているが、俺の遊びと令嬢の趣味が合うかどうか判らんぞ」

「普段ではできないことを体験するとなったら興味津々のはず。大丈夫、問題なしよ」

「だけどセキュリティに不安があるな。男一人で三人を守れるかが」

「犯人は天才を自認している奴よ。組織犯罪者のように車を使って複数の人間で誘拐したり拉致したりするようなことはしない」

「だけど万が一……」

「大丈夫。人がそばにいる状態なら——周りに人がいさえすれば、たとえモートクさんが付いていなくてもまず大丈夫よ。ただ、どうしても心配なら、警部に頼んで一人に一人が付く状態にすればいい」

「マンツーマンディフェンスか……だけどその間に牧村邸内はまったく目が届かなくなるが、それは仕方ないね」

「それはもちろん。警部に任せましょう」

「一つ聞くが、外出は昼間がいい？　それとも夜の方がいい？　まさか朝から深夜まで三人の令嬢を引っ張り回すわけにもいかないぞ」

「牧村邸での危険度は昼より夜の方が高いわ。だから外出は夜の方がベターだけれど、一日中とか深夜もというわけにはいかない。それとイベントの時間帯に合わせるしかない面もあるから、その点は臨機応変にと言うしかないわね。観劇とか映画なら昼間からあるけど、ライヴだと平日は夜に限定されてくるだろうし……」

「判った。そのへんは上手くやるよ。ところで出発はこれから夜行でかい？」

「いいえ、早く出たいのはやまやまなんだけど、明日の昼にどうしても調べなきゃならないことが都内であるの。それが終わってから出発ね。だから午前中はまだいる。ただし、牧村邸へは行けないので、私はいないつもりで対応して。とにかく牧村家のことはよろしく頼みます。何か動きがあれば携帯に連絡して。それでは今日はこれで……」

　この日はこれで私たちは別れた。

　明けて十八日、私は午前十時頃、牧村邸に到着すると最初に木村警部のところに行った。まずは金子美香の意向がどこまで通じているか確認しなければならない。警部は私を見るとすぐに近寄ってきて、

「立花さん、ご苦労さまです。本業があるのに色々と骨を折ってもらってすみませんね」

　と声をかけてくれた。

「私は金子から、自分は調べることがあるのでしばらく留守にするが、帰ってくるまで令嬢のお相手をしているように申しつかったのですが、警部は聞いていますか」

「ああ、娘さんたちとの外出の件も聞いていますよ。確かに学校へ行くのも差し控えてもらっていますので、娘さんたちのストレスも相当に高まっているでしょう。気分転換も大事ですから、どうぞお出掛けください。三人とも出るなら私服を二人ほど付けます。警護も立花さんと三人でなら大丈夫でしょう」

　警部の了解と協力を取りつけた私は、まずは長女の悦子の部屋に行こうと思ったが、悦子の方が先に応接間にやってきた。

「金子さんはご出張ですって？」

　相変わらずの美しさ、そして気持ちの良い笑顔である。ただし時期が時期だけに無理も感じられる。陰気な空気を精一杯何とかしようというういじらしさが見て取れ、かえって切なさを感じさせる。

「そうなんですよ。それで私でも何か役に立つことがあればと思い、こうして参りました次第です」

「まあ、私たちのためにわざわざ来てくださいまして。本当に嬉しゅうございます」

悦子は本当に嬉しそうに言った。

「ところで悦子さん、まことに突然ですが、今日は皆で出掛けてみませんか」

予想しなかったことを言われて少し驚いた表情を見せたので、私は、

「警察の方にはもう話をして許可を得てあるんですよ。嫌な事件が続くし、家の中にこもってばかりで気も滅入っているでしょうから。たまには外出するのも気が晴れますからね。もちろん悦子さんお一人ではなく、良美さんや恭子さんもよろしかったらご一緒にどうですか」

と安心させるように言った。

警部が了解済みということと、久し振りの外出だということはかなり魅力的に感じられたのだろう。

「良いお話ですね。ではさっそく妹たちと相談して参ります」

と言って悦子は二階へ上がっていった。

少し経つと彼女は妹二人を連れて下りてきた。

「今妹たちに話しましたら、恭子の方は二つ返事でOKなのですが、良美の方は並木さんが心配で少し気が引けるようなんですよ。それじゃかえって良くないと思います。立花さんからも言っていただけませんか」

「そうですか。どうしても気が進まないと言われるのなら無理にとは言いませんが、あまり心配ばかりしているのも身体に毒ですよ。こういう時には気分転換も大事です。良美さんは並木君を信じてい

るのでしょう？　それなら彼を信じて待ってみるべきじゃありませんか。彼の容疑が晴れた時にあなたが病気にでもなっていたら、一番悲しむのは並木君ということになりますよ」

「良美姉さん、立花さんのおっしゃる通りだと思います。一緒に行きましょうよ」

「そうね。それなら行ってみようかしら」

恭子も応援してくれたせいで、良美はようやく行ってみる気になったらしい。

「気分転換にはおいしい空気が一番です。緑のある所にドライブでもしましょう」

私の提案に三人とも同意したので四人で出掛けることになった。

「悦子さん、お父様の許可も得てくださいよ。黙って出ると心配されますからね」

私はこう言って車の用意を始めたのだが、実は心の中で苦笑いしていた。私は良美を説得するため、いかにも並木を信じているかのような物言いをしたのであるが、金子美香の言葉を聞いたせいもあり、あまり信じてはいなかった。というよりもかなり怪しいと思っている。そんな私があのような発言をしたのは、悦子の意向に副《そ》うためである。

(私の腹の底を知ったら、きっと良美は怒るだろうな)

こう考えると苦笑せざるを得なかった。

ドライブそのものは順調で楽しいひとときであった。美しい緑と澄んだ空気はそれだけで人を癒してくれる。ましてこの日は美しい令嬢三人と一緒である。楽しくないはずがなかった。ただ一つ、私たちを追走する車と、観光地で遠まきに私たちを見つめる二人の人間の視線、これさえなければ完璧であった。

私と三姉妹は道が混む前に帰ろうということになり、夕方には牧村邸に戻ったのであるが、恭一と警部が少しほっとした表情で出迎えてくれた。

「立花さん、今日は本当にご厄介なことを引き受けていただきましてありがとうございました。夕食でも食べてから帰ってください」

「いえいえ、こちらこそ楽しい一日を過ごさせていただきました」

「わがままいっぱいで育った娘たちです。さぞや手を焼いたのではないですか」

「そんなことはなかったですよ。大丈夫です」

恭一はこれだけ言うと私から離れて行った。すると警部が、

「特に変わったことはありませんでしたか」

と尋ねてきた。

「いえ、私の知る限りでは何もありませんでした。ずっと監視していた刑事さんたちからは何か報告はありましたか」

「いえ、そちらの報告でも特に変事はありません。今日のところは特に問題はないようですね」

この後は夕食ということになり、私は今日の流れから三姉妹と同じテーブルで食事を共にした。

「立花さん、明日はどこに連れていってくれるんですか」

恭子はこの日のドライブがよほど気に入ったのか、早くも明日の予定を尋ねてきた。

「そうですね。今日はアウトドアでしたから、明日はインドアにしようかなと思っているんですが……」

「具体的には何を……」

「映画か観劇でもどうかなと思っています。それとも何かご希望でもありますか」

「私はライヴに行きたいんです。誰かのコンサートでもありませんか」

恭子らしいリクエストであったが、今日急に言われて明日行ける公演というのは限られる。それに音楽には好みがある。悦子はともかく、良美はロックが聴けるだろうか。はたして良美は、

「私は恭子が聴くような騒がしいのはちょっと……」

と早くも難色を示した。

「今はっきり決めなくてもいいでしょう。私も皆で楽しめる室内イベントとなるとすぐには良い案が浮かびません。これは明日までの私と皆さんの宿題ということにしましょう」

「宿題ですか。恭子は毎日のようにやっているので慣れているでしょうが、私たちには大変ですね」

「姉さん、嫌ですわ。私もまだ学生なので宿題はやっています」

悦子の冗談に良美が突っ込みを入れる形になり、食卓は笑いに包まれた。家庭が明るくなるのは良いことなので私も一安心したのだが、ほかの家族はどうだろうか。恭三は相変わらずという感じだが、恭一、恭平はいつもより調子が良さそうで、姉妹のやりとりを見て笑っている。

「恭平君、体調はどう？　ここ二、三日顔色が良いようだけど」

「はい、ここのところ調子が良くなってきました」

「恭平は薬が合うようになったのか、元気になってきました。もう少し回復したら外出してもいいかもしれません。早く元気になって、姉さんたちと出られるようになるといいね」

父の恭一に声をかけられ、恭平は嬉しそうに頷いた。

「社長の方はいかがですか」

私は恭一にも聞いてみた。

「おかげさまで、だいぶ楽にはなって参りました。田中先生はじめ皆様のおかげです。あとは事件が解決すれば万々歳ということになるのですが」

やむを得ないことであるが、牧村邸での会話ということになると事件のことがまったく出ないわけにはいかない。暗い雰囲気になってしまうかな、と思っていると食堂に入ってきた警部が口を開いた。

「皆さんにお知らせすることがあります。大石弁護士事件の容疑者として拘留中の須崎真也ですが、今晩釈放することになりました」

「容疑が晴れたのですか」

恭平がやや不安そうに尋ねた。

「大石弁護士の事件に関しては晴れたとは言えません。しかし、その他の事件に関しては動機が薄弱ですし、恭子さんの事件では完全なアリバイがあります。何と言っても留置場にいましたからね」

「釈放して私たちに危険はないのですか」

恭一が質問した。家長の立場としては当然だ。

「須崎真也が牧村家の皆様を狙うということはまず考えられません。しかし、万が一に備えて須崎に対する監視は、真相が判明するまで続けます。この点は心配ありません」

「よろしくお願いします。何せ私たちは警察の皆様と金子先生だけが頼りですから」

恭一は本当に頼み込むように言った。

食事が終わって応接間に行くと、警部は、

「立花さん、我々はいったん署に戻り、須崎の釈放に立ち会いますがどうしますか」

と私に聞いてきた。

本来、捜査関係者でない私には須崎釈放に立ち会う権利はないはずであるが、警部がこう言ってくれるのは金子美香に対する好意であろう。そこで私はこの好意に甘えることにした。

「それじゃ皆さん、私はこれで失礼します。また明日来ますのでよろしくお願いします」

私は牧村家の人々に挨拶をして牧村邸を辞した。

警察署に着くと須崎真也の弁護士、吉田夏央女史や何人かの被害者団体の人たちが既に来ていた。

「私としては何もやっていません。したがっていずれ無罪釈放になると信じていました」

新聞記者が何人か来ていたので、須崎は取材に答えるという形で話していたが、

「今後もステロイド剤の薬害を追及するという姿勢は変わりませんか」

と質問されるとここぞと思ったのか、

「吉原教授ら皮膚科医たちの犯罪的な過失を追及していく活動はやめません。今回の災難はもしかしたら医療界側の陰謀じゃないかとさえ思っています。かえって彼らに対してファイトが湧いてきましたよ」

と答え、続いて日本の医療界がいかに腐敗しているかを説明し始めた。このあたりの転んでもただでは起きないという姿勢は見上げたものである。ただ、医療界の陰謀説はいかに何でも考えすぎであ

ろう。一連の事件を見てきた私には、大石弁護士殺しが別犯人によるものだとはどうしても思えない。

吉田弁護士はその点を新聞記者たちに訴えていた。

「大石弁護士の事件は独立した事件ではなく、一連の牧村家の事件と関連があるものと考えるのが常識的な見方です。それを警察は何を思ったのか須崎さんを勾留しました。明らかな誤認逮捕ということで強く抗議します」

吉田弁護士の立場ではこう言うのも仕方がないだろう。しかし、警察をかばうわけではないが、事件発生時の状況において須崎を勾留するのはやむを得ない措置だと思う。逆にあの状況で勾留しなかったら、警察は世間から強く指弾されていたはずである。

私は須崎の釈放を見届けてから家路についた。家に着くとすぐに金子から電話が入った。

「モートクさん、今日はそちらの様子はどう?」

私は今日のあらましを説明すると、

「そっちこそどうだい。何か決定的なことが判ったかい」

と向こうの様子を聞いてみた。

「ほぼ考えていた通りに調査は進んでいるわ。完璧を期すにはあと一日、二日ほど必要だと思うけど……」

「何にしても早く帰ってきてくれよ。美人三姉妹のお相手役は楽しいことは事実だが、一方で責任重大で肩の荷が重いよ。明日の件だが特に注意することはないかい」

「須崎の釈放だけでは事態は変わらないわ。今日と同じくナイト役を楽しんでらっしゃいよ」

金子はこう言うと電話を切った。

この日は朝からフルスケジュールだったので少し疲れてはいたが、すぐに休息というわけにもいかなかった。自分のＣＤショップに顔を出して留守の間の様子を聞き、たまっていた用件、案件を処理すると、書店に寄ってイベント情報誌を買って帰ってきた。これを見て明日の予定を考えなければならない。雑誌を見て色々と検討していたが、徐々に疲れが出てきたのかそのまま眠ってしまった。こうして十八日が終わり十九日を迎えたのであった。

十九日は午前十時頃に牧村邸に入り、さっそく三姉妹を呼んでこの日の予定を話した。私は三人に映画、観劇の二つの案を示し、それぞれに複数の選択肢を出して三人で話し合ってもらった。これなら誰からも苦情は出ないという読みであった。この目論見《もくろみ》は見事に当たり、三人は全員一致で銀座で行われるある観劇をした後、夜はクラシックの公演に行くことを選択した。

この観劇中にも異変はなく、楽しい一時《ひととき》を過ごしたのであるが、劇が終了すると良美の携帯電話に自宅からの着信が入っていて、良美が折り返し自宅に電話を入れてみると、並木が釈放されることになったという。良美は外出中も並木が心配で、何かあればすぐ連絡を入れるように家にも警察にも言っていたようだ。

「良かったじゃないですか。そういうことならひとまずお宅の方へ帰りましょう」

「それが良いと思います。あとのことはそれから考えましょう。ネッ、恭子」

私の提案に悦子が賛同した。

「本当に良かった、姉さん」

恭子も同意したので、私はすぐに車を牧村邸に向かって走らせた。

「立花さん、皆、ありがとう。本当にホッとしました」

良美にようやく笑顔が戻った。

「信じて待っていた甲斐がありましたね。手前味噌になるかもしれませんが、ドライブしたりしていつもと行動を変えてみたのが良かったのかもしれませんよ」

「そうかもしれませんね」

「姉さん、きっとそうよ」

私の軽口に悦子と恭子が乗った形になったが、私は再び心の中で苦笑せざるを得なかった。

客観的に考えると、並木と良美にはまだまだ厳しい状況であることに変わりはない。何故ならば並木が勾留されてから今に到るまで、彼の無実を証明できる事実や証拠は出ていないからだ。吉川の血を引く人間であるという理由だけで、現在の民主警察がそう何日も被疑者を留置するわけにはいかない。釈放の理由はおそらくそれだけで、決して容疑が晴れたからではないのだ。だが、その点をここで良美に対して指摘するのははばかられた。ここ二、三日の良美の心痛を考えると、せめて木村警部に理由を聞くまでは心の安らぎを持ってもらおうと思うのは当然の人情である。悦子も恭子もその点に気づいたのかどうか判らぬが、並木の今後については何の話もしなかった。

牧村邸に着くと、良美は真っ先に車を出て木村警部のもとへ走った。

「並木さんはもう釈放されたのですか」

警部は腕時計を見てから答えた。

「午後三時三十分に釈放の手続きをしましたので、もう釈放されているはずです」

良美は思わず応接室の時計を見た。時計は四時十二分を指していた。

「それじゃ、もう電話で話しても、家に来てもらってもよろしいのですね」

「まあ、そういうことです」

「それでは嫌疑の方も晴れたわけですね」

「良美さん」

警部は顔を曇らせながら、

「並木君を今日釈放したのは、残念ながら嫌疑が晴れたからではないのですよ」

と切り出しその理由を説明した。先ほど私が考えたように証拠不充分ということなのである。

「そんな……」

良美はここで声を詰まらせたが、すぐに気を取り直して、

「でも私は並木さんを信じますわ。何度でも申しますが、殺人などという大それたことができる人ではないのです。私が信じなくて誰があの人を守れますか。もちろん家にも来てもらいますからね」

と、毅然《きぜん》として言い放つと部屋に戻っていった。三姉妹の中では一番控え目で大人しいと思われていた良美だったが、ここでは意外なくらいの芯の強さを見せた。あるいは今の置かれた状況が、彼女をして強くなさしめたのかもしれない。

少し経つと良美は私たちの所に戻ってきて、

「立花さん、申し訳ありませんが、今並木さんと話をいたしまして、自宅で少し休んでからこちらに

来てくれることになりました。それなので私、家で待っていようと思います。だから姉さん、恭子、私に構わないで立花さんと出掛けてください」

と言った。

良美が再び部屋に戻ったので、私は残された二人に、

「それじゃ、これからどうします？　私の方はこのまま家にいても構いませんし、予定通りにクラシックの公演に行ってもいいですよ」

と聞いてみた。

「立花さん、予定を変えてロックのライヴに連れていってくれませんか」

恭子がここでまたリクエストしてきた。

「良美姉さんが一緒に行かなくなったんだから、予定を変えましょうよ。悦子姉さん、お願いっ！」

悦子がどうしようかと私を見たので、

「悦子さんがよろしければ、私の方は構いませんが」

と言った。

「そうですね。私は良美と違ってロックも聴けますし、ロックのライヴも一度見てみたいと興味を持っていましたので、せっかくの機会ですからよろしくお願いします」

「判りました。それじゃ、適当な公演があるかどうか調べてみましょう」

だが、この作業は意外と難航した。

適当な公演がない。もちろん公演自体がないわけではないが、セキュリティを考えると行ける公演

は限られる。オールスタンディングのライヴハウスは不安があるし、大ホール、中ホールも乗り乗りの音楽だとオーディエンスが立ち上がってしまうので、これも同じだ。帰宅時間も八時には帰れるようにと警部、恭一に釘を刺されてしまった。

結局、知り合いのクラブに連絡を取り、友人のバンドに急遽出演してもらうことで、全ての条件をクリアしたのであった。

二人の令嬢は貸し切りに近い形でバンドのライヴを初体験し、満足した様子で帰宅した。

「目の前で聴くドラムやベースの音は、迫力がありますね」

悦子はやや興奮気味に言った。

「そうなんですよ。何と言っても楽器の音は目の前で、生で聴くのが一番です。それこそがライヴの魅力ですから。それはエレクトリックでもアコースティックでも同様だし、ジャズやクラシックでも同じです」

「本当にそうですね。行方君にも来てもらって良かった」

「僕もバンドのライヴは初めて見ました。立花さん、呼んでもらってありがとうございました」

実は恭子の希望もあって、行方少年もクラブに連れてきた。そして、そのまま牧村邸に来たのである。この時、午後六時半頃だったので、私たちライヴ組も牧村邸で夕食をとることになった。

食堂に入ると、家族のほかに並木紹平の姿もあった。釈放された後、少し休みを取って、予定通り良美に会いに来たのだろう。当然のように良美、恭一と同じテーブルで食事をしている。だが、その表情には疲れの色が見える。考えてみれば無理もない。短い期日とはいえ警察に勾留され、留置所で過ごしたのだ。誰しも精神的、そして体力的に消耗するはずである。もっとも、これを巧妙な演技と捉えることもできる。人を疑うというか、信じられないというのも辛いものである。

「今回は大変な思いをしたね。だいぶ疲れたろうから、会社の方は二、三日休みなさい」

「ありがとうございます。しかし、仕事もだいぶ溜まってきているでしょうから、そうそう休んでばかりもいられません」

「会社の方は構わないから。とにかく君に身体を壊されては私も困るし、良美にも恨まれてしまう」

「並木さん、お願い。今回はお父様の言うことを聞いて」

「判りました。そういうことなら少し休んでみます」

頑固な並木も恭一の説得と良美の嘆願が功を奏したのか、ようやく休養する気になったようだ。しかし、結果として並木は明日から休息を取ることはできなくなるのであるが……。

それはあとの話として、良美の表情も冴えない。食事もあまり喉を通らないようだ。

「どうした良美、あまり元気がないようだが……」

「ええ、先ほどから頭が少し痛くて……」

ここ二、三日の心労と疲労から少し体調を崩したようだ。

「それはいけない。食事が終わったら、お風呂に入ってすぐに休みなさい」

「大丈夫ですよ、お父様」

「良美、無理はいけないよ。食欲もあまりないようじゃないか」

「そんなことないですわ。今日は昼間にお茶とコーヒーを少し飲みすぎただけです。少し頭が痛いけど頭痛薬を飲めば……」

　恭一は良美を心配して早く休ませようとするが、良美は並木を気遣ってか、休もうとしない。それに気づいたのか並木は、

「良美さん、早めに休んでください。私のせいで体調を崩してしまったようです。申し訳ありません。私はそろそろ帰りますから」

　と言って立ち上がった。

「私は本当に大丈夫です。だから並木さん、お願い、もう少しいて」

「並木君はお前を心配して帰ると言っているんだ。並木君の気遣いが判らないのか。さあ、早くお風呂に入って休みなさい」

「今日はまだちょっとしか会っていないのに、もう帰してしまったらまた明日会える保証はどこにもないじゃないの！　今日だって家に来るまで心配で心配でしょうがなかったんだから！……」

　ここで良美の声が大きくなった。

　どうやら良美が休みたがらない理由が判ってきた。もう少し並木と一緒にいたいのだ。恭一も並木も困った顔になったが、意外な人物が助け舟を出した。

「まだ七時少し前で、それほど遅い時間でもないようですし、もし並木さんがあまりお疲れでなければ、もう少し残ってもらってもよろしいんじゃないですか」

　一同の視線が一人の人物に注がれた。同席していた田中医師であった。

「田中先生……」

良美が嬉しそうに言った。田中医師は少し微笑みながら、

「でもね……良美さん。お父さんの心配も判ってあげましょう。ひとまず頭痛薬を飲んでお風呂に入りましょう。それで少し様子を見て、大丈夫だったら身仕度をして並木さんと楽しい一時を過ごせばいいじゃないですか。並木さんには申し訳ないけど、少し待ってもらって」

「でも……」

「そのかわり、頭痛薬を飲んでも体調が変わらなければ休んでいただきますよ。そういう約束でどうですか」

「判りました。そういうことなら……」

良美もようやく納得し始めた。

「並木さんはどうですか」

「私は大丈夫です。のんびり待っていますから早く入浴してください」

「並木君、お疲れのところすまないね。遅くなるようだったら泊まっていっても構わないからね」

恭一が申し訳なさそうに言った。

「紹平さん、今日は頭痛薬持ってましたって？　常備薬の中にないようですの」

良美が薬箱の中を捜しながら言った。

「持ってますよ。市販薬ですけどそれで良ければ」

並木は答えながら田中医師の方を見た。

「市販薬で構いませんよ。単なる頭痛のようですから」

田中医師が承認すると良美は並木から薬を受け取り、着替えを取りに食堂を出ていった。

「良美ったら、慌てて入って大丈夫かしら」

悦子が呆れたように言った。

「田中先生、悦子が言うように、慌てて入って風邪でもひかないでしょうか」

恭一も心配そうに言う。

「湯冷めしないように少し長めに入った方がいいでしょうね。そうだ、良美さんにプレッシャーを与えないように、並木さんも少し部屋で休んでください。それを良美さんに伝えればいいでしょう」

「それじゃ私、伝えて参りますわ」

もっともだと思ったのか、悦子はそう言うと風呂場に向かった。

「先生、色々とありがとうございました」

神妙に頭を下げる恭一に対して田中医師は、

「こういう場合は身体を心配するあまり、精神的に圧迫を加えてはいけません。そうは言っても入浴が遅い時間になっては風邪などひきやすくなりますから、早く入ってもらった方がいいですよね。それで安心して早く入ってもらうには、並木さんが待っていればいいということになります。もちろん体調が酷ければすぐに休む必要がありますが、今回は大丈夫ですよ」

なるほど、精神科が専門の医師だけに、とっさの分析と判断は見事だなと思った。

ここで悦子が戻ってきて、

「並木さんには悪いけど、十分くらい半身浴でもしてらっしゃいと言っておきました」

「それじゃ、並木君にも少し休んでもらわないとな。しばらく良美の部屋で休憩でも取りなさい」

「お父様、良美は風呂上がりで部屋に戻りますのよ。身内の者ならともかく、並木さんにはあまり素顔を見られたくないでしょう」

悦子は恭一に女性らしい指摘をした。

「それもそうだな。それじゃ、私の部屋で休みなさい」

「そんな、社長の部屋だなんて……」

並木は恐縮しながら言った。

「確かに社長の部屋じゃ落ち着かないでしょう。かと言って応接室でも広すぎてこれも落ち着かないですよね。そうだ、奥様の部屋が今空室になっていますね。そこで休んでもらったらどうです？」

再び田中医師が案を出した。

「それがいい、それでどうだ並木君」

「それで結構です」

並木が休憩を取りに良子の部屋に行った。

続いて行方少年が帰ることになり、恭子と二人で食堂を出た。続いて恭平、恭三、恭一の順に少しずつの時間をおいて出ていき、食堂に残るのは家族では悦子だけになった。

「立花さん、昨日、今日と私たち、本当にお世話になりました。また明日もよろしくお願いします」

「私なりに色々と知恵を絞ってみたのですが、はたして本当に意義あるご案内になったのかどうか……」

「そんな……とても楽しかったですよ。どうか自信を持ってください」

「そうですか。そう言っていただけると嬉しい限りですが、もうネタ切れに近いですよね。早く金子に戻ってきてもらわないと困りますね」

「たしか金子さんは調査出張ということでしたね。何か大事な手掛かりをつかんでこられるといいですね」

悦子も金子美香の出張には期待しているようだ。

「立花さん、ちょっと失礼しますね」

悦子は私にこう言うと食堂を出たが、入れ替わりに恭子が戻ってきた。彼女は私のそばに座ると、

「立花さん、今日は私のわがままを色々と聞いてくださいましてありがとうございました」

と話しかけてきた。

このように牧村家の娘、息子たちは礼儀正しい。経済的に富裕であっても、甘やかす教育はしていないようだ。

恭子は昼間見た芝居の感想や、クラブでのギグの感想を目を輝かせながら話していたが、そこへ悦子がＣＤと雑誌を持って入ってきた。

「恭子もここに戻ったの？」

「ええ、何かまだ楽器の音が頭に残っていて……」

「あらそう、実は私もなの」

悦子はここでＣＤのライナーノーツと雑誌を開けると、今日クラブで見たバンドについて色々と質

問してきた。私の友人のバンド「レッドハウス」は、エリック・クラプトンやスティーヴィー・レイ・ボーンなどのホワイトブルースを独自の解釈、アレンジで演奏するグループなのだが、レパートリーはブルース、ロックのスタンダード曲が多く、それらに関して質問されたので私なりに答えていた。そのうちにCDのライヴアルバムの話になり、

「立花さんの話をうかがっていますと、オフィシャルのライヴCDは曲順が違っていることが多いようですね。でもそれだとコンサートの流れが違う印象になってきますよね」

と言ってきた。

私は我が意を得たりとばかり、

「そうなんです。どのアーティストもセット・リストを一つのショー全体の流れの中で考えます。したがって曲順というのはかなり大事な要素なんですよ。レコードの時代なら片面二十分しか収録できないので、やむを得ない場合もあったでしょうが、今はCDなので七、八十分はノン・ストップで流せますからね。レコード会社の人にも考えてもらいたいところですね」

と説明していると、恭子が、

「ところで良美姉さん、遅いですね」

「そうですね。もうかれこれ三十分ほど経っていますよね」

私は時計を見ながら答えた。

「良美のお風呂はいつも長いことは長いんですが、並木さんを待たせているのに、おかしいですね。疲れているので眠ってしまったのかしら」

悦子が首をかしげながら言った。

「それじゃ私、見てきます。次に入ろうと思っていますので……」

ここで恭子が席をはずし、良美の様子を見に行った。

「ところで悦子さん、芝居の方はどうでした？」

私はここで話を変えて観劇の感想を聞いてみた。その答えを聞いて、明日の予定を立てる参考にしようと思ったのだ。

「映画やTVドラマと違った楽しさ、魅力がありますね。次は……」

と悦子が意見を述べだした瞬間であった。

突然、空《くう》を裂くような女性の叫びが聞こえた。恭子の声である。

私も悦子も一瞬凍りついたように動きを止め、顔を見合わせた。次の瞬間、私は立ち上がると、恭子の声がした方向、すなわち風呂場の方へ脱兎のごとく駆け出した。廊下に出るとさすがに警部や刑事たちも駆け出して風呂場に向かっていたが、私のいた食堂の方が近いため、私の方が先に入口に着いた（食堂と警部たちのいた応接間は近くで向かい合っているように見えるが、何せ大邸宅であり食堂の出入口が風呂場に近いところにもあり、応接間の出入口は玄関に近いところにあるので、応接間から風呂場へ行くには食堂から行くよりもはるかに時間がかかる）。

もちろん警部に遠慮している場合ではないので、ためらわずに扉を開けたが、化粧室の中には半開きになった風呂場のガラス戸の前に、文字通り腰を抜かして座り込んでいる恭子の姿があった。

「恭子ちゃん、どうした？　何があったんだ？」

私は今にも後ろに倒れそうな恭子を後ろから支えながら聞いた。

「姉さんが……良美姉さんが……」

自身の事件の時は気丈な対応をした恭子だったが、よほど恐ろしい光景を見たのか、あとは震えながら風呂場の中を指さすばかりである。私のいる位置から浴槽は見えないが、良美がどうなっているのかは想像がつく。

「誰か田中先生を！」

こう叫んで後ろを見た私であったが、内心では医師の仕事はないだろうと思っていた。だが、それでもこう言ったのは廊下からこちらを見ている家族たちに対する配慮と、これから警部と中を見る前だという躊躇からであった。

良美の安否がどうであれ、風呂場の中の彼女は全裸であろう。いかに最近の女性が大胆になってきているとはいえ、相手は若い令嬢である。赤の他人である私がそこに入っていくことにためらいを覚えるのは当然である。

しかし、この状況はもはや一刻の猶予も許されないことを物語っている。

私と警部は半開きの扉を開けて中に入ったが、その瞬間、二人とも息を呑んで立ちすくんでしまった。

浴場は金持ちの家らしく、大理石張りで広い。その奥にこれまた立派な意匠の高級な浴槽がある。良美は確かにその中にいた。しかし、彼女の胸には短刀が突き刺さり、浴槽の湯は鮮血で真っ赤であった！　確かめるまでもなく即死である。

「酷い……」

警部が呟いた。後日、これほど酷《むご》い状態の殺人は、彼自身の長い捜査歴の中でも、そうあるものではないと語っている。

「駄目だ！　皆見ちゃいけない！」

家族や婚約者の並木に見せてはまずいと思い、こう叫んで後続の者を止めようとした私であったが、一番近くにいた悦子には見えてしまったらしく、何か声を出して倒れ込んでしまった。倒れる前に私が抱き止めたが、まだ中学生の恭平は事態を察したようで泣き出した。並木は狼狽して中に入ろうとしたが刑事たちに抑えられている。

「頼む！　離してくれ！　いったいどうなっているのか知りたいだけなんだ！」

並木の叫びは最初から泣き声に近かったが、後半からはほとんど泣き声であった。

恭一は田中医師に連れられ部屋に戻っていった。恭一の状態は説明するまでもないだろう。田中医師は今夜は帰れないのではないだろうか。恭三もうなだれて部屋に戻っていった。

何ということだろうか！

血に飢えた悪魔の魔手はこの日、美しい一人の女性の命を奪ったのだ！

しかも、このような辱《はずかし》めを与えたうえで、かくも惨《むご》たらしく！

あまりの恐怖と怒りで身体の震えが止まらなかったことを、私は今も鮮烈に覚えている。

私はこの時の激情を一生忘れないだろう。

第十七章　THE SIGN OF THE SOUTHERN CROSS（『南十字星』）

浴槽の良美は座って足を伸ばす形で、半身浴をしている状態で殺されていた。つまり背中は浴槽にもたれ、足はまっすぐに伸びている。湯は胸の下くらいまで入っているが、出血で真っ赤である。短刀は湯に浸かっている左胸の下あたり——つまり心臓部に突き刺されていて、おそらく即死であったろう。そして、左右の腕は何故か浴槽の外に出ている。このようなポーズが本人の意思によるものであるか、犯人の意図によるものなのかは、この時点では不明であったが、我々はこのすぐ後に悪魔の意思を知ることになる。

美しい女性がこんな形で殺されている。浴場は静かである。が、それゆえに水道の蛇口から落ちる湯の音が妙に響く。そのために不気味な雰囲気が漂っていた。

私は正視するに堪えなかったので、鑑識が来るまでの間、警部に許可を得て、浴室のドアを閉めた。その時に気づいたことであるが、真っ赤な浴槽の湯の中に割れたガラス玉が浮かんでいた。はて何だろう？　これも悪魔による演出であろうか？

良美が殺されたことにより牧村邸は騒然となったが、悪魔の所業はそれだけではなかった。

家族たちが現場を離れた後も並木は半狂乱で刑事たちに行動を抑えられていたが、その時、突然大音響が響き渡った。大石殺人事件の時と同様の重低音のベース、ギブソンＳＧによる歪《ひず》んだギターの金属音、そして黒ミサの儀式のようなロニー・ジェイムス・ディオのファルセットとヴィブラート。紛れもなく「ブラック・サバス」の曲だ。

私と警部はすぐに音源の方向である二階に向かって駆け出した。

「ブラック・サバス」特有のスローだが、ヘヴィなギターのリフは居間の中から聞こえている。二階の廊下には悦子、恭子、恭平の三人が出ていたが、皆怖がって居間に入ろうとはしない。私と警部は中に入り電気を点《つ》けたが人の姿はない。私はＣＤプレーヤーを止め、大音響を静めたが、ＣＤプレーヤーの再生はタイマーで行われたことは、機械のメモリーを見ても前後の状況を考えても明らかであった。

そして、いきなりの大音響だったので演奏者はすぐに判っても、曲名は頭に浮かばなかったが、もうこの時には、ＣＤ盤を見なくても、何の曲かは判っていた。

「ブラック・サバスの『MOB RULES』（『悪魔の掟』）に入っている『THE SIGN OF THE SOUTHERN CROSS』（『南十字星』）という曲です」

私は警部に話した瞬間、犯人の恐るべき意図に気がついて愕然とした。

南十字星！

良美の浴槽でのポーズは十字架を擬しているのだ！

そして、向いていた方角は!?

南である。

そう、犯人はこのテーマ曲に合った殺人方法を選んだのだ。

だが、浴槽の中の割れたガラス玉は何を意味するのだろう？

私はＣＤケースと歌詞カードを捜したが、すぐには見つからない。やむを得ず小音量で『南十字星』を聴き直してみたが、英語のリスニング能力が不足している私にでもワンコーラス部に「break the crystal ball」（クリスタルボールを壊せ）と歌われているのが判った。

すぐに警部にその旨を説明すると、

「何て奴だ！」

と怒りをあらわにした。

「そうです。狂っています」

私も同意したが、心の中は放心状態である。木村警部に、

「立花さん、金子さんにも連絡を」

と言われてやっと我に返った。

恭子の悲鳴からここまで、文章にすると長く感じられるかもしれないが、実際には数分程度の出来事である。ＣＤを止めるまでは三分も経っていないかもしれない。

気を取り直して金子美香の携帯に電話を入れると、まだ何も知らない彼女の、

「モートクさん、お嬢さんのお相手役はどう？　堪能してる？」

という声が聞こえてきた。

「何言ってるんだ！　こっちは今えらいことになってるぞ！　たった今、良美さんが殺されたんだ！」

私は彼女がこの大事な時に現場にいないことに対して少し腹が立っていたこともあり、叱責の感情に走り、つい詰問口調になってしまったが、その反応には驚かされた。

「なっ何ですって！　良美が殺された⁉　だっ、誰に⁉」

私が驚いたのは、金子の動揺と慌てぶりがあまりに凄かったからである。もちろんこんな突発事件が起きれば誰でも驚く。しかし、これまで様々な事件において彼女と行動を共にしてきたが、これほどの周章狼狽ぶりは見たことがないのだ。その慌て方が電話を通じてもよく伝わってくる。しかも「誰に殺された？」などという愚問まで発しているではないか！

「誰に殺された？　それが判れば誰も苦労しないぞ、臥竜先生！」

私がこう切り返すと、さすがに落ち着いたようで、

「そうね、モートクさん。最初からゆっくり話して」

と事件の説明を求めてきた。

事の経緯を話していくと、良美が風呂場で殺されたことに少し驚いたようであったが、あらましを語り終えると、

「それで確認するけど、須崎と並木は釈放されたのね？」

「そうだ。須崎の行動はまだ判らないけど、並木が良美に会いに来たのは事実だし、良美が入浴するようになったのも、彼の存在が関連している」

「もう一つ聞くけど、事件発生時に邸内にいた人物は？」

私が説明すると、

「判ったわ。高村と日向美智子、それと、行方君はいなかったのね」

「そうだね」

「概略は判ったわ。こちらの調査は大体終わったし、緊急事態なので夜行に乗ってすぐに戻ります。それからそちらは今わさわさしているでしょうけど、高村にはモートクさんから連絡してあげて。日向美智子と行方君は心配するのでやめた方がいいかもしれないわね……あ、でも日向美智子は恭子の母親だし連絡してあげましょう。それじゃ、詳しくは明日ということで」

これで金子との会話を終えた私は、まず日向美智子に電話を入れた。当然ながらすぐに駆けつけるということになった。

次いで出張中の高村の携帯に電話を入れた。

「もしもし、高村さんですか。立花です」

「ああ、立花さんですか。どうしました」

「高村さん、落ち着いて聞いてください。たった今、良美さんが殺されました」

「良美さんが殺されたですって⁉　本当ですか？　いっ、いったい誰に？　どこで？」

私は耳を疑った。

本当に今日はどうかしている。

金子に続いて高村義男まで同じ愚問を発した。確かに彼は捜査員ではないし、刑事弁護は専門ではない。しかし、冷静沈着を身上とするはずの弁護士である。それが、この発言と金子と同様の慌てぶりである。

「それが私に判るくらいなら、とうの昔に事件は解決してますよ」

「そ、それもそうですね。事の経緯を説明していただけますか」

高村も私の反応に落ち着きを取り戻したのか、ここで冷静に尋ねてきた。

「経緯は大体判りました。こちらの仕事は全て片付きましたので、すぐにそちらに戻ります。その旨、皆さんによろしくお伝えください」

私が話し終えると高村はこう言って電話を切った。

電話を終え現場に戻ると、既に鑑識が来ていて現場検証を始めていた。

死亡原因や死亡推定時刻に関しては改めて述べるまでもない。ここまでの記述を裏付けただけである。割れていたクリスタルボールも特に変わった物ではなく、これが何かの手掛かりになることはなかった。

化粧室に残された良美の服や持ち物に特に変わった物はなく、紛失したと思われる物もなかった。ただ、個人の所有物なので本当に紛失した物がなかったかは厳密には判らない。

入浴前に並木に渡された頭痛薬は、ここで飲んだらしく、破られたパラフィン紙がごみ箱に捨てられていた。

私が電話してから約三十分後、日向美智子が青ざめた顔で牧村邸に入ってきた。

恭子の親である日向美智子は、当然の言葉として、

「警部さん、恭子を守ってくださるという約束を信頼して、これまでお任せしてきましたが、良美さんがこんなことになってしまったのを見ると、心配で仕方がありません。私の家では警備が手薄とい

うのなら、しばらくの間、私もここで恭子と寝泊まりさせていただきます。今までは自分の立場というものを考えて遠慮をして参りましたが、事ここに到ってはそんなこと言っていられません。いざとなったら自分の命を投げ捨ててでも恭子を守る所存です」

と皆の前で宣言した。

これには警部も牧村家の人々も一言もなく、了承するほかなかった。

警部は一同を応接間に集めてから悲愴な表情で話し出した。

「私たちはこれまで鋭意捜査と警護に当たって参りましたが、結果として五つの殺人及び殺人未遂事件を防ぐことができませんでした。このことをまずお詫びいたします。その責任はどのような形をもってしても取りきれるものではありませんが、いずれ目に見える形で取らせていただきます。が、それはそれとして、その前に何としても、この憎むべき犯人を捕らえなければなりません。私たちは皆さんをこれまで被害者及びそのご家族、関係者として扱って参りました。しかし、これからはそれに加えて加害者たる可能性をも含んでいる者として考えざるを得ません。したがって今後、ややもすると失礼な態度で臨む場合もあるとお考えください。皆さんから見ると不愉快に感じることもあるかもしれませんが、その点をよく考えてご了承いただきます」

警部の言葉は一見ていねいだが、牧村家の人々に対しては、かなり非礼な物言いだ。しかし、連続して事件が起こっている状況と自らの責任についてまで言及した警部の立場に立てば、当然であろう。

この後、一人一人に対する事情聴取に入ったわけだが、最初に事情聴取を受けた恭一の衰弱ぶりは酷く、見るに堪えない感じであった。

　彼は——食事後、部屋に戻ってベッドの上にいた——と証言するのがやっとで、それ以後は嗚咽が続き声にならない。たまりかねた田中医師がドクターストップをかけ、恭一は再び部屋に戻っていった。田中医師は結局、私の予測通りこの家に泊まることとなった。

　恭三、恭平も、恭一と同様に食事後はずっと部屋にいたと証言した。

「すると食後、良美さんの体調が思わしくないということで、すぐにお風呂に入って休もうという話になったが、良美さんはもう少し並木君と一緒にいたいと強く主張されたので、田中先生のご提案もあり、良美さんは薬を飲んで入浴し、並木君は奥様の部屋で休みながら待つことになったというわけですね」

「そうです」

　警部の問いかけに、恭三が一同を代表して答えた。

「その後、並木君が身体を休ませるために食堂を出て、次に行方君が帰るので恭子さんと一緒に食堂を出たわけですね」

「そうです。行方君が道路に出るまで見送りました」

　恭子がか細い声で力なく答えた。

「それから恭平君、恭三さん、恭一さんの順に出ていき、悦子さんと立花さんがここに残ったわけですね」

「そうです。私は悦子さんと少し話をしていましたが、そこへ恭子さんも外から戻ってきて、今日見た芝居やライヴの話などをしていました。その途中で……」

私は悦子も恭子も事件のショックで相当に滅入っている様子だったので、彼女たちに代わって答えた。

「恭子さんが良美さんの入浴が長すぎると言い出し、様子を見に行ったのです。そうしたら……」

「そこで事件を発見したということですね」

「その通りです。あとは警部が見た通りです」

警部はこの後も恭一以外の家族、並木、使用人たちに対して前言通り、かなり厳しい質問を行ったが、現段階では私が既述した以上の新事実は出てこなかった。

特に事件発見前後の状況については、改めて尋ねられたが、私、恭子、悦子の証言はピタリと一致し、それぞれの証言を裏付けたのであった。

並木に対しては特に厳しい尋問が行われたが、彼は恭子が悲鳴をあげるまで良子の部屋で休んでいたと言い続けた。

「考えてもみてくださいよ。仮に——あくまでも仮にですよ、私が妙な下心を持ったとしても、いかに婚約者とはいえ、社長や家族がいるこの家の中で、良美さんの入浴姿を覗けるわけがないじゃないですか」

尋問中の並木は大きな声でこう主張していたが、終了後は尋問が終わって緊張が解けたのと最愛の人を失った悲しみからか、グッタリとした表情となり、肩を落として帰っていった。

このようにして血塗られた衝撃の七月十九日は終わったのであった。

この日の事件は悪魔から見ると、まさに黒ミサそのものであったろう。その意味ではこの日は悪魔にとってブラディー・サバス（血まみれの安息日）であったといえる。

疲れ切って帰った私の頭の中には「ブラック・サバス」の『南十字星』と『サバス・ブラディー・サバス』が鳴り響いていた。

第十八章　インプロヴィゼイション（即興）殺人

明けて七月二十日の朝七時を少し過ぎた時、私は金子美香の呼び鈴に目を覚まされた。

「モートクさん、お早う。朝早くから申し訳ないとは思ったけど、起こさせてもらいました」

「事態が事態だからね。それは気にしないでいいよ。だけど顔ぐらい洗わせてくれよ」

私は洗面を終えると、もう一度昨夜の事件に関して知っていることを話した。

「すると一昨日に須崎が釈放され、並木も昨日釈放されたのね」

「そうだ。その点に関しては不幸にも君の予言通りになってしまったね。並木が釈放されれば事件が起きるという……。だけど須崎の釈放も関係してくるのかい？」

「それはまだ判らないわね。ただ、犯行を実行するに当たって何らかの影響を与えた可能性は高いと思う。それと良美が風呂場に行った後、すぐに悦子が田中医師の伝言を伝えに行ったらしいけど、その時良美はまだ着替えていたわけね」

「警部も当然それは尋ねたが、悦子はそう言っていた。もっとも彼女がそう言っているだけで、証明できる物証があるわけじゃない。だから臥竜先生の理論でいけば、その時に犯行が可能だと言えなくはないが」

「それは無理でしょうね。悦子は恭一と田中医師が一言、二言話した後には、もう食堂に戻っている。

そんな短い間じゃ犯行は不可能よ。それから、悦子が風呂場に行った時、良美はもう頭痛薬を飲んでいたかしら」

「それも警部に聞かれていたが、良美に直接聞いたわけではないので判らないと言っていた。いちいち聞くことでもないし。だけどそれがそんなに重要なことかい」

「それもまだ判らないわね」

「ところで調査旅行の結果はどうだい。何か重大な手掛かりを掴んだようだが」

「ところがそうでもなくなったかもしれないのよ。いえ、昨日モートクさんから良美が殺されたことを聞かされるまでは確信に近いものがあったんだけれど、ああいう形で事件が起こるなんて、正直言って予想外だったのよ。もちろん、モートクさんに三姉妹の警備をお願いしたように、良美が殺される可能性も考慮には入れていたの。だけど昨夜の状況であの殺害方法を実行するなんて、まったくの想定外だった。もしかしたら私のこれまでの考え方を根本的に見直さなければいけなくなる可能性さえあるのよ」

私にこう話す金子の表情には、ある種の焦燥感と深刻さが同居していた。昨夜の事件の何が彼女をしてここまで困惑させているのだろう。

「根本的に見直すとはどういうことだい？　まさか君の今までの推理が間違っていたとでも……」

「今のところそこまではね。ただし、今日の捜査の進展次第ではそういうことになるかもしれない」

「そう考えざるを得ない理由は何だい？」

「犯人が、二十二日という予告を三日も早めて十九日に犯行を実行したこと、これが理由の第一」

「張子房のような物言いだね。だけど前にも言ったけど、殺人鬼の予告なんて当てにするものじゃないだろう？」

「もちろんそうよ。だけど私が言いたいのはそういうことじゃないわ。私の考える通り犯人が韓信並みの天才なら、犯行日を予告するということは、犯行の準備が完全に出来上がっていることを意味するの。それなのに何故三日も犯行を繰り上げる必要があったか？　この点が不可解なのよ」

「犯行の準備が完了しているなら、前倒ししてもさして困ることはないんじゃないか。我々が少しでも予告日を真に受けていれば、機先を制するという効果もある」

「その考えも忘れてはいけないわ。ただし、今まで予告日をたがえたことがないことを考えると、何らかの条件や事情が変わり、その日まで待てなくなった可能性が高いとも考えられるのよ。ただ、この点はモートクさんの指摘も充分に理があるので決定的な理由ではないわ」

「それじゃ決定的な理由とは？」

「これまでの事件と今回の事件との性質の違いね。過去四つの事件の殺人方法は、被害者の証言は別にして男女いずれにも可能な方法だったから、男女いずれが犯人かは、にわかには断言できなかったわね。だけど今回の事件はどう？　すぐに絞り切れるじゃないの」

「あ、そうか」

「殺人現場がこの家の風呂場ということになると、男性犯人説は極めて可能性が少なくなる。あれだけの状況になっても、なおモートクさんが現場に入るのを躊躇したように、若い女性の入浴中に男性が風呂場に入るという行動は、不可能に近いと言っていいでしょう？」

「婚約者の並木でも難しいかもしれないね」

「そうよね。二人きりの旅館やホテルならいざ知らず、牧村邸内ではね。それにもかかわらず犯人は、大胆にも全裸で入浴中の良美のそばに近づいて凶行に及んでいる。この殺されるまで間、良美は悲鳴をあげたり、抵抗したりしていない。というよりも、この犯行は良美が少しでも危険や不安を感じただけで実行は困難になってくるわよね。ということは、犯人はどういう人物になる？」

「良美が不安を感じない人物、良美がよく知っている人物、それも女だな」

「その通り。仮に婚約者の並木であっても、弟の恭平であったとしても、無防備というわけにはいかないでしょう？　これが第二の理由」

ここまで話をして、私はようやく金子が戸惑っている理由が判り始めた。彼女はこれまでの推理で犯人は男という結論に達していたのかもしれない。並木が犯人ではないかと匂わせる発言もしている。それが今回の事件では犯人が女であることが推測される。それで悩んでいるのだろう。

「なるほど、張良や義経クラスの天才なら、こんなに簡単に捜査の的を絞られるはずがないということだね」

「そういうこと。私が考えている犯人は、そこまで愚者ではないはずなのよね。だから考え方を根本的に見直さなければならないかもしれないのよ」

「なるほどね」

「ほかにも、事件の性質の違いはあるの。今までの事件は、結果として失敗に終わった犯行にしても、殺人事件になった犯行にしても、偶然に頼った形で実行してはいないのよね」

「というと？」

「昨夜の状況を思い出してみて。良美の体調が今ひとつだったのはたまたまだし、早めに入浴することになったのも、その場の成り行きよね。並木が帰らないで牧村邸に残ったのも良美の希望もあったにせよ、その場のいきがかりでしょう？　いずれも犯人が意図的にそういう状況を作ることが不可能なことばかりだわ」

「なるほど。考えてみれば、君が言う、犯行が行われる条件である並木の釈放も、犯人の意図では不可能なことだからね。だけど偶然が重なったうえで事件が起こったことが、どうして考え方の見直しに結び付くんだい？」

「将棋でいう棋風の違いね。これまでの事件は、居飛車の攻め将棋のように犯人自らが自分で手を作り局面を打開していった。だけども今回は、振り飛車の捌《さば》きのように相手の手に乗って犯人が動いていった。つまり、犯罪の性質、文学や音楽でいう作風が違うということなのよ」

「すると今回の事件は、今までの事件と犯人が違うとでも？　……まさか……それに臥竜先生が言うように将棋のたとえでいえば、居飛車も振り飛車も指すというオールラウンドプレイヤーっていうのもいるぜ」

「昨日、モートクさんから良美が殺された状況を聞いて一番驚いたのはそこなのよ。あまりにも事件の作風が違うから。だから今回の事件は犯人が違うんじゃないかとね。だけど一連の事件の流れである黒魔術、ブラック・サバスの音楽、牧村家への呪いというモチーフは変わっていない。となると、やはり同一犯人説に戻ってしまう。今モートクさんが言ったようにオールラウンドプレイヤーというのもいるしね。だけどオールラウンドと言っても、基本は居飛車で振り飛車も指すという形やその逆だったり、テニスのサンプラスやボリス・ベッカーもオールラウンドと言われるけど、核になっているのはあくまでサーブ・アンド・ボレーで、ベースラインからのストロークじゃないでしょう？　だから事件の性質の違いも考慮していかなくちゃいけないのよ。これが第三の理由ね」

「君の言いたいことはよく判ったが、警察の考えはどうだろう？　やはり並木が第一の容疑者ということになるのだろうか」

「状況からいってそうなるでしょうね。その点は今朝の新聞を見てごらんなさい。色々と書いてあるわよ」

金子に言われて新聞を広げてみると、各紙とも一面トップでこの惨劇を伝えている。今回は被害の状況が状況だけに、良美の全裸ということが見出しにはなっていない。

「牧村家でまたも惨劇」とか「牧村家で再び殺人」といった見出しなのだが、二面、三面では良美の殺され方について触れないわけにはいかない。次いでテレビのスイッチを入れてみたが、こちらは新聞のような奥ゆかしさはなく、「美女風呂場で殺される」とか「美少女全裸で惨殺」など、どぎついものが多い。しかも、レポーターたちが細かい状況まで説明している。彼らの立場では当然であろうし、報道に妙な抑圧や自制があってはならないというのは判るが、もう少し被害者感情にも配慮が欲しいと思うのは私だけだろうか。

また、マスコミ報道も、新聞の社説やテレビのコメンテーターの発言が捜査当局に対して厳しくなっている。予想されたことであるが……。その主張は、

「事件の早期解決を望む」

「捜査人員の増員も視野に」

とかいった論調が多い。

確かにこういった意見は理解できる。この連続殺人事件は世間の注目の的になっているし、事件の経緯は人々を恐怖のどん底に陥れている。しかし、だからといってレポーターにマイクを向けられたある人のように、

「怪しい奴は片っ端から引っくくれ。これだけの事件で刑事訴訟《そしょう》法も手続きもあるものか」

といった意見はまずい。

法治社会で法律による手続きを無視してもいいということになったら、秘密警察が暴威を振るう独裁国家になりかねない危険があるからだ。町の声も時としてメチャクチャなことを言うことがある。

さて、その報道の中身であるが、名指しこそ避けているものの、釈放された直後に事件が起こっていることから、並木と須崎が容疑者であるというニュアンスの記事、レポートが多い。これは警察が、これから彼ら二人の取り調べをするという意向を記者たちに洩らしているから、こういう報道になるのだろう。

「須崎真也の行動は、昨夜はどうだった？」

金子は、昨日は警察に接触できなかったので、須崎の動きまではまだ把握できていない。

「一昨日、君に話したように、須崎にも一応見張りの刑事が付いていた。それで、その日はおとなしく家で休んだらしいんだけど、幸か不幸か昨日の昼間、監視に気づいたらしく尾行を撒《ま》いてしまって

ね。それで自宅に戻ったのは夜の十時を過ぎていたそうだ」

「それで須崎は何と？」

「勾留疲れもあってか、ムシャクシャしていたが、監視に気づいてストレスが溜まり、尾行を撒いたと言っている」

「その後の行動は？」

「本人曰《いわ》く、尾行を撒いて新宿の映画館に入ったのが午後二時頃、そこを出て書店でプロレス興業が夜七時からあるのを知ったのが午後五時半頃、会場の後楽園ホールに入ったのが六時四十分頃、興業が終わってそこを出たのが九時四十分頃、そのまま帰って家に着いたのが十時二十分頃ということだ。須崎はその証明としてチケットの半券を提出したそうだが、当然ながらアリバイにはならない。プロレスのチケットなんてどこででも買えるからね」

「急に思いたって会場に行ったなら、窓口の人は覚えてなかったかしら」

「チケット係はまだいたので事情聴取はできたが、須崎のことは覚えていなかった」

「当日券なんてそう何枚も売れるものじゃないと思うけど、覚えてもらえなかったとは」

「いや、君は後楽園ホールのチケット売場を知らないからそう思うんだ。仕切り窓になっているので売場側からは客の顔はあまり見えないんだ。それに係の身になれば、客の顔などいちいち覚えるほど関心はないからね」

「それもそうね。だけどモートクさんはプロレス事情にも詳しいのね」

「臥竜先生にはまだ言っていなかったけど、実はプロレスファンだったんだ。二、三年前まではよく後楽園ホールに行っていた。あそこは『格闘技のメッカ』だからね。君にとっての代々木第一や大坂城ホールのようなものだよ」

「私の昔話はいいわよ。それよりモートクさんのフェミニストぶりからいって、見に行ったのは女子プロレスばっかりでしょう?」

「実は……そうなんだ。でもそれだけじゃないぞ。日本の女子プロレスは世界最高レベルだからね。内容的には女子プロレスラーを男子に換算すれば男子プロレスよりも優っていると思うよ」

「それはまた凄い入れ込みようね。それが事実ならバレーボール協会に爪の垢でも飲ませてみたらどうかしら。さて、そろそろ牧村邸に行きましょうか。モートクさんの朝食も終わったようだしね」

彼女は私がトーストを食べ終わるのを見てそう言った。

牧村邸に着くと、事件がセンセーショナルだったことで周辺は今までにも増してプレスでごったがえしている。この雑踏をくぐり抜けて邸内に入ると、応接間では恭一以外の家族が集まってお茶を飲んでいた。昨夜の惨劇の後だけに雰囲気が良くないのは仕方のないことだが、その中にあって恭平が比較的元気がいい。難しい病気のため、部屋にこもりきりの日が多かったようであるが、近頃は田中医師の処方が合ってきたのか健康状態は上向いているようだ。これに関しては、

「QOL、いわゆるクオリティー・オブ・ライフ、生活の質を上げるために、本人希望もあってステロイド剤の内服を始めました。それもあって状態はこのところ良いようです。ご承知のように色々と問題の多い薬剤ですので、なるべく使いたくはないのですが、病気によっては命を守るために使わざるを得ない場合も少なくないのですよ。そして、ご指摘のように恭平君の状態が良好なのは結構なの

ですが、あくまで薬剤によるものなので過信は禁物といつも言っているのですよ」

と田中医師は言った。

私と金子は、牧村家の人々に挨拶すると木村警部のところに行った。現場検証と良美の死体解剖の結果を聞くためである。

それによると、現場検証では大したことは判っていない。湯船の血液は良美のそれと一致したし、凶器の短刀も現場に残されたクリスタルボールもありふれた物で、手掛かりにはならなかった。もちろん、どちらにも指紋はなかった。ブラック・サバスのCD『悪魔の掟』のCDケースは二階の居間に放置されていたCD入れの中に入っていたが、持ち主は恭三で、彼の部屋から持ち出されていた物であると判明した。この証拠物件（CD盤も含めて）に付いている指紋は恭三のものだけだった。CDプレーヤーのメモリーから、『南十字星』の曲が始まるのが七時三十五分にセットされているのが判った。犯人がタイマーをセットした時間は不明だが、犯行後にセットしたとすると、どんなに遅くても七時三十分には犯行が終わっていたと考えるべきだろう。実際に七時近くに良美が風呂場に行っているし、それから三十分ほどしてから恭子が良美を見に行って死体を発見していることがそれを裏付ける。CDプレーヤーのリモコンには音楽をほとんど聴かない恭一以外の家族全員の指紋が付いていたが、これは考えてみれば当然のことで、特別に不自然なことではない。

そして、良美の死体解剖の結果であるが、死因や死亡推定時刻に関しては、これまでに述べたことを裏付けただけで特に記すべき事実はない。ただし、注目すべき発見があった。それは良美の胃腸の中から多量の睡眠薬が検出されたことである。

この結果を警部から聞かされた金子は、すぐに大きくうなずいて、

「モートクさん、大変な新事実が判ったわね。これで大分安心できるわ」

と私に言ってきた。

「というと？」

すぐに意味が理解できなかった私は思わず反問してしまったが、

「あらやだ、判らないの？　この事実が判ったので考え方を変えなくてもいいということになるじゃないの。良美は睡眠薬を飲まされていたのよ。ということは……？」

「あ、そうか、昨日の事件は男でも実行可能ということになるんだね」

「その通りよ。やっぱり犯人は稀代の天才ということになってくるのよ」

「君が昨夜から悩んでいた問題が解決されたのは結構だが、そうなると君が指摘した事件の性質の違い、別の言い方で言うと作風、棋風の違いはどういったことになるんだい？」

「それはこういうことよ。この事件の犯人の作風は、音楽で言うとプログレッシブ・ロックのイエスやピンク・フロイドのように綿密に練り尽くされた演奏をするというのが本来のスタイルなのよ。まあ、犯罪というリスクの高い行動をするとなると、知恵のある者ほどそういう作風にならざるを得ないけれど……」

「それで？」

「ところが今回の事件では突如作風が変わった。まるで、その場の感覚や指先の本能に導かれて演奏するエリック・クラプトンやジミ・ヘンドリックスのようにね。犯罪の実行に当たり、これほど演奏

スタイルが変わる理由は一つしかない。犯人側の事情が変わったということね。ただし、その事情変更には二つのパターンが考えられる。その一つは……」

「二十二日の予告日まで待てなくなったということだね。つまり、昨日のうちに良美を殺しておかなければ、犯人にとっては非常にまずい事態になるということ。例えば犯行が発覚してしまうというケースだね」

「その通りよ」

「ではもう一つは何だろう？」

「それは今モートクさんが言ったのと逆のパターンね。予告日の前に犯行を行うのに充分な条件が揃ってしまったということ」

「君の言い方でいう、偶然という相手の手に乗って手を指していくということだね」

「そういうことね。いくつかの偶発的要素が重なって、予告日と同様の、いや犯人の知力の高さから考えて、予告日における犯行計画以上の好条件が現出してしまったのよ。そこで並の犯罪者なら事前の計画にこだわりすぎて実行をためらってしまうところを、悩むことなく決断している。驚くべき思考の柔軟さと決断力ね。それと並々ならぬ器量の持ち主ね。モートクさんお得意の音楽でたとえると、普段はクラシックやプログレッシブ・ロックのように計算された演奏をするギタリストが、状況によってはジャズやブルース、ロックのギタリストのようにインプロヴィゼイション、そう即興演奏でも凄い演奏をやってのけるようなものよ。言ってみればインプロヴィゼイション殺人ね」

金子は、良美殺しの事件の性質をこのように鮮やかに描き出してみせた。

「すると君は、今言った二つのパターンのうち後者を採るというのだね」

「断定はまだ避けた方がいいと思うけど、今の時点では後手番のインプロ殺人説の方を持ちたいわね」

「その理由は?」

「風呂場での殺人方法や演出に、犯人のゆとりが感じられる。準備しておいた方法をそのまま実行しただけという感じだものね。それと当日起こった出来事の中で、犯人にとって良美を当日殺さなくてはならないという事情が今のところ思いつかない。もし、前者の説が正しいとしたら、いかに天才犯人とはいえ、必ず手掛かりを残していると思う。私たちからすればそこがつけめになるでしょうね」

金子がこう言った時、出張から帰ってきた高村が入ってきた。

「立花さん、昨日はご連絡を頂きありがとうございました。それですぐに帰ってきたのですが、その後大きな変化はありませんでしたか?」

「ええ、今のところ特に……。それより、いつも冷静な高村さんが、昨日はとても慌てられたのでびっくりしましたよ」

「いやあ、お恥ずかしい。職業柄いつも冷静でなくてはいけないのですが、何せ事件が事件ですからね。ただ、私は弁護士とはいってても民事ばかりですからね。職域が違ううえに、このところ続く事件は衝撃的すぎます。驚くなという方が無理な注文ですよ」

高村は、やや恐縮した面持ちで言った。

「いや、もっともですよ。そんなことでご自分を責める必要はないですよ。何といってもここにいる本職の金子でも、昨日は大慌てでしたから……ハッハッハ」

　私はこう言って軽く笑ったが、高村は少し頬《ほお》が緩んだだけで、金子は苦笑するしかなかった。

「ところで牧村社長は面会できる状態でしょうか。できれば出張の結果を報告したいのですが……」

「ああ、そうでしたね。昨日の今日ですから良くはないことは確かでしょうが、朝早くから田中医師も来ているようですから、彼に聞いてみたらどうでしょうか。それはそうと急に帰ってこられることになりましたが、出張先でのお仕事は全部終わったのですか？」

「幸いにほとんどの仕事は昨日のうちに終わっていましたので、その点は特に問題はありません。それじゃ、ちょっと失礼します」

　高村はそこで田中医師に、恭一の容態を尋ねてみたが、

「今日は誰にも会いたくない」

　という恭一の意向を聞いて、

「それじゃ、また明日にでも時間を作ってここに参ります」

　と言って帰っていった。

　金子は玄関を出る高村を見届けると、

「モートクさん、忘れていた用件を思い出したので、ちょっと失礼するわよ」

　と私に言って家の外に出ていった。見ていると携帯電話で何か話している。三、四件電話して十分ほど話をして戻ってきた。

「何だい急に。何か大事な用事かね」

「そうよ」

「できれば内容を聞きたいものだが」

「それはまだヒ、ミ、ツ……」

彼女はこう言ってニッコリと微笑むと、再び警部のところへ行って何事か話している。少しして私のところへ戻ってくると、

「警察の方針としては並木、須崎の二人を重要参考人として取り調べるようね。それから念のため、行方君の牧村邸を出てからの行動も調べるということね」

「何だって、行方少年まで調べるのか」

私は思わずこう口走ったが、彼女は、

「仕方ないでしょうね。私が警部の立場でもそうするわ。彼が帰った直後に事件が起こっていることを考えると、すぐに戻ってきて風呂場に行って犯行を実行したとも、一応は推定可能ですからね」

「それはそうだが……。ところで木村警部には君の調査旅行の結果は伝えたのかい」

「さっき話そうと思ったんだけど、彼は今、昨日の事件の捜査、特に並木と須崎の取り調べに気持ちが集中しすぎて、そういうゆとりがないようね。それはあとで話すことにするわ」

「二人ともまた勾留されることになるのかな」

「二人とも釈放されたばかりだから、そこまではどうかしら……。だけど良美の身体から睡眠薬が発見されたことは事実だから、尋問は厳しくなるでしょうね。特に並木の場合は入浴前に頭痛薬を直接良美に渡しているだけに、そうなるでしょう」

「そうだろうね。もし、彼が犯人でないとしたら大変な災難だね。唯一の味方で恋人である良美を失ったことを考えると、まさに四面楚歌じゃないか」

「もしそうならね……。だけど冷たいようだけど、捜査に携わる人間としては、妙な感情移入は厳禁よ。冷静に事実だけを見つめなくてはね」

彼女はこう言うと、応接間のドアを開けて中に入っていった。私もあとを追って部屋に入ったが、今度は恭子の顔色が良くない。家族たちも心配そうに周囲を取り巻いている。

「どうしました？」

私が尋ねると悦子が、

「恭子は昨日、良美をまともに見てしまったでしょう。それでショックが強すぎて、昨日から精神的に落ち着かないんですよ。無理もありませんわよ。私たちだって同じですから。おまけに行方君まで尋問を受けたと聞いたものですから、余計に……」

と深刻な表情で説明してくれた。

当然の話だと思った。話してくれた当の悦子自身も昨夜、遠目であるが良美の姿を見て、私の前で卒倒している。

恭子のそばには昨夜から来ている日向美智子が付きっきりで声をかけているが、返事は力ない。やがて田中医師が来て診察していたが、

「精神安定剤を与えますので、少し休んでもらった方がいいでしょう」

と言ったので、恭子は薬を飲んで母親と一緒に部屋に戻った。

それから恭子の体調不良の一因かもしれない行方少年への尋問の結果だが、昨夜は恭子と門で別れたあとはまっすぐに家に帰ったと答えた。家族の話した帰宅時間と証言のそれは一致したが、もちろん潔白の証明とはならない。ただし、状況からみて彼が犯人とは考えにくい。何故ならば牧村邸内で良美を殺そうと思えば、帰った振りをして犯行に及ぶより、邸内に留まっている方が機会を得やすいし、途中誰かに見られても不審に思われないからだ。警察もそう考えているようで、それ以上の尋問や拘束はしていない。

ただし、並木と須崎の二人はそうはいかない。並木は犯行時間に邸内にいたし、頭痛薬を良美に与えている。当然、今朝早い時間から任意で呼ばれ、署で取り調べを受けているが、

「良美さんに渡した頭痛薬はいつも私が飲んでいる市販薬で、今も携帯している物と同じです。私が頭痛持ちでこの薬を飲んでいることは良美さんも同僚も皆知っています。私は薬に何の細工もしていません。ああ、何でそんな身に覚えのないことばかり聞くのですか⁉ それでなくても婚約者が殺されてショックを受けているんですよ。頭がおかしくなってしまいそうですよ」

と嘆くように語ったとのことである。

一方、須崎の方は前述のように昨夜の行動を説明した後、

「確かに刑事さんの尾行を撒《ま》いてしまったのは今から考えるとまずかったとは思いますよ。だけど、それから牧村邸に行って風呂場の娘さんを私が殺したなんて、夢物語もいいとこですよ。えっ、被害者は睡眠薬を飲んでいたですって。それなら、ますます不可能じゃないですか。私には薬を飲ませる機会などないんですからね」

と少し開き直った抗弁をしたというが、後半部の主張は確かにその通りで、この点を突かれると取調官も弱いところである。

ところで、この日は悦子が退院後一週間経ったので、念のため病院で検診を受けることになっており、身仕度をして出てきた。

応接間には恭三と恭平がいたが、彼女は父恭一がいないので恭三に向かって、

「それでは帝心大病院に行って参ります。それが終わってから、友人と久し振りに食事をしてきます」

と言った。

「それは構わないが、あまり遅くならないように……」

と恭三が言い終わらぬうちに、彼女は、

「判っています。夜は良美の通夜がありますものね。その準備もあるでしょうから、遅くとも午後の三時半頃には戻ります」

と返して、使用人の佐々木の運転する車で出ていった。私は悦子を見送ると金子を庭に誘い、

「付き添いが佐々木一人で大丈夫かい？」

と聞いてみた。

「犯人は演出好きな性格なので、まず大丈夫よ。もっとも予告状の予告日は当てにはならないけれど……。それに並木が今朝早くから呼ばれて調べを受けている。前にも言ったけど、彼が警察にいる間は事件は起きないわ。それと行き先が大病院で、友達と会うのも新宿のコーヒーショップだというし、

そういう衆人環視の中では決して犯行には及ばない。犯人はそういう奴よ」

「それならいいんだが……。ところで並木は犯人なんだろうか？　警察も君もそう思っている様子だが……」

「モートクさんはどう思う？」

「そりゃ、これだけ動機があり、物証もある程度あるとなると疑わざるを得ないよ。ほかに犯人たる人物がいれば話は別だが……」

「その点を少し考えてみましょうか。昨日の事件についてモートクさんがしてくれた話は、さすがに様々なミュージシャンのツアー情報に詳しいモートクさんらしく、素晴らしい記憶力だと感服しているのよ。昨夜、この家にいたのはその記憶によると主人の恭一、恭三、恭平、悦子、恭子、並木、行方少年、田中医師、それから佐々木と別の使用人が二人、あとは木村警部と二人の刑事、それとモートクさんね」

「そうだ」

「この中で行方少年だけが食後に帰った。日向美智子はまだ来ていないし、高村は遠くに出張中だった。一番犯行の不可能な人物は誰だろう？」

「そりゃ、言うまでもなく高村さ。ほかの人物は行方少年だって不可能とは言えず、日向美智子にしたって邸内にいないというだけで、犯行時に密かにこちらに来なかったとは誰も証明できない」

「その通りね。ただし、重要なのは夕食時から良美の体調がすぐれず、早く入浴することになったこと、それと頭痛薬を飲むことになったこと。前にも言ったように本事件だけの特徴ね」

「つまり、君が言うところの偶然に乗って犯行を決断し、実行したということだね」

「そう、その流れに乗って犯行可能な人物は、邸内にいた人間に限られるということになるわけよ」

「すると行方少年と日向美智子、それから須崎真也も容疑者から省いていいことになるね」

「話を先に進めましょう。食事が終わると悦子と恭子を除いて家族は全員各自の部屋に戻った。だけどそれを証明できる人は誰もいないので、誰にでも犯行は可能ね。部屋と食堂を行ったり来たりした悦子と恭子も同様ね。使用人たちは仕事が終わったので使用人棟に戻ったそうだけど、三人で口裏を合わせている可能性もあるので絶対に犯人ではないとまでは言えない。田中医師と木村警部、刑事二人は食後、応接間にずっといた。それからモートクさんは食後ずっと食堂にいた。これは悦子、恭子の二人が入れ替わり日の前にいたので、めでたくアリバイ成立となり、少なくともこの五人の中には犯人はいないという結論になるわけね」

「おいおい、勘弁してくれよ。俺まで容疑者の中に入れるのかよ」

「何言ってるのよ、当たり前じゃないの、一応誰でも疑うというのは。特にこんな事件では余計に先入観を捨てなくてはね」

「それは参ったな。それじゃ本当に助かったよ、昨夜の事件ではアリバイが成立して」

「そうよ。幸運に感謝しなさい。ただしアリバイがあるといっても……」

と彼女が言いかけた時、今度は私の携帯電話のベルが鳴った。ＣＤショップからで、大した用件ではなかったが、この間彼女も携帯電話で誰かと連絡を取っていた。そして、

「なかなかうまくいかないものね」

と私に苦笑した。

何か手掛かりを求めて色々と手を打っているようだが、そのうちの一つは当てがはずれたということなのだろう。この時、私は腕時計を見たが十時を十二、三分過ぎたところだった。朝、金子に起こされて八時半頃に牧村邸に入ってから、もう二時間近く経っていた。

その後、昼までは何事もなく、そのまま昼食となったが、田中医師の処方とカウンセリングが良かったのか、恭一、恭子とも少しは食事がとれるようになった。このような実例を見ると、改めて病気に精神的なものが大きく関与するという現実を実感する。

「皆さん、今夜の通夜ですが、あまり無理をしないでくださいね。顔ぐらい出さないとまずいかもしれませんが、すぐに邸内に戻って休んでください。もちろん私もずっとここにいますが、今となっては亡くなった方より皆さんの身体の方が大事ですからね」

食後に田中医師が家族たちに言った。

午後一時半頃になると、悦子を送っていった佐々木が戻ってきた。

「お嬢様はご友人と食事をされるということなので、レストランまでお送りして参りました。警部さんや金子さんのご指示通り、お友達が来て二人になるまで見届けました」

彼はいかにも実直な使用人らしい口調で私たちに向かって言った。

「ご苦労さまです。それからくれぐれも携帯電話で定期的にこちらに連絡するように言ってくれましたね」

「それはもちろんでございます」

警部は責任ある立場上、悦子が外出しているのが心配とみえ、佐々木に念を押した。が、この点は悦子も心得ていて、十二時頃から一時間おきに警部あてに電話を入れてきた。そして三時頃、悦子から電話が入り、再び佐々木が迎えに行った。

佐々木が運転する高級車が消えた頃、金子は木村警部と十分ほど話をしていたが、私のそばに来ると、

「モートクさん、突然だけどもう一回出張してきますから」

と言い出した。

「前もそうだったが、今回はもっと突然だね。君のことだから、例によって何か深い考えがあるんだろうが、そんなに慌てて行かなければならない急用かい？」

前回も驚かされたが、今回はそれ以上だったので、私はこのように尋ねた。

「それはもう急用よ。犯人の予告日である二十二日まで、今日を含めたとしても二日間しかありませんものね」

「前の予告状がまだ生きているというのか。だけど、その分は昨日の事件で前倒しされたんじゃないのか」

「確かに昨日の事件で前倒しされたわ。ただし、次の犯行の準備がもうできているとしたら、予定とは違っていても予告日に実行するかもしれない。そういう最悪の場合を想定すると急がなくちゃいけないのよ。それと次の犯行の予告状は今のところ来てないわね。となると、前の予告状が生きているという解釈も可能でしょう？」

「それはそうかもしれないが……。そうなるとまた君の留守中が心配だな。俺はどうすればいい？」

「それをモートクさんにお願いしようと思ったのよ。牧村家でこれから先に被害者たり得る可能性があるのは主人の恭一、弟の恭三、悦子、恭子、恭平の五人ね。全員をくまなく見守るということは一人では無理でしょう。ただし、状況をよく見ると、恭一には田中医師、恭子には日向美智子が比較的付いている場合が多いわね。恭三と恭平は時々、田中医師に診てもらっている。そこでモートクさんは愛しい悦子お嬢さんのお相手をしながら、恭平少年にも気を配るということをすればいいわけよ。恭三氏は体力的には問題はなさそうなので、この優先順位で彼らを見守っていてほしいの。ただし、言うまでもないことだけど、何かの事情で田中医師が来なくなったり、日向美智子がこの家からいなくなってしまったりしたら、恭一や恭子にも充分に気をつけてね。その場合の優先順位は女性、子供の弱者ほど高くなることも当然よ。もちろんモートクさん一人で彼ら全員に目が届くわけがないことは私も充分に承知しているけれど、できる限り頑張ってください。内部の人間に関しては以上だけど、外部の人間、並木や高村といった関係者も含めて、邸内に来る人間はたとえ刑事や医師でも油断は禁物よ。特に初めて見る顔の人物には注意するように。今までに言ったこと全部を実行するのは、いかにモートクさんでも不可能だけど、それを頭の中に全部インプットしたうえで、私が戻るのを待っていてほしい」

「判った。全ては無理だができる限りやってみるよ。ところでいつまでに帰ってくる？」

「いつとは言えないけど、できる限り早く帰るようにするわ。遅くとも二十二日の夜までには帰れるようにするつもりよ。それと今言ったことは警部にも話しておいたし、モートクさんの行動についてもお願いはしてあるので便宜ははかってもらえるはずよ。それから、モートクさんにしかできない仕事があるので、私が出て行ったらすぐにやってくださいね」

「何だい、それは」

「邸内にあるCDやDVD、カセットテープなどの音源を全部見て、黒魔術に関連した作品を全て押収してしまって。もちろん演出用の音源がなくなったからといって犯行をやめる犯人ではないけれど、邸内で入手できないとなれば、演出凝《こ》り性の犯人としては、いささかストレスを感じることになるでしょうからね」

　私は彼女の細かな気遣いに感服した。

　確かにCDなどを押収しても、それで犯罪抑止効果があるわけではない。しかし、邸内の音源を押さえられてしまえば、どうしても演出効果を出そうとすれば、CD店で手に入れるしかなくなり、そこで足がついてしまう可能性がある。まさか、この期《ご》に及んでCD店で購入するわけにはいかないので、演出は断念するしかなく、偏執狂の犯人に対しては機先を制するくらいはできるかもしれない。

　彼女はこれだけ言うと、本当に時間が惜しいらしく、文字通り飛んでいってしまった。私はさっそく、警部、恭三と邸内の音源をチェックしたが、恭三が言うには、たぶんなくなった物はないとのことだった。私は警部立ち会いのうえで「ブラック・サバス」と「オジー・オズボーン」、それから念のため「ディオ」と「レインボー」のCD、ビデオを押収した。

　この日はそれからは特に記すべき変わったことはなかった。悦子は予定通り三時半頃に佐々木と無事に帰ってきた。良美の通夜はしめやかに行われ、参列した人々の涙を誘った。家族も全員参列し、良美と別れを告げた。私は彼らの悲痛な表情を見ながら、改めて非情な犯人に対する怒りを新たにしたのであった。自宅への家路を車で走る中、雨が降り出したが、これを良美の涙雨と感じた者は私一人ではなかっただろう。そして、翌日からこの連続殺人事件は最後のクライマックスを迎えるのである。

第十九章　第六の惨劇

　明けて七月二十一日、この日もどんより曇っていて雨模様であった。昼近くから良美の告別式があったのだが、昨日同様、家族と並木は憔悴しきっていて見るに忍びない。特に最愛の人を失った並木は、前日も警察で厳しい取り調べを受けたせいもあってボロボロだ。もはや涙も涸《か》れたという感じで声も出ない。

　須崎もそうであるが、並木も釈放されたばかりなので昨日も勾留はされなかったが、告別式が終われば再び警察に呼ばれて、調べを受けることになっている。式が終わると家族はそのまま家に戻り、日向美智子、行方少年も同行した。高村は仕事があると言って帰っていった。

　この日の告別式は無事に終わり、その後も牧村家とその周辺では何事もなかったので、関係者たちの動向を簡単に記しておく。

　主人の恭一は帰宅後、疲れが出たのか再び部屋にこもってしまった。恭子もまだ精神的なダメージが大きく、母親の日向美智子や行方少年が付きっきりだったが、やはりベッドの上で横になっていた。夜になると行方少年は帰ったが、日向美智子は恭子の部屋に泊まっている。恭三と悦子は、恭一や恭子と違って安静が必要なほど体調を崩しているわけではないが、あまり元気がないのは当然であろう。恭平はこのところ体調が良いので、少し活動的なことがしたそうな様子であったが、さすがにこの状況ではそういうわけにもいかず、おとなしくしていた。

並木は夜には帰されたが、連日の疲労のためかすぐに休んだようである。須崎も帰宅後すぐに部屋の電気が消えたという報告が警部に入った。

私は夜になると金子美香の携帯に電話を入れ、こちらの状況を話したが、

「とにかく明日は心配ね。犯人はかなりの自信家のようだから、私が帰るのを待って、事を決してくれないかと祈っているんだけど、危ない状況にはなっているのでくれぐれも気をつけて。こちらはこれからが正念場なので不眠不休ということになるでしょう。くれぐれもよろしく」

と言うと電話を切ってしまった。

そして、結論から先に言うと、彼女の予想通りに犯人はその凶刃を、この時、磨いていた。まさにこの日は惨劇前夜だったのである。もし、悪魔がこの世に存在するのなら、この夜の愛聴曲はブラック・サバスの『SYMPTOM OF THE UNIVERSE』（『悪魔のしるし』）か『SUPERTZAR』（『帝王序曲』）であったろう。いや、悪魔は人間界にも存在する。犯人はこの夜、これらの楽曲を聴きながら、黒ミサの儀式を行っていたに違いない。このようにして我々は運命の日、七月二十二日を迎えたのだった。

その二十二日も朝から重苦しい曇りで、午前中にやや薄日が射して路面の水気はなくなったが、午後からはずっと曇りで、北陸の冬のような天気だった。気温も上がらず、この時期としてはかなり涼しい。

恭一はいくらか体調が戻ったようで、朝食、昼食とも少しとった。午前中に高村から電話があり、

出張の報告がしたいとのことだったが、恭一はいつまでも延ばせないとして会うことを承諾した。恭子は少し体調が戻ったものの、まだ気分がすぐれず日向美智子と共に部屋にいる。恭三と恭平は討論でもするように一連の事件について話し合っていたが、一方が悪魔崇拝者、一方は推理小説マニアなので議論がかみ合っていない。例えば、

「最初のお母さんの事件では、悦子姉さん以外は誰にでも犯行が可能です。それから悦子姉さんの事件では……」

　というふうに恭平が論理的に推理して見解を述べても、

「ところが黒魔術を身につけるとアリバイなどというものは、いくらでも作れるのだよ。呪文の効力はどこへでも届くので、その間に完全なアリバイを作っておけばいいのだよ。警察が科学などをあてにしている限り、呪術者は完全犯罪者たり得るのだ」

　などと反論するので、最後には恭平が議論をやめて部屋に戻ってしまった。

　私は金子の指示通り、朝から悦子の話し相手を務めていたが、彼女の教養は想像以上で、政治、社会問題から雑学まで、興味のある問題に関してはとても詳しい。どれほどの美人が相手でも、話すネタがなくなると沈黙の時間が長くなってしまうものだが、彼女の場合、話題が豊富なので役目を忘れてしまうほど楽しい時間を過ごすことができた。だが、

「でもね立花さん、こうしておしゃべりばかりしているので、はしたない女だと思われるかもしれませんが、本当のこと申しますと怖いんですよ。一人でいると、もしかしたら次の瞬間に殺されてしまうんじゃないかと思ってしまうことがしばしばあるんですの。特に今日は予告状に書いてあった日で

すので余計にそう感じます。立花さん、今日はどうか一日中目を離さないで守ってくださいね」

と突然に瞳を潤ませた彼女に言われると、悦子をはじめ牧村家の人々がいかに一連の事件に恐怖と衝撃を受けているのかが改めて判り、少々恥じ入ると同時に、大変な役目を担っているという緊張と責任を感じ始めた。

午後になると三時過ぎに並木がやって来た。朝から警察に呼ばれて疲れているはずなのだが、

「確かに連日の調べで疲れてはいますが、良美さんの告別式が終わったらもうこの家には来ないとなったら何を言われるか判りませんからね。午前中で帰されて家で三時間ほど休んだから体力的には心配ないですよ」

と生真面目なこの青年らしく快活そうに言った。もはや意地という感じである。

ちなみに須崎の方も午前中で帰されたようである。須崎は尋問の中で何度も恭子の事件以外にアリバイがないことを追及されたが、

「刑事さんはアリバイ、アリバイと言いますがね。人間、誰しも時間を指定されて、自分はその時どこにいたと簡単に証明できるものじゃありませんよ。だから逆に考えると、都合良くアリバイがある人間の方が怪しいということもできるんですよ」

と開き直ったかのような、それでいて一理あるかなともいえる反論を展開したという。

「それじゃ、君は誰を疑えというのだね」

と逆に問われると、

「私が特に疑われている大石弁護士の事件では、高村とかいう部下の弁護士にアリバイがあるそうじ

ゃないですか。どこか遠くに出張していたということですが、本当にそうなのかよく調べ直した方がいいんじゃないですか」

「あれだけ遠いところにいて、何人もの第三者に続けて会っている人間が、どうやって都内に戻って大石を殺せるというのかね」

「私は捜査官じゃありませんよ。それを調べるのがあなた方の仕事じゃありませんか。ＪＲや私鉄の時刻表を調べたり、殺し屋のリストから当たってみたり、何かやることがあるでしょうよ。松本清張の推理小説や二時間物のサスペンスドラマなどでは、よく見る場面じゃないですか。そういえば一昨日の次女の事件の時だって彼は出張していたそうじゃないですか。話がうますぎると思いませんか」

「君に言われるまでもなく、時刻表は飛行機も含めて調べてあるよ。だが、どういう方法を用いても出張先で用件をこなしながら、こちらに戻ってくるのは不可能だ。それに君のその論理に従えば、君が完璧なアリバイを持っている恭子殺害未遂事件では、君が一番怪しいということになるが、この事件では君が誰か殺し屋でも雇ったのかね」

「バカバカしい。私には牧村家の末娘を殺す動機もメリットもない」

「それなら高村弁護士にも恭子や良美を殺す動機はないぞ。もちろん大石弁護士殺しの動機はあるが」

　木村警部はこの午前中の須崎とのやりとりを私に話すと、

「どうも須崎は牧村製薬と大石弁護士を憎む気持ちが強すぎて、その想いが大石の後継者で、顧問弁護士も受け継いだ高村に向かっていくきらいがあるようですね」

と印象を語った。

私もその通りだと思った。確かに冷静に考えれば大石殺害、良美殺害を高村の犯行と結びつけるのは無理である。

「須崎の感覚では、牧村製薬に力を貸す者は皆、悪と感じるでしょうからね」

私がこう同意した時、来客を告げるベルが鳴り、その高村が入ってきた。恭一と約束した時間である四時三十分の十分近く前であった。さすがにやり手の弁護士らしく、時間前にきっちりと来ている。高村は恭一を待つ間、応接間に入ったが、既に来ている並木と顔が合い、お互いに会釈した。状況が状況であるし、警部や私、悦子も見ているので言葉も交わさない。少し経つと恭一が入ってきたが、並木の姿を見て、やや驚いたのか、

「並木君、来ていたのか。連日の騒ぎで随分疲れているだろう。こちらの方はいいから今日ぐらい休養しなさい」

と声をかけた。

「社長、ご厚意はありがたく思いますが、今顔を出さないと何と思われるか判りませんから。それにこのところ警察の取り調べが多かったので仕事の方も溜まっているんですよ。よろしかったら、高村弁護士の報告が終わりましたら私も打ち合わせを少ししたいのですが……」

「君は今回のことで私に失望しないのかね。もはや会社に尽くす必要はないのだよ」

「確かに父や母の件は大変驚きましたし、知った時には恨みがましい思いもありました。しかし、実感がないうえに、社長にしていただいたご恩や親切は事実ですし実感もあります。それに良美さんを

愛してしまったことも事実なのです。婚約者の父を私が恨めるはずがありません。警察の人もいるようなので、繰り返しになりますが、改めて言っておきます。それから、今お話ししましたように本当に仕事が溜まっています。明日からは任意での取り調べは受けませんからそのつもりでいてください」

並木は皮肉な口調で言った。若さというか一本木な気持ちがこう言わせたのかもしれないが、警部以下警察の人々の心証を悪くしたのは確かであった。何故なら、

（捕らえられるものなら捕らえてみろ。逮捕状なしには喚問には応じないぞ）

と宣言したも同然だからだ。

「君の気持ちは分かった。私と打ち合わせが必要なら夕食後にでも時間を作るから、警察の人に対する今の言葉は取り消しなさい」

その点を心配した恭一がこう言って取りなしたが、並木は、

「社長がそうおっしゃるのなら、今言いすぎた部分はお詫びしますが、任意の調べは受けないという部分は取り消しません。本当に仕事が溜まっていますから」

とあくまで本筋は曲げない。

恭一はここで高村に向き直り、

「お待たせした。私の部屋でよろしいかな」

と声をかけた。

高村と二人になるので警部がやや難色を示したが、

「私の部屋で二人の話と判りきっている状況で、犯行を狙う者はいませんよ。二人いっぺんに殺さなくてはならないですから」

恭一は警部を手で制して、高村と一緒に部屋に向かった。

「こんな時に何ですが、私、父の考えがよく判りませんわ。高村さんと二人きりで同じ部屋にいるなんて」

悦子が苦い顔で私に話しかけてきた。

「悦子さんがそういう考えを持つには理由があるのでしょう。しかし、高村氏をかばうわけではありませんが、少なくともお母様の事件以外ではアリバイがありますよ」

私はこう言って悦子を宥《なだ》めるしかなかったが、さすがに理性的な彼女だけあって、

「確かにそうですね。大石弁護士と良美の時は遠くにいましたし、私と恭子の時も、この家の中にこそいましたけど、その時は何人もの人たちの目の前にいたんですものね。私、ちょっと感情的になってしまったかもしれませんね」

と冷静さを取り戻したようだ。それから私に対して、

「立花さん、よろしかったら一緒に外出しませんか。家の中は窮屈でどうも……」

と言ってきた。

個人的には歓迎すべきことなのだが、

「それはどうですかね。急には都合良くコンサートや演劇があるかどうか判りませんし……」

と言葉を濁すしかなかったが、悦子はなおも、

「もちろん急な話ですからイベントでなくてもちっとも構いませんわ。立花さんのお店でＣＤを見てもいいですし」

　と言ってから声を小さくして、

「本当のこと言いますと、高村さんと同じ食堂で夕食をしたくありませんの。夕食だけでもいいんですよ。協力してください」

　と言った。

（さて困ったぞ）

　と思った。私に判断できることではないと思ったので、金子に電話して意見を求めてみることにした。彼女には昼に一度連絡を取ったが、

「こちらは今時間との勝負よ。そちらの様子はどう？　並木は来ていないのね。それならまだ少し安心ね。今日も今までと同じ方針でお願いするわ」

　と言っていた。

　今度は、

「警部の同意が必要だけど、外出は結構よ。邸内の方が危険だという状況に変わりはないから。それから並木は来たのね。それならますます外の方が安全よ。どうせなら恭子や恭平も連れて行った方がいいわね」

　と言った。

「外出している間、邸内のことはまったく判らなくなるが、それはいいんだね」

「それは仕方ないわ。とにかくよろしくお願いします。それじゃ急ぐので」

ということで電話は切れた。

警部に話をすると意外にも、

「そういうことなら外出してください。確かに衆人環視の中で狙われる可能性はまずないですよ」

と同意した。

私はさっそく悦子と一緒に恭子の部屋に行ったが、こちらは予想通りに、

「お誘いはありがたいのですが、まだ外出するほどには回復していないんですよ」

と日向美智子に言われ、恭子の外出は断念せざるを得なかった。

一方、恭平の方も、

「今日は外食という気分じゃないので」

と断ってきたので結局、私と悦子で外出することになった。

時間はまだ午後五時だったので、私は彼女を自分のＣＤ店に連れて行き、そこで三十分ほど過ごしてから、評判の良い近くのイタリアンレストランに入った。そこで一時間半ほど、食事をしながら事件とは関係のない会話を楽しんだ。


ここで場面を私と悦子が外出した直後の牧村邸に戻す。なお、念のために述べておくと、ここから私たちが牧村邸に戻るまでの出来事は、後で警察や事件関係者から聞いた話をまとめたもので、直接私が見聞したことではない。ただし、それによって事件の性質や真相の推理には何の影響もない。

邸内では四時半から予定通りに恭一へ高村が出張の報告をしていたが、恭一待ちの並木は所在なげに応接間にいる。時々、警部や刑事が声をかけるが、並木の答えは、「そうですか」とか、「違います」などと紋切り調で、「そうですね。しかし……」といった「YES、BUT法」ではないので会話にならない。並木の心情を考えれば理解できないことではないが、少なくとも得策ではないことは明らかだ。だが、応接間に恭三が入ってきて、この状況を見かねたのか並木に話しかけ、並木も応じたので気まずい雰囲気は和らいだ。

やがて六時を過ぎ、夕食の時間になったので家族と日向美智子、高村、並木が食堂に集まり食事をとった。

それから一時間ほどの夕食と会話は、良美の葬儀が一息ついたこともあり、わりとはずんだ。特に恭子は若いせいか回復が早いようで、食欲も少しずつ出てきた。また、この日は奨励会《しょうれい》の三段リーグの対局があり、昼に来られなかった行方少年が七時過ぎに来るという連絡があったことも、彼女をして回復ならしめている一要素かもしれない。

食後の会話の中で恭一が、

「高村君、報告がもう少し残っているんだったね。七時になったら、さっそく始めようか」

と高村に声をかけたが、

「高村弁護士と待っている並木さんには申し訳ないけど、牧村社長にはあと三十分ほど休んでもらいます」

と田中医師が休養を主張した。

「しかし……」

と恭一が高村と並木に気を遣い、すぐに始めようという意思を示したが、

「私の方は構いませんよ。もとよりそのつもりでしたから」

と高村も田中医師に同調したので、並木も、

「私も構いません。待っています」

と同意した。

「高村君や並木君の厚意はありがたいが、二人を待たせるのは悪い気がしてね」

恭一はなおも休養をためらったが、

「それならこうしてはどうでしょう。良美さんの遺品の中には並木さんとの思い出の品というのもあるんじゃないですか。家族の皆様さえよろしければ、何といっても並木さんは婚約者であったことですし、良美さんの部屋でそれらの品物を見てもらってもよろしいんじゃないでしょうか」

と田中医師がまたも名案を出し、並木は一応遠慮したものの全員が賛成したので、彼は恭一が休んでいる間、良美の形見わけをすることになった。

七時を過ぎると使用人たちは使用人棟に引き揚げ、家族たちも食堂を出て、それぞれの部屋に戻ったようだ。並木は良美の部屋に行き、高村はそのまま食堂に残ってテーブルの上に書類を置いて整理したり、目を通したりしていた。椅子が硬いので応接間での作業を勧める人もいたが、高村は、

「あちらはテーブルも椅子も低すぎて、かえってやりにくいんですよ」

と言ってそのまま作業を続けた。

言われてみればその通りである。加えて応接間の椅子ではクッションが効きすぎて、目線が安定しないだろう。

邸内はこれで静かになったのだが、七時二十分頃に木村警部の携帯電話のベルが鳴った。警部はすぐに電話に出たが、

「もしもし、金子さんですか。ご苦労さまです。えっ、何ですって？　今すぐ誰を拘束しろですって？　いや、遠くて聞こえませんよ。もう少し大きな声で……」

と、ここまで応答したところで、

「ツー、ツー」

と切れてしまった。

私は今でもこの時を想い出すと痛恨の念を強く感じる。もし、この時、金子の携帯電話のバッテリーが切れなければ、あるいは電波受信が不良でなければ、第六の惨劇を未然に防げた公算は極めて高かったからだ。

金子の電話が切れてから十分近く経った時、田中医師が腕時計を見ながら、

「七時半近くになりましたので、そろそろ牧村社長に起きてもらってもいいでしょう。私が見てきますよ」

と警部に声をかけ、恭一の部屋に向かった。そして、何秒か過ぎた時、

「や、や、大変だ！　警部さん、すぐに来てください。早く！　早く！」

と田中医師の大きな声が邸内に響き渡った。慌てて駆けつける警部と刑事たちの靴音！　続々と集

まる牧村家の人々と関係者たち。

しかし、田中医師は無念な声で警部に向かって、

「見ての通りベッドの上で心臓を一突き。即死です」

と牧村恭一の死を告げた。

牧村恭一は田中医師の告げたように、仮眠中、何者かに掛けぶとんの上から刺殺されていた。

邸内が悲鳴と怒号で包まれた時、玄関のチャイムが鳴った。殺気立った刑事が出ると、来訪者は行方少年だった。てっきり家の者が出ると思っていた行方少年は邸内の騒ぎに驚いた様子だったが、刑事に事情を聞き、大変な事態に来訪してしまったことだけは理解した。彼は恭一の部屋の前に集まっている人々の中に恭子の姿を求めたが、その視界の中に彼女の姿はなかった。

「日向のおばさん、恭子ちゃんはどうしました?」

行方少年は日向美智子に少し不安げに尋ねた。自然な質問である。この騒ぎで高村や並木などの関係者も牧村家の家族も、恭子を除いて全員ここにいる。病弱な恭平も少し遅れたが、現在は皆の目の前だ。

「恭子は食事が終わってから二階の部屋で休んでいるの。だから起こさないで様子を見に来たの。そうしたら……」

と日向美智子が答えた時、またしても大音響が響き渡った。それは一連の事件と同様に黒ミサの儀式を告げるかのような、ギブソンSGによる不気味なリフであった。

読者への挑戦

ここで筆者は一度、物語を止め、読者への挑戦を宣言する。

この物語の冒頭において、本格推理小説の立場から、しかるべき時期に、読者に挑戦するということは既に述べた。したがって、ここでそれを実行することは、いわば読者との約束、公約であると言えるだろう。

この事件の真相を推理するための材料は、この時点で全て提出した。

読者に問う。

この一連の事件の犯人は誰か？

そしてその理由は？

直感でこの人物が犯人だというだけでは、仮にそれが正解であったとしても、読者の勝利とは言い難いだろう。何故なら既に書いたように真相究明に必要な材料は充分に出ているからである。それらを存分に吟味すれば、真相にたどり着くのは可能なはずである。

このうえ読者にヒントを与えるのは、侮辱に似た行為やもしれず、あるいは筆者の大悪手ということになるかもしれないが、念のためにいくつかを書き記すことにする。

第一に、犯人は何故密室を構成したかである。犯人は決して何の意図も持たず、単に捜査陣と知恵比べをしたいがために密室殺人を企てたわけではない。過去の六つの事件のうち恭子殺害未遂事件も含めれば、三つの事件において密室を構成しようとしている。そこには犯人の周到な意図があるのだ。

第二に、何故犯人は黒魔術やブラック・サバスなどの悪魔崇拝《すうはい》に固執するのかである。これまた犯人は偏執狂的な想いだけで、このような犯罪演出を行っているのではない。ここにも隠された一つの意図があるのである。

第三に、大石弁護士の残したメモである。あのメモは単なる思いつきで記したのではない。彼はあれを書いた時点では、最も真相に近いところにいた人物だ。事件の秘密のいくつかを見破る直前までいきながら、ある邪念を抱いたために犯人に殺されてしまったのだ。

恭一が殺された時刻は午後七時十分頃から二十五分頃の間と考えられた。恭一自身は七時を過ぎるとすぐに自室に戻ったのだが、家族や関係者が食堂を離れてからでないと、廊下で誰かに見られる危険があり、犯行を強行できないだろう。逆に二十五分を過ぎると誰かが恭一を起こしにくる可能性があり、これまた手をつけられないだろう。

それから恭一殺害時の各人の行動だが、家族はそれぞれの部屋、並木は良美の部屋、高村は食堂、日向美智子は恭子の部屋にいたと証言した。行方少年は牧村家へ来る道中だったし、悦子は終始立花と行動を共にしていた。そして運が良いのか悪いのか、須崎真也の行動はこの日も不明であった。

それから各人の証言であるが、悦子と立花以外は、それを証明する第三者は存在せず、それが真実か否かは断定することは不可能である。

なお、恭一の殺害とほぼ同時刻にもう一つの事件も進行していた。それ自体もまた重大な事件であり、牧村家にとって大変な悲劇であるが、一連の事件とは別事件であり、読者が本事件の謎を究明するのに不必要であるばかりか、かえって混乱する要因になりかねないので、次章以降に記述する。

筆者として言いたいことはこれで全てであり、推理作家、探偵小説家としての義務も果たし終わった。あとは最終章までの幕を上げるだけである。

第二十章　SABBATH BLOODY SABBATH（『血まみれの安息日』）

大音響の発生源は二階の居間であった。

「ブラック・サバスの『SABBATH BLOODY SABBATH』（『血まみれの安息日』）という曲です。僕が止めてきます」

行方少年が若者らしいフットワークの良さで階段をかけ上がってCDプレーヤーを止めたが、それから数秒経つと、

「田中先生、すぐに来てください！　恭子ちゃんが……恭子ちゃんが……」

という悲鳴にも似た行方少年の声がした。

慌てて田中医師と警官が二階に行くと、恭子を抱き上げた行方少年が必死に、

「恭子ちゃん、しっかりしろ！　しっかりしろ！」

と叫んでいる。

その周囲にはガスの臭いが充満していた。

「元栓は僕が締めました。早く手当てをしてください」

行方少年に言われるまでもなく田中医師は治療を始め、刑事たちは二階の窓を全て開放した。

「恭子！　しっかりして！　お願いだから死なないで!!」

母親の日向美智子は叫びながら号泣している。

「大丈夫ですよ。行方君の発見が早かったから助かります。安心してください」

田中医師は励ますように力強く日向美智子に言った。

「ありがとうございます。お願いだからこの娘を助けてやってください」

日向美智子がすがりつくように言った時、救急車のサイレンが聞こえた。サイレンは段々と近くなり、やがて牧村邸に着くと恭子と日向美智子を乗せ、遠ざかるサイレンと共に闇夜に消えていった。


私の携帯電話に刑事の一人からこの惨劇の連絡が入ったのは、この頃だと思う。何故なら刑事の電話越しにこの時のサイレンと思われる音が聞こえたからだ。私と悦子はレストランを出て、車に乗ったところであった。すぐに悦子に話し、急いで車を出したことは言うまでもないが、突然の恭一の死を聞いた悦子がいかに泣き崩れ、悲しみと怒りに襲われたかも説明の必要はないだろう。泣きじゃくる彼女に対して、私はかける言葉を失い、

「しっかりしてください、しっかりしてください」

と繰り返すのみであった。

何事もなければ、夢のような短い道中であったはずの帰路は、私にとって耐えがたく辛い長い道中に変わった。


私の携帯に金子美香から電話が入ったのはこの時の車中であるが、ここで話を少し前に戻す。

金子は出張先で車で移動しながら、自らも調査に当たっていたが、車中で協力者から連絡が入り、ある事実を掴んだ。これによって真相を確信した彼女はすぐに警部に連絡を取って、容疑者を拘束しようとしたが、受信不良とバッテリー切れによって、それができなかったことは既に述べた。彼女がすぐに替わりの電話機を求めたことは言うまでもないが、あいにく走っている場所は山中であり簡単に見つからない。ようやく民家を見つけて事情を話し、警部に電話を入れたのだが、この時既に事件が発生した直後であったので、警部とは詳しく話せる状況ではなかった。そこで彼女は私の携帯に電話を入れてきたのである。

「はい、立花です」

私は車を止め、電話に出た。

「モートクさん、事件が起きてしまったの？　警部にいくら電話を入れても警部から詳しい話が聞けないんだけど」

「残念ながらそうなんだ。ほんの少し前に恭一氏が自室のベッドの上で殺されたそうだ」

「ああっ、遅かった！　私は何て無能なの。もう少し早く手が打ててたら。だけど今さら言っても仕方ないわね。一生の不覚として悔いが残るでしょうね、これは」

「臥竜先生、気を取り直して。ところでそちらでは何か掴めたのかい？」

何のことか判らない私はこう聞くしかなかったが、彼女の悔恨と落胆は伝わってきた。

「それはあとで話すわ。ところでモートクさんは今どこ？　まだ悦子さんと食事中？」

彼女はさすがに気持ちを切り替え、落ち着いて状況を把握しようとしてきた。このあたり、一流のスポーツ選手だった人間は切り替えが早い。

「いや、車で帰宅中だ。私と悦子さんも少し前に連絡を受けたばかりだ」

「それじゃ、事件の詳しいことはまだ判らないわね。モートクさんは牧村邸に着いたらなるべく詳しく事件を把握して。それから警部にはこれから新幹線に飛び乗って、そちらに行くから必ず待っていてくれるように伝えて。どんなに遅くなっても必ず行きますからとね」

「それは承知したが、時間はどのくらいかかるんだ？」

「二時間から三時間くらいでしょうね。詳しくはその時に。それから悦子さんには充分な心配りをしてね。それじゃ」

会話はここで終わり、私は再び車を走らせた。それから十分ほどで車は牧村邸に着いたのだが、これだけの大事態が報道陣に感知されないはずはなく、周辺は大騒ぎになっていた。私は記者たちに気づかれずに悦子を邸内に入れるのに大変苦労したのだが、中に入ってから恭子の事件も知り、私も悦子もさらに衝撃を受けたのは言うまでもない。

警部から二つの事件の顛末を聞いた悦子は、

「父だけでなく恭子も……」

と言って絶句してしまった。

それから、

「その時高村さんは食堂にいたんですね。ほかの事件はともかく、今夜の事件はきっとあの人の仕業です。よく調べてください」

と高村に対する不信感を露《あらわ》にした。だが、感情を吐き出して気持ちを落ち着かせると、今度は気分が悪くなってきたようで、田中医師の診察を受けた後、自室に籠《こも》ってしまった。これもまた無理もないところだろう。

私は悦子の具合が心配になり、田中医師に尋ねてみたが、

「お父上が殺され、妹の恭子さんまで再び殺されかけたことへのショックが原因の一時的なものでしょう。時間が癒してくれるはずです。もっとも犯人が捕まり、真相が明らかになるという前提が必要になるでしょうが」

ということなので、それほど深刻に考えなくてもよさそうだ。

恭一殺しについて判ってきたことを記そう。凶器に使われた短刀はどこでも手に入るごくありふれた物だった。死因は心臓への一突きであることが確認された。死亡推定時刻も当然ながら今夜の牧村邸の状況と合致している。

恭子殺害未遂に関しても、恭一が殺された騒ぎの中、日向美智子が部屋を離れた隙に何者かが部屋のストーブのガス栓を開いたことは明らかであった。ただ、不幸中の幸いと言うべきか、行方少年が来訪したタイミングで演出効果の『血まみれの安息日』がかかったこともあり、早期に発見できたので、恭子の生命は救われたのである。

しかし、この点は素直に受け取れば、その通りなのであるが、仮にこのほぼ同時に起きた二つの事件を同一犯人の仕業と考えれば（事実この時には多くの人々がそう考えた。前後の状況を考えれば自然な発想である）、二階で『血まみれの安息日』がかかるとすれば、殺害しかけた恭子を助けてしま

うきっかけになる可能性があり（現実に事態はそのように進んだ）、犯人側から見れば相当にやりにくい手法である。いかに犯人が演出効果を重要に考えているにしても、それを優先するために、犯罪の成果を捨てても良しとするのは狂気の沙汰である。したがって、この結果の裏を読めば、恭子が恭一を殺害した後、自分が嫌疑を逃れるために狂言を図ったとも考えられるのである。行方少年の来訪と『血まみれの安息日』による演出は、自分の生命を守るための保険ということである。恭子を疑うという発想はしにくいところであるが、それを除けば理屈としては筋は通る。実際に警部はその線も有力と考えていたらしく、恭子の事情聴取はいつになったら可能かと病院側に問い合わせをしている。

それから犯人が『血まみれの安息日』をこの事件の演出効果曲として選んだ理由は、この日二十二日が日曜日、つまりキリスト教では安息日（仕事を休んで宗教的儀式を行う日）にあたるということだと思われる。

憎々しい不敵な演出だ。

事件発生から二時間ほどが経過した。この間、現場検証、邸内にいた人々への事情聴取など捜査が手順通りに行われたが、その中で『血まみれの安息日』に関して判明したことが二つほどあった。使用されたCDだが、私が警部と押収した中にも同タイトルの物があった。したがって、犯人が警察による押収にもかかわらず同タイトルのCDを使用したということは、事件を起こすかなり前から同CDを入手していたことになる。しかし、事件後に警察は都内周辺のCD店の聞き込みを行ったが、犯人がCDを購入したという証言は得られなかった。

CDプレーヤーとリモコンの指紋状況も前回の時と同じで、捜査上の成果という点ではゼロと言っていいだろう。

だが、午後十時近くに大きな証拠が出てきた。恭一の部屋で事件発生時の状態での現場検証後に、ベッドを移動して証拠物件を捜していると、その下に万年筆が一本落ちていた。その万年筆から指紋を採取してみると、並木紹平の指紋が多数付着していることが判明した。

「並木君、この万年筆は君の物かね」

並木を呼び出した警部は鋭く質問した。

「私が一ヶ月半ほど前に紛失した物とよく似ていますね。どこにあったのですか？」

「そうか、やはり君の物か。どこにあったと思う？　少し前にお前に殺された恭一氏の部屋の中だ！」

「そ、そんなバカなっ、私は社長を殺したりしていません！」

並木は警部の大喝《だいかつ》に竦《すく》みながらも、必死に否定したが、

「それじゃ、何でお前の万年筆が恭一氏の部屋に落ちていたんだ？　この万年筆にはお前の指紋がたっぷりと付いているんだぞ！」

「それは私が聞きたいくらいです。きっと事件の犯人が私に罪をなすりつけるため……」

「とりあえず、任意で話を聞かせてもらうよ。この証拠で逮捕状は取れるので、拒否しても、結局は同じことだがな」

並木は刑事に連れられ、警察署に連行された。牧村家の人々と関係者たちが呆然としている中、木村警部は、

「これで悲劇は終わるでしょう。四人もの死者を出し、助かった二人のお嬢様にも大変な肉体的、精

神的苦痛をもたらし、申し訳なく思いますが、ともかく犯人は逮捕したのですから」

と淡々と一同に告げた。

「本当に彼、並木君が真犯人なのでしょうか？」

一同を代表して恭三が恐る恐る尋ねた。

「かねてより我々は彼が一連の真犯人だと睨んでいました。しかしながら、彼は巧みに犯行を実行し、我々に物的証拠を与えませんでした。我々の力の至らなさは皆さんにいくら批判されても仕方ないとは思いますが、証拠第一の警察としてはやむを得ない部分もあろうかとも思います」

警部は神妙に答えた。

そして、この時玄関に大きな音がして、金子美香が息を切らしながら応接間に入ってきた。

「金子さん、今お戻りですか。今回はあなたらしくなく一歩遅れましたね。惨劇は二時間とちょっと前に終わりました」

「そのようですね。立花さんから聞いています。ただし、その時は聞いていなかったのですが、ほぼ同時に恭子さんも殺されかけたそうですね。たった今聞いたのですが」

彼女は警部の言葉に構わず、恭子の事件について質問した。この事件に関しては良美の事件の時ほどではないが、やはり意外だったようで、警部の事件に関する説明を一言も聞き洩らすまいと恭一の事件と同様、いや、それ以上に熱心に聞きながら、納得のいかない点は質問をしていた。

それが終わると少し考え込んでいたが、やがて、

「やはり総論は間違っていなかったようね」

と一人呟いた。

「その通りです。並木は逮捕しました。あとは自供させるのみです」

警部が駄目を押すように言った時、金子は私との電話でのやりとり以来、再び感情を露《あらわ》にして、

「本当に私はバカだった。不眠不休で証拠捜しをしたけれど一日足らなかった。いや、せめてあと三時間早く気づいていれば、恭一氏だけでも助けることができたのに」

まさに悲痛な表情であった。

警部もとっさに慰めの言葉が浮かばず、

「かなりのハードワークだったようですね。ただ自己弁護するわけではありませんが、こちらも不眠不休に近い状態でしたよ。が、その甲斐あってか事件の方は一段落したようです」

と言ったが、金子の表情が怒りに溢れた。全身に凄まじい気迫が籠《こも》っている。

かつて大事な国際試合の重大局面で、相手スパイカーの攻撃を完璧にブロックした時、その選手に向かって、

「思い知ったかー！　オリャー」

と言って相手を怯《ひる》ませて、その選手のペースを乱し、相手チームを崩壊させて、自チームを勝利に導いたという武勇伝を持つ彼女だが、この時はそれ以上の激しい気迫であったに違いない。

「今こそ人の皮を被った悪魔の化けのツラ剥がしてやります。遅すぎたかもしれないけど、悪魔の思い通りにさせるわけにはいきませんからね」

（チャチャを入れるわけではないが、この時よほど金子は興奮していたのだろう。『化けのツラ』は

おかしい。正しくは『化けの皮』である）

「並木はもう逮捕しましたよ」

犯人を捕らえたつもりの警部はこう言った。が、彼女は構わず、

「並木は犯行を自供したのですか？」

「いや、今のところ、これまでと同様に否定しております。しかし、今度は先ほども言ったように万年筆という証拠を押さえてありますので、もはや言い逃れはできますまい」

「恭一殺しは最終犯行ですから、当然証拠も用意していると確信していました。ではお聞きしますが、並木が犯人なら彼は何故、密室殺人を実行したり、黒魔術的な演出をたびたび行ったりしたのでしょうか？　そして大石弁護士の残したメモは何を意味するのでしょうか？」

「密室にしたのは犯行後、逃走するための時間稼ぎでしょう。ヘヴィ・メタルの音楽を使っての演出は、恭三氏という黒魔術の信仰者に嫌疑を持たせるためと、並木の牧村家に対する復讐心の表れでしょう。大石弁護士のメモに関しては吉川家との関連がないようですが、並木が自供すれば判明することもあるでしょうし、今のところあのメモが一連の事件と関係あるかどうかも不明ですよ」

「密室を構成したのが逃走のための時間稼ぎなら、良子さんの事件ではあまり必要とは思われませんし、大石弁護士、良美さん、牧村社長の事件で密室が構成されなかったのは何故でしょう？　繰り返しますが、密室にもブラック・サバスによる演出にも大石弁護士のメモ書きにも意味があるのです。ともかく、この部屋にご家族と関係者を集めてください。事件の真相と悪魔の手口を説明いたします」

金子美香の気迫と自信を持った断言ぶりに、さしもの百戦錬磨の木村警部も気圧《けお》されたのか、彼女の言う通り人々を集め始めた。

第二十一章　真相

時間としては午後十時半近くであり、常識的にはかなり遅い時刻であるが、事が事だけに病院にいる恭子と日向美智子、それと須崎真也以外の家族、関係者が全て応接間に揃った。警察署にいる並木も厳重な警備付きながら、こちらに向かっているという。

「私たちは並木君が犯人と聞かされて、半信半疑な気持ちながら、一応犯人が捕らえられたということで一安心していたのですが、こうして再び集められたということは、まだ事件は終わってはいないということなんですか？」

一同を代表する形で、年長者の恭三が金子美香に尋ねた。

「その通りです。事件はまだ終わっていません」

「すると並木君は犯人ではないのですか」

「もちろん犯人ではありません。真犯人はほかにいます。並木紹平氏は犯人に仕立て上げられたという意味では、むしろ被害者と言っていいと思います」

「これは意外な。すると真犯人は？」

もっともで自然な問いであるが、金子は直接的な答えはせず、

「いきなり犯人の名前を申し上げても皆様は信じないと思います。そこで私がどのようにして事件の

真相と真犯人にたどり着いたかを述べていこうと思います。その前に一言申しますと、繰り返しになりますが、並木紹平という青年は完全に無実です。今こちらに向かっていると聞いていますが、この邸内に入っても絶対に安全です。そのまま釈放という形になると思います。ただし、彼が吉川の一族で、このような形で恭一社長の援助を受けたという事実は、犯人にとって格好の偽犯人としての材料になりました。何と言っても四人殺しと二人の殺人未遂です。偽犯人の存在なくして事件の幕を引くことは難事中の難事になってきますから」

「すると一連の事件の動機は、吉川一族の恨みによるものではないのですね」

恭三がやや安堵した表情で確認する。

「その通りです。本事件では吉川一族による復讐とか薬害被害者の恨みとか、悪魔の呪いとか様々な主題が犯人側から提示されましたが、いずれも真の動機を捜査陣が絞りにくくするための工作でした。この犯罪は早ければ三年ほど前から、遅くとも一年以上前から綿密に計画されたに違いありませんが、そのための調査、事前準備の段階で吉川薬品の乗っ取り劇と吉川一族の末路、そして並木紹平の出生の秘密を知った犯人は、これこそ天の――いや悪魔の加護と飛び上がったことでしょう。並木紹平という青年の存在はかの奏の呂不韋《りょふい》にとっての子楚《しそ》に匹敵するほどの、まさに『奇貨居くべし』だったのです」

ここで扉が開き、並木紹平が警官に連れられて入ってきた。当然、一同の視線が彼に注がれたが、並木が一礼すると再び一同の視線は金子に戻った。彼女の発言のどこからかは判らないが、並木の耳に入ったようで、彼の顔面も少し紅潮している。

「さて、犯人は犯行の計画と構想を完成させると、実行の三ヶ月ほど前から例の脅迫状及び呪術の蠟人形を牧村家と恭一氏に送り始めます。その目的は言うまでもなく、吉川一族の恨みを匂わせることによって、来たるべき犯行は吉川一族の血縁者の仕業だという暗示をかけることと、大石弁護士が殺されることを不自然に感じさせないこと、そして黒魔術を意識させることにより、その傾倒者である恭三氏にある種のイメージを与えること、及びそれによって牧村家の中に不気味な雰囲気を醸成することです」

「すると大石弁護士殺しの動機も、吉川一族や薬害の関係者ではないというのですね」

警部が確認するように問うた。

「そうです。その動機についてもあとで説明いたしますが、ここは順を追って事件の話を続けます。たび重なる脅迫状に、罪悪感と恐怖を持ち、たまらなくなった恭一氏は、警察ではなく私立探偵を使うことを考え、悦子さんを私のもとに遣わし、脅迫状の送り主を探ろうとします。恭一氏が警察にではなく私立探偵に依頼した理由は皆様も既にご存じの通りですが、私という人間が選ばれたのは、松山電産の山上氏の紹介と推薦ということがあったでしょうが、犯人が私のことを薦めたということがあったのかもしれません。それというのも悦子さんが私の事務所に来た時に、脅迫者とおぼしき人物からかかってきた電話で例のオジー・オズボーンの『クレイジー・トレイン』のＳＥが使われましたが、この挑発行為は電話の受け手がこの手の音楽を知っている者であれば、あとの事件の展開を考えると、さらに効果が高くなるからです」

「すると犯人は、金子さんがオジー・オズボーンを知っているということを知っていたのですか」

行方少年が怪訝《けげん》そうに聞いた。

「そこまでは判りません。ただし、少なくとも立花さんというCDショップを経営するほどのロック好きの人と交流があるということまでは調べ上げていたでしょう。彼が時々こうして私の手伝いをしていることもね。結果的に犯人の思惑は図に当たり、立花さんがその電話を受けたことは皆様のご存じの通りです」

何ということだ。どうやら私自身も犯人に利用されていたらしい。しかし、金子はそんな私の思いに構わず話を続ける。

「そして犯人は第一の惨劇、良子さん殺害に着手します。ここでのポイントは密室が構成されたことと、並木紹平さんが牧村邸内にいたということです」

「並木君がいる時に犯行が行われたという意味は、彼に罪を被せるためというのは判るが、密室を構成した意味は何だろう？　また、その機械的トリックは、あまりにも単純なために、すぐに解明されてしまったが、これほどの殺人を連続して行うほどの犯人にしては、あまりにも安易な方法だ。どうしてこんな簡単なトリックを使ったのだろう？」

木村警部が尋ねた。

「そこがこの犯人の狡智なのです。トリック自体は見破られてもいいのです。いや、むしろ簡単に見破られるように密室を構成して、私たちにトリックを解明させようとしていたのです。しかし、私たちはトリックを解明することにより、かえって犯人の思惑通りに心理上の密室に入れられてしまったのです」

この論理は、かつて彼女が私との会話の中で、その可能性について言っていた。どうやらその懸念《けねん》が当たってしまったようだが、具体的にはどうなのだろうか。しかし、一同は一見頓狂《とんきょう》な彼女の論理についていけず呆然としている。だが彼女はこの一座の空気が気にならないらしく、同じ口調で話を続ける。

「その心理上の密室については、追ってお話ししますが、ここで第一の惨劇にのみ絞って密室構成の意味を申しますと、誤解を怖れずに言えば、意味はありません。しかし、次の悦子さんの事件において重要な意味を持ってきます。さらに恭子さんの事件において、密室が構成されようとしたことをもって、全体を補完する意味が生じてくるのです。そのことは、あとの事件を説明した後にお話しいたします。ここではもう一つ、第一の惨劇のポイントを述べてから次の事件の説明をします。さて、第一の事件で絶対に犯行の不可能な人は誰でしょう？」

私が口を挟んだ。

「それは悦子さんに決まっているよ。何といっても旅先で友人と一緒にいたからね」

「そうです。逆に言うと悦子さん以外の者は誰にでも可能だということです。邸内にいた並木、高村両氏はもちろんのこと、当夜邸内で見られていない日向美智子、須崎の両氏ですら不可能とは言えないということです。さて、その前提の基に第二の惨劇について述べましょう。当時の状況を思い出すと、良子さんの葬儀が行われ、それが一段落した時に高村さんが恭一氏と仕事の話を始めた。すると悦子さんが高村さんに喰ってかかり口論になった。それが終わると悦子さんは自分の部屋に向かい、高村さんはそれを追って出ていった。すると今度は大石弁護士と恭三さんが口論になり、恭三さんが警官に連れられて自室に戻りました。その前に出ていったのが良美さんと並木さん、その後に日向さん、恭子さん、行方君と相次いで出ていって、高村さんが戻ってきて五分くらい経った時に、悦子さんの悲鳴が聞こえ、第二の惨劇が起こりました。この時に同時に例の『ミスター・クロウリー』がかかります。並木さんと警部がドアを破って部屋に入りますが、犯人はいませんでした。つまり密室殺人が行われたわけです。幸いにも悦子さんは助かりましたが。さて犯人はどうやってこの密室から脱出したのでしょうか？」

「そりゃ、決まっているさ。第一の事件である良子さんを殺した時と同じ方法さ。洗濯ばさみを使った単純なトリックだよ」

私は金子美香の愚問に近い問いに少し苛立って口を挟んだ。だが、彼女は私の言葉に構わず、

「そう考えるのが自然ですね。実際に部屋の窓の外には逃走のための足場がありましたし、後の恭子さんの事件の時にも足場が発見されましたしね。これをもって第一、第二、第四の、三事件の犯人の脱出方法はこのトリックである、と誰もが思います。これこそが犯人の最大の狙いであり、この作戦はまんまと図に当たりました。私たちは密室構成の機械的トリックを見破ることにより、かえって心理の密室の中に思考を閉じ込められてしまったのです。その証拠に皆様の中で、この三事件の中で犯人の逃走経路について疑問を持った方はいらっしゃいますか？」

彼女の問いに一瞬の沈黙が流れた。しかし、

「すると君は、三つの事件はどれも逃走方法が違うと言うのだね？」

と警部が沈黙を破る。

「その通りです。いずれの事件も違う方法で犯人は脱出しています。そして、私もこの時点では二つしか事件が起きていないこともあり、また犯人の演出があまりにも巧妙であったために、皆目見当がつかず、この秘密に気づくのはかなりあとになってしまったのです。その秘密を発見するきっかけを言う前に、この事件のポイントを述べます。第二の惨劇において絶対に犯行の不可能な人は誰でしょう？」

「それは高村弁護士だな。事件発生時、我々の目の前にいた。故人も含めるなら恭一氏と大石弁護士も入ってくるが……」

　警部の答えに続いて私が、

「厳密に言うなら私と臥竜先生も警部の前にいた。それから純粋に論理的に言えば悦子さんも不可能だ。被害者であるという点だけなら疑うことも一応は可能だが、傷の角度からいって自分で刺せるはずがない位置だからね」

　と言うと一同に少し笑いが起こった。

「そうですね。亡くなった人を除けば高村さんと被害者の悦子さんが最も不可能です。逆に言えばそれ以外の方なら誰でも可能ということになります。並木さんが邸内にいたというのも、もちろん偶然ではありません。犯人は彼が犯行可能な時を選んで犯行を実行しているのです。次に第三の惨劇を見てみます。この事件で犯行の不可能な人は誰でしょう？」

「高村弁護士だな。何と言っても遠地に出張中だ。だが、この事件は前二つの事件とは違って、他の人物なら誰でも可能というわけにはいかないぞ」

警部が一つ一つ確認するように言った。

「おっしゃる通りです。学校へ行っていた人、家にいた人、病院帰りの悦子さん。いずれも絶対に不可能だとまで断言できませんが、実行は相当に困難です。充分に可能であると言えるのは並木さんだけです。これもまた犯人の狡智です。彼を犯人に仕立てるために、仕事中にわざわざ良美さんが危ないと言って大学まで呼び出しています。第一、第二の惨劇では誰にでも犯行が可能な状況を作っておいて、第三の惨劇では一人に容疑を狭めようとしているのです」

「並木君を呼び出してアリバイを作らせないようにしたのは判るが、そうなると須崎真也の件はどうなるんだ」

最も素朴な疑問を私が口に出した。

「もちろんこれにも狙いがあります。犯人は事前の調査で須崎真也というステロイド剤を中心とした薬害の糾弾者の存在は知っていたでしょう。彼のような部外者を事件に絡ませると捜査が混乱します。犯人から見た効果としては、第一に、脅迫状に重みが出て犯人外部説を助長させることになります。第一、第二の事件が密室で行われたことにより、犯人内部説に傾いていた捜査方針が、外部説の方に少し戻ることになるからです。第二に、並木さん一人に捜査を絞らせるといっても、この段階では早すぎます。並木さんの拘束がしばしば行われても犯人としては困ってしまうからです。したがって、ここで並木さん一人に絞らせるマイナス面と不自然さをカバーするために、須崎は格好の存在だったのです。第三に、いずれ並木さんに全ての罪をなするつけるためには、須崎が長期間に亘って勾留されている方が都合が良いのです。実際に彼の勾留中に事件が起こることにより、須崎のアリバイが成立し、並木さんに嫌疑が集中することになりました」

「なるほど、犯人が須崎を利用したというのは判ったが、彼が当日に犯人の電話を聞いて、あそこまで思惑通りの行動を取るという保証はないと思うが……」

と、ここでも警部が疑問を呈《てい》す。

「それはそうですね。確かに電話を入れてみても、彼がどう行動するかは犯人も確信までは持っていなかったでしょう。しかし、犯人は事前調査において、須崎の性格や行動パターンについては熟知していたでしょう。加えて須崎は悦子さんが入院中に帝心大病院に現れ、皆様の前に姿を見せています。この時の発言や行動を見て、犯人は大石弁護士の所在を教えれば、かなりの確率で須崎は動くという自信を持ったことは間違いありません。ただ、当日須崎が大石弁護士の死体を見て動揺し、あそこまで嫌疑を受ける行動を取ってしまうとは予想外だったでしょう。『悪盛んなれば天に勝つ』という言葉がありますが、この時ばかりはその言葉通りだったと思います。犯人の期待以上の効果が上がったわけですから。犯人は笑いが止まらなかったかもしれません。ただ、念のために申しますと、須崎がまったく動かなかったとしても、犯人はさほど困るわけではありません。アリバイが成立しないという理由だけで、並木さんを長期に拘束することは、警察もできないからです。そして、大石弁護士が殺されるということ自体も捜査に影響を与えます。牧村家の方のみが狙われるということになると、財産狙いという線が有力になりますが、大石弁護士も殺されたとなると、怨恨《えんこん》の線が有力になってくるからです。私もこの時点では犯人の仕掛けた心理の密室に入れさせられてしまったこともあり、真相は五里霧中であり見当もつきませんでした。

しかし、大石弁護士は皆様もよくご存じの、例の万葉集に思いを仮託したメモを残していました。私はこのメモを仔細《しさい》に検討することにより、ある一つの仮説を立てることができました。この有名な名歌の内容は、時の権力者である天智天皇に夫と別れさせられた額田王が、旧夫である大海人皇子と対面した時に、自分にラヴコールを送る前夫の変わらぬ愛に喜びながらも、そんな行為を行う大海人皇子の身を案じた心情を表現したものです。そして、大石弁護士は額田王が良子さん、権力者天智天皇が恭一氏、妻を奪われた男大海人皇子が自分では？　と書いています。恭一氏と大石弁護士の関係は、いったいどちらの方が権力者だという考え方もありますが、顧問弁護士と雇い主という点で考えて素直に受け取るべきでしょう。

では恭一氏の目を盗んで、この両名が男女の関係を結んでいたかどうかですが、恭一氏も殺されてしまった今、当事者による確認はもはや不可能です。しかし、別の角度から推理することも不可能でしょうか？　私はここで初めて当家に来た時の三姉妹の印象を思い出しました。長女の悦子さんと三女の恭子さんは父親似ですが、次女の良美さんは母親似です。次に良美さんの名前に着目しました。日本では儒教文化圏の中国や韓国とは違って、親の名前の字を子に付ける慣習があります。そこですこぶる大胆な想像ですが、良美さんは母親である良子さんの子ではあっても、恭一氏の子ではない、父親は大石弁護士だと考えてみました。すると良子さんが殺される前に行われた、良美さんと並木さんの結婚を巡《めぐ》る財産分けの話が浮かび上がってくるではありませんか。牧村家の血を引いていない娘ではあっても、長年妻として牧村家に尽くしてきた良子さんからすれば、これくらいの見返りはあっても当然と考えたとしても、不思議な話ではないでしょう。これが財産分け話の背景だったのです」

「なるほど、興味深い仮説だが、証拠はあるのかね？」

実務家の警部が問う。

「実は前回の出張時に、ある所でDNA鑑定をしてもらいました。その時に良子さん、大石弁護士、良美さん三人の親子関係は証明されています」

金子の言葉で一同の中にどよめきが起こった。無理もない。驚きの新事実だからだ。続けて警部が尋ねる。

「それで、大石弁護士はその事実を知っていたのだろうか？」

「それについてはこうです。大石弁護士自身は良子さんとの不倫関係において当然、身に覚えがあります。しかし、良子さんは自身の名誉と保身、それから娘の将来を考えて沈黙を守っていたに違いありません。したがって大石弁護士は財産分けの話を聞くまでは、良美さんが自分の娘であるなどとは夢にも思わなかったでしょう。しかし、この話を聞いて、もしやと思い始めたのです。ところが問題の性質上、良子さんに聞くわけにもいかず、彼なりに悩み始めます。それがあのメモを書かせた一つの理由です。さて、それからの彼の行動ですが、悦子さんの縁談を進めたりして間接的に良美さんのバックアップを行うと同時に、直感的に良美さんの危機を事件から感じ、娘を守ろうという気持ちも彼なりに働いてあのメモに結び付いています。もちろん牧村家の財産も視野に入ってのことです。そして、あのメモ書きにはまだいくつかの意味があるのですが、それは後回しにして、この時の私の推理について述べます。ここまで牧村家の背景が見えてくると、過去三つの事件で私が引っ掛かっていた問題に、一つの仮説が成立します。それは先ほど私が述べたそれぞれの事件と表裏一体の問題なのですが、並木さんが犯人でないとしたら、大石弁護士殺しの動機が一番強いのは誰でしょうか?」

「それは高村弁護士になるかな。牧村製薬の顧問弁護士の地位を失いかけていたからね」

警部の答えに続いて、金子が再び問う。

「では、悦子さん殺害未遂事件で最も動機が強いと思われるのは誰でしょう?」

「それも高村弁護士ということになるな」

客観的見方となるとそうであろう。このことは高村本人も自覚しているとみえ、警部の見解に苦笑しながら頷いた。

「だが金子さん、皆もご承知のようにこの両事件に関しては、高村弁護士には完璧なアリバイがあるぞ」

木村警部は先が聞きたくなってきたようで、せかすように言った。

「その通りです。完璧なアリバイです。最初の事件、良子さん殺しは一番動機の濃厚なのは財産分けの話などを考えると、悦子さんでしょう。ところが悦子さんのアリバイも完璧です。最初の三事件で最も動機のある人物が、見事に完璧なアリバイがある。この点がどうにも引っ掛かっていたのですが、明解な解答が出せずにいました。ですが、大石弁護士のメモが私にヒントを与えてくれました。額田王を悦子さん、大海人皇子を高村弁護士に見立て、天智天皇を大石弁護士、あるいはその意思を託された悦子さんの縁談相手と当てはめると、この問題にピッタリとした答えが出てくるじゃありませんか」

「勘弁してくださいよ。アリバイが完璧だということで容疑をかけられたんじゃたまりませんよ。しかも、万葉集か何かの訳の判らないメモからの当て推量じゃ、話になりませんよ」

高村が軽蔑を含めた冷笑と共に言った。しかし、一同には衝撃が走った。金子は喧嘩別れしたはずの元恋人同士が犯人だと断定したに等しいからだ。私の驚きもある意味では家族以上である。何といっても私が愛しているこの美しい女性が、一連の殺人の犯人だと言うではないか！

私はこの時、金子に対して懐疑の目を向けながらも、同時にある種の諦観《ていかん》の念も抱かざるを得なかった。何となれば、これまで金子が事件の推理を誤ったことが皆無であったからだ。だが、これまでの説明ではまったく納得できないぞ。じっくりとその推理を聞いてみようじゃないか。一同の想いもそのように固まったようだ。

「高村弁護士の言い分も、もっともだ。その先を聞かせてもらいましょう」

警部の言葉に彼女は頷いて、

「皆さんがすぐには信じられないというのも判ります。ですが、この前提を基に事件を考えていくと、事件の謎が一つ一つ判っていくのです。お二人は恋人同士として付き合ってみて、お互いに希代の殺人鬼としての資質を持っていることに気づいたのでしょう。とはいえ、そのまま何事もなければ、今頃は結婚して普通の夫婦生活を送っていたかもしれません。しかし、運命は二人に挑戦状を送ってきたのです。高村弁護士はその仕事振りがあまりに優秀なので、大石弁護士に警戒され、かつ牧村製薬や大石弁護士にとっては知りすぎた男として脅威になってきました。大石弁護士が高村弁護士をどう扱おうと思っていたかは、皆さんも既に承知の通りです。そこでお二人は大石弁護士を殺すことを決意します」

「オイオイ、臥竜探偵さん。論理の飛躍だよ。私はともかく悦子さんがそんなことで大石弁護士殺しを決意したとは……。そんなことが運命の挑戦状というのも言いすぎだよ」

高村が反論するが、金子は慌てず、

「悦子さんへの運命の挑戦状はあとで説明します。とにかく、お二人はここで大石弁護士を抹殺し、かつ牧村家の莫大な財産狙いを決意し、計画を立て始めます。運命に追いつめられたとはいえ、お二人にとって自分たちの能力、資質を発揮する絶好の機会であり、むしろ悦びの心境であったのかもしれません」

と話を続ける。悦子の反応はどうかと、私は彼女の顔を見てみたが、何か重大な話を真剣に集中して聞いているという感じで、そこには怖れや動揺の色はない。自分たちの犯罪に対して絶対の自信を持っているようにも感じられるし、自分は無実なのだから、このような容疑は最後には晴れるに決まっていると確信しているようにも思われた。

「お二人は、偽りの喧嘩別れをしてから犯罪の準備にかかりますが、最初に心血を注いだのが第一、第二の密室事件です。この二つの事件で全体の犯罪を二十五年の怨恨という形に方向付け、かつ自分たちを容疑の圏外に置かなければなりません。そのために交換殺人と密室事件という二つの手法を創案、採用したのです」

「交換殺人！」

「そうです。良美さん殺しと恭子さんの事件はこの原則を外れますが、その他の事件は全てその基本方針の基に行われました。つまり、二人のうち直接の動機のない方が殺人を実行し、その時、もう一人は完璧なアリバイを作っておけば、理論的には完全犯罪が成立します。しかし、現実にほとんどこれが行われないのには理由があります」

「犯人同士の信頼関係を作ることが、ほとんど不可能だからだね」

「その通りです。自分は相手の殺したい人物を殺しても、相手が自分の殺したい人物を殺してくれるという信頼が持てなければ、実行は不可能です。しかし、二人はその例外たるパートナーであることは、皆様も理解できると思います」

「バカバカしい。私と悦子さんがそんな関係だとどうやって証明できるんだ」

　高村は呆れ顔である。

「さて、ここまで前提が揃うと、第一の惨劇に関しては、あまり説明はいらないでしょう。悦子さんは友人と旅行して完璧なアリバイを作ります。一方、高村弁護士は仕事を作って牧村邸に行き、並木さんが邸内で所在が不明な時に合鍵を使って良子さんの部屋に入って刺殺した後、例の機械的トリックを使って密室を構成しました。前にも言いましたが、ここで密室を構成した意味は、誰にも見られずに殺人を犯し、脱出するということだけです。しかし、全体の事件を通して——特に第二の惨劇と組み合わせることによって、事件全体に大きな影響を与えることになるのです」

　ここまで言うと金子美香は大きく息を吐いた。数々の国際試合で修羅場を数多く踏んできた彼女にとっても、ここは緊張する瞬間だったのであろう。その息遣いがこちらにも聞こえてくるような気がした。

「さて、第二の惨劇の説明に移ります。もう皆様ご承知のように、この事件では既に完璧なアリバイのある悦子さんを被害者に装い、さらに安全な立場を確保すると同時に、アリバイのない高村弁護士のアリバイを作るということが最大の目的であります。先ほど立花さんが指摘しましたように、悦子さん自身であの角度で自分の身体を刺すことは不可能です。当然、高村弁護士に刺してもらわなければなりません。しかし、そうなると彼のアリバイが成立しません。お二人はいかにしてこの難事を成し遂げたのか？　その鍵は、まさにこの事件を密室にしたところにあるのです」

「密室にしたところで高村君にアリバイができるとは思えんが……。何かそこで機械的な細工をしたとしても、現場に痕跡が残ってしまえば何にもならないし」

「もちろん機械的な小細工ではありません。その方法は密室を利用した心理的なトリックです」

金子美香は警部の疑問に対しても、澱《よど》みのない口調で話を続ける。

「私たちは悦子さんの悲鳴が聞こえ、あのオジー・オズボーンの『ミスター・クロウリー』が聞こえれば、当然その時に事件が発生したと考え、高村弁護士のアリバイが成立したと思います。ところがそうでないとしたなら——つまり既に悦子さんは刺されていたとしたなら、高村弁護士のアリバイは成立しないことになります」

一同は再びざわついた。無理もない。悦子が刺されたのはもっと前だと言うのだから。

だが具体的にはどうやって？

愚かにもこの時の私には判らなかった。

「事件直前のお二人の行動から説明します。良子さんの葬儀が一段落した時、高村弁護士は予定通り恭一氏に仕事の話を持ちかけ、それが原因で悦子さんと口論をします。この後、恭三氏と大石弁護士も口論を始めたのは、今考えればご愛敬ですが、それもあって皆様が部屋に戻ります。好機到来と考えた高村弁護士は、並木さんに声をかけ、仕事の件で一時、表に出るようにさせて、彼の行動を不明にします。そして、悦子さんの部屋に入った高村弁護士は、予定通り彼女の後ろから、左肩口から背中にかけて短刀を刺し、何食わぬ顔で応接間に戻り私たちと会話を交わして、約五分間のアリバイを作ったのです」

「理論的にはあり得る話かもしれんが、現実的にはどうかな？　いかに急所を外して刺すと決めてあったにしても、痛みに耐えるということは容易ではないぞ。それに彼女の部屋には見える大きさの時計はないし、救出された時に腕時計もしていなかったぞ」

私はこの時思い付いた理論を、鬼の首でも取ったように言い放った。

「その時計替わりに例の『ミスター・クロウリー』が使われているの。悦子さんの悲鳴が聞こえた時、曲は最初のヴォーカルパートが終わり、ランディ・ローズのファースト・ギターソロが始まったところだったわね」

「その通りだ」

「つまり、曲が始まって約二分十三秒が経過していたことになるでしょう。その前の曲『SUICIDE SOLUTION』（『自殺志願』）が四分十七秒の曲です。この曲が始まったところで悦子さんを刺す準備を始め、約一分経ったところで刺す。高村弁護士は部屋を出て、悦子さんから渡されていた合鍵で扉をロックして下へ向かう。部屋を密室にしたのは万が一にも、これから約五分間、誰が悦子さんの部屋に来ても入れないようにしてトリックの発覚を防ぐためです。そして『MR・クロウリー』のファースト・ギターソロが始まったら、悦子さんは悲鳴をあげてCDプレーヤーのそばで倒れ、その時ヴォリュームを大きく上げて、劇的な演出をすると同時にこれを救助信号として、自分の命の保証としたのです。このようにして、お二人による殺人時間差攻撃は見事に決まりました。私も現役時代、随分と時間差攻撃を使いましたが、これほど見事に決まった経験はほとんどなかったような気がします。何とも凄まじく鮮やかな手口ではありませんか」

彼女はここで強い興奮を表情に表した。極めてめずらしいことである。

「では、『自殺志願』の約四分と『ミスター・クロウリー』のギターソロまでの約二分を使ったアリバイ作りだと言うのだね。ランディ・ローズの劇的なソロが、痛みに耐えて悲鳴をあげる時の合図であると同時に、格好の演出効果であったと」

悦子崇拝者の私も説得され始めた。

「おそらくそうでしょうね。この事件の犯人には芝居っ気がたっぷり感じられます。『自殺志願』という曲を使用したのも、彼らなりの皮肉と茶目っ気の表れでしょう。これで私が言った心理の密室と第一、第二の惨劇の関連がお判りいただけたと思います。あえて簡単な機械的トリックを使い、すぐに判明するようにしたのは、恭子さんの事件を含めて密室からの脱出方法を固定化させ、第二の惨劇の目的を私たちに悟られないようにするためだったのです。そして、私たちは見事にお二人の策略に引っ掛かりました。その証拠に私たちは、お二人を容疑の対象からほとんど外してしまいました。私たちは密室のトリックを見破ることにより、逆にお二人を少なくとも第一、第二の惨劇に関しては犯人たり得ないと思い込まされてしまいました。これこそお二人が意図した心理の密室だったのです」

ここまでの説明で半信半疑だった一同も、金子の説に乗り始めた。

「次に第三の惨劇、大石弁護士殺しについて説明します。彼が殺されなければならない理由はもう言うまでもないでしょう。顧問弁護士を解任され、あとがなくなった高村弁護士は、後事を悦子さんに託して京都方面へ出張します。これが交換殺人の原則による完璧なアリバイ作りであることはもう説明不要ですね。十三日の金曜日が犯行日に選ばれた理由は、『ブラック・サバス』のデビュー日に合わせるという演出のほかに、平日を選ぶことによって並木さんの容疑を捜査当局に深く印象付ける狙いがあります。そして、退院日に過去二つの事件でほぼノーマークになった悦子さんは、『今進めてもらっている縁談について話したいことがある』とでも言って大石弁護士に会いに行きます。大石弁護士のスケジュールについては高村弁護士に聞いて把握していたはずです。ただ、この時高村弁護士は京都にありながら大変重要な役割を果たします。それは言うまでもなく、並木さんに電話を入れて、彼のアリバイを成立しないようにする工作です。ですからこの時の並木さんの証言はほぼ全面的に信用していいでしょう。高村弁護士はこの後、何分かしてから再び会社へ電話を入れ、並木さんが良美さんのいる大学へ向かったのを確認すると、悦子さんの携帯に『決行』の連絡を入れます。

こうして、犯行の条件が整ったことを確認した悦子さんは、大石弁護士の頭を鈍器で殴り、気絶させた後、心臓部にナイフを突き立てます。この時、悦子さんは携帯で高村弁護士に電話を入れて犯行の完了を告げ、高村弁護士に大石宅へ電話を入れさせます。そこで悦子さんが電話を取れば電話局に通話記録が残り、その時間までは大石弁護士は生きていたことになります。この細工では現実の殺人時刻から死亡推定時刻を、五分から長くても十分くらいまでしか延ばすことはできませんが、この状況下で十分時間を節約できれば、悦子さんへの容疑はさらに大きく薄まります。事実、その前提で捜査当局は、悦子さんの犯行はあり得ないことではないが、実際的にはかなり困難であると判断しています。そして、その判断をした背景に第一、第二の惨劇があったことは言うまでもないでしょう。ここでも心理の密室は効果を発揮しているのです。午前十時十分以後に大石弁護士を殺してから午前十一時頃までに立花さんのCDショップまで行くのは、かなりしんどいけれど、十時十分に大石宅を出れば、バスを利用してもそれほど困難ではありません。ただし、デパートのレシートはゴミ箱か何かから拾ったものでしょう。大石宅への電話を終えた高村弁護士は、間髪《かんはつ》入れず須崎真也に『ピーター・ベントン』と名乗って電話を入れ、彼を大石宅におびき出すのに成功します。それが想像以上の効果を発揮したことは前に述べた通りです。ですから須崎真也の証言に関しても、ほぼ信用していいと思います」

金子の説明で、事件のかなりの部分が解明されてきた。しかし、まだまだ謎は多いし、依然として表情の変わらない悦子の美しい横顔を見ていると、彼女が恐るべき殺人鬼の片割れだとはどうしても信じ難い。

「次に第四の惨劇、恭子さんの事件についてお話しします。この事件は一連の事件の中で最も異色な事件だといえます。どの点が異色かというと、交換殺人という原則を外れることと、恭子さんを殺してはいけないということです」

再び一同に緊張が走った。金子がまたしても突拍子もないことを言い出したからだ。それにしても殺してはいけないとはどういう意味だ？

「もうバカバカしくて聞いていられないですよ。さんざん嘘八百を並べた挙げ句、原則は外すは、殺してはいけないなんて、誰が信じます？」

高村はいよいよ呆れ顔だ。

「ところが真実なのです。この事件の目的はそれまでの三つの事件とは根本的に異なるからです。私は大石事件の後、お二人が犯人ではないかと仮説を立て、論理的には正しいと自信を持ちました。ただ、この事件では、なまじ真相に気づいてしまったため、お二人に裏をかかれる結果となってしまいました。それというのも、お二人の目的を達するために殺さなければならないのは、あとは良美さんと恭一氏であるからです。現時点で財産継承権のない恭子さん、恭平君、恭三氏の三名は狙われるはずがないと私は思ってしまったのです。ところがお二人は別の考え方を持っていました。このまま、良美さん、恭一氏と殺して事件を終了させてしまうと、ただ一人生き残った悦子さんの事件、ひいては悦子さん自身が不自然に映ると考えたのです。そこでお二人は知恵を絞り、これをカムフラージュする事件を間に入れることにしたのです。これが第四の惨劇、恭子さん殺害未遂事件の背景なのです。したがって、この事件で一番大事なことは恭子さんを殺さないこと、間違っても殺してはいけないのです。その目的の第一は恭子さんが助かることで、悦子さんが殺されなかったことを不自然に思わせないことです。そして、その際恭子さんの傷を悦子さんより軽くすることによって、恭子さんにも嫌疑を発生させ、捜査を混乱させることも狙いになります。事実、この策は功を奏し、警部も一時期恭子さんに対する疑いを持っていたことは皆さんもご存じのことです。目的の第三は、この事件を利用して高村弁護士のアリバイをもう一度作り、続く第五、第六の惨劇を行う際の有利な戦局作りをするということもありました。そうはいっても、実際にこれを行うのは容易ではありません。殺すというのも大変危険な作業でありますが、殺してしまえば『死人に口なし』である意味では安全です。殺さずに被害を与えるというのは、ある意味では殺すより危険です。何故なら傷を付けている現場を本人に見られてしまったら完全に終わりだからです。では、どのようにして事を行ったのか？　まず、夕食の時に恭子さんに睡眠薬を飲ませて、自室に戻ってから眠ってしまうようにします。そして、様子を見に行って薬が効いて、恭子さんが眠っているのを確認すると、今度は高村弁護士が仕事にかこつけて、並木さんを資料室に行かせて、アリバイが成立しないように工作します。並木さんが資料室に一人で入ると、いよいよ好機到来です。悦子さんは恭子さんを起こしに行くと言って二階に上がり、立花さんはカタログを取りに車に向かいますが、これも以前からの予定で、ここで悦子さんが単独行動できるように仕組まれてのことです。もし、立花さんがカタログを既に用意してあったなら、階段を上る途中で、忘れ物をしたとか言って、立花さんに取りに行ってもらうようにしたことでしょう。

さて、そこからは一世一代の狂言の始まりです。悦子さんは恭子さんが眠っているのを再確認すると、『あなた何してるのっ！』と犯人の存在を皆にアピールし、素早く恭子さんの腕を刺して、同時に窓を激しく閉めて大きな音を出します。あとは恭子さんを抱きかかえて泣き叫んでいれば狂言完了となります。そして、証言の中で犯人は男だと言えば、嫌疑は自然と並木さんに集まることは自明の理ですね」

「すると窓の外にあった足場も、並木君を犯人に仕立てるための細工だったのだね」

再び警部が問うが、

「その通りです。ここまでくれば第一、第二の事件での密室と、この事件での密室工作の痕跡がつながっていることが判ると思います。足場の下に落ちていた呪術人形も犯人が逃走時に落としたのではなく、皆様に仕掛けた心理の密室をより強調するために、お二人が最初から置いておいたのです。こうすることにより、三つの事件それぞれにおいて違う脱出経路が、全て同じ方法だと皆様の頭の中にインプットされることになったのです」

「ふん、理屈というものはどうとでも言えるものだな。諸葛探偵殿の見解では次の良美さんの事件、牧村社長の事件は私の仕業ということになるはずだが、牧村社長の事件はともかく、良美さんの事件は私には不可能だ。これをどう説明するというんだね。おかしいじゃないか」

今や疑惑で真っ黒の高村であるが、この点はもっともである。私も同感だ。

「その通りですね。ですから私も良美さんの事件を知らされた時には大変驚きました。しかし、この点も矛盾なく説明できます。その前に事件の展開を確認しましょう。この後すぐに並木さんの出生の秘密が判明しますが、もちろんこれもお二人の計算のうちです。この秘密はおそらく高村弁護士の方が、職業柄つかんだのでしょうが、これを洩らすタイミングは、早すぎては並木さんの行動が制限されますし、遅すぎても不自然な印象になってしまう怖れがあります。あと二つの事件を残すこの時機が一番効果的と判断したのでしょう。タレ込みという形で手掛かりを出せば、警察がすぐに施設の元所長とスタッフを捜しだすのは当然のことですね。全てはお二人の思惑通りに進んでいきました。さて第五の惨劇ですが、この事件で皆様に注目していただきたいのは、お二人による予告状では七月二十二日となっていたのに、実際には二日前の二十日に行われた点です。これは何を意味しているのでしょうか？」

「まず頭に浮かぶのは詐略だということ。だが、こんな予告日は誰も信用しない。となると普通に考えれば、二十二日まで待てない緊急の事情が生じたということだろうな」

金子美香の問いかけに警部が答えた。

「そうですね。実は私は警部とは逆に、ある程度は予告日は信用できると思っていました。これまで犯人は自信満々で犯行を行ってきましたし、そのためか犯行予告もこれまでたがえたことはありませんでした。私はこの時期、さきほどお話ししたＤＮＡ鑑定をしようと思っていたのですが、事件が逼《ひっ》迫《ぱく》していたこともあって、なかなか実行できずにいました。しかし、この時は予告日まで四、五日あったので出張する決意を固めました。もちろん犯人を信用してのことではなく、私なりに自信があったからです。その理由は犯行担当予定の高村弁護士が出張すること、もう一つの理由は並木さんが勾留されていることでした。この二つの条件が続く限り、次の犯行はないと思いました。しかし、絶対にというわけでもありませんので、立花さんに三人の娘さんの見守りを頼んで旅立ったのです。ところが犯人の、この場合は悦子さんの知恵と機敏さは私の予想を、いや、この場合共犯の高村弁護士さえ凌駕していたのです。お二人は二十二日という予告を私たちにしたからには、犯行の準備は全て終えていたことでしょう。そのための条件である並木さんの釈放が、遅くても二十二日には実現すると読んでいたのです。

ここで二十日の状況を思い出してみましょう。並木さんが釈放され、須崎真也も釈放されました。これだけなら当日はおそらく何も起こらなかったでしょう。ところが、夜になって並木さんが良美さんに会いに来ます。おまけに良美さんが体調を崩して、早く入浴することになり、その際、並木さんの頭痛薬を飲むことになりました。普通の場合なら、この時点で並木さんは帰宅することになったでしょうが、良美さんが感情的になったので、田中医師が妥協案を出すことになり、あのような状況になりました。いくつか偶然が重なり、犯行を実行するための理想的な状況になってしまったのです。お二人はおそらく二十二日に合わせて、状況を整えるべく準備は着々と進行中だったでしょうが、ここに思わぬことから二十二日以上の好条件が整ってしまったのです。あとはこの好機を捉えるかどうかの決断を下すだけです。私が悦子さんの頭脳と胆力を絶賛する理由はここにあります。かなりの力量の持ち主でも、いざ急にこれだけの好機が到来した時に、決断と実行に踏み切るには相当の勇気と覚悟を必要とするからです。特に二十二日という既定の計画があるだけに、必ず迷いが生じるものです。かといって好機は本当に一瞬です。往々にして逡巡している間に好機は去ってしまいます。そのために致命的な失敗をした例は歴史に数多く存在するのです」

　ここまで話した金子美香は再び大きく息を吐いた。一同の耳目は完全に一点に集中している。

「さて、大決断をした悦子さんは、風呂場に良美さんを追いかけ『この薬は飲まない方がいい。何かあったら責任は並木さんにかかってくる』とでも言って、良美さんの不安を煽《あお》ります。そのうえで『私の薬の方を飲みなさい』と言って睡眠薬を与えます」

「ちょっと待ってくれ。良美さんが姉の悦子さんを信用するのは当然だが、その一方で並木君は最愛の恋人だ。それほど短時間で一方的に悦子さんを信じさせ、並木君に疑惑を持たせることは可能だろうか？」

私はここで思い付いた素直な疑問を彼女にぶつけた。が、何故か彼女は苦笑しながら、

「それを未婚者で、まだ立花さんより恋愛経験の少ない私が説明するのは少し面映《おもは》ゆい気もしますが、一言で言うと愛することと信じることが必ずしも一致するとは限らないということね」

「そうは言うが、並木君の愛情は私から見ても疑うべくもないと思うが……」

私はなおも言ったが、

「それは良美さんから見て、自分を愛してくれている、という点のみに関しての信用なの。確かに人は自分が愛している人を信じたいものです。しかし、信じたい、であって、信じているまでいかない場合もあるものよ。特にこの事件の場合は、犯人が初めから並木さんに全ての罪を被せるために様々な手を打っている。全ての事件でアリバイがなく行動が不明になるように仕向けられているし、出生の秘密も明らかになって動機も充分にある。その一方、悦子さんの方は最初の事件で完璧なアリバイがあり、次の事件では被害者。大石弁護士の事件でもほぼアリバイがあり、恭子さんの事件では救出者になっている。これでは一連の事件に関して、どちらが信用できるかは一目瞭然でしょう。そんなわけで良美さんは並木さんが犯人であってほしくないと思うあまり、かえって並木さんを疑うというジレンマに陥ってしまったのです。悦子さんはその心理を巧みについて、良美さんに睡眠薬を飲ませることに成功したのです。ここまでお膳立てが整えば、犯行はやすやすたるものだったでしょう。あとは皆様もご承知の通りです。先にお話ししましたように、この事件を知った時、私は大変驚きました。少なくとも高村弁護士が出張中は絶対に事件は起きないと思っていたからです。しかも、風呂場という犯行現場は女性が犯人であることを示しているではありませんか。私はこれまでの推理が間違

っていたのではないかと考えざるを得ませんでした」

私はここで良美が殺された時、何故金子と高村があれほどの驚愕と動揺を表したのかやっと理解できた。

「しかし、高村弁護士が私と同様の反応を示したと聞いたことと、良美さんの胃腸から睡眠薬が発見されたことから、基本線は間違っていないとの自信を取り戻すことができました。良美さんの事件は高村弁護士にも予期せぬことだったし、睡眠薬の発見はむしろ男性の犯行を疑わせることになるからです。ここまで考えがまとまった時、私は再び戦慄しました。二十二日の予告日がまだ生きているかもしれないと思ったからです。だとすれば一刻の猶予もなりません。私はお二人の犯行であるという証拠捜しの出張に行かなければならなくなりました。そして、ようやくそれを発見したのですが、時は遅く、恭一氏を救うことはできませんでした」

「まったくバカバカしい。証拠をつかんだというなら、それを見せてもらおうじゃないか」

高村はもう勝手にしやがれという表情である。だが彼女はそれには構わず続けた。

「その前に今日の事件の説明をします。もっともここまでくれば、あまり詳しく話す必要はないでしょう。悦子さんは完璧なアリバイを作るべく立花さんと外出します。並木さんが来たので犯行は決行となりました。高村弁護士は並木さんが良美さんの部屋へ行ったのを見て、その間に恭一氏を刺し殺し、『血まみれの安息日』をタイマーセットして食堂に戻ります。その際、以前から牧村製薬内で手に入れた並木さんの万年筆を部屋に落とし、作業完了ということになりました」

ここにおいて金子美香の長い推理と説明は終わった。一連の残酷な犯行の真相はついに明らかになったように見える。しかし、この時点で彼女に欠ける決定的な要素があった。言うまでもなく物的証拠である。これがないゆえ高村の開き直りに似た言動が収まらず、悦子の真剣でいて無表情な顔色が変わらない。私は再び悦子の顔を見つめたが、それまでの表情に加えて、かすかに微笑を浮かべているようにも見える。今のところ物的証拠がないため、金子の推理と犯人とされる二人の表情とが、ある種の均衡状態を保っている。

「もうごたくはたくさんだ。そろそろ出してもらおうじゃないか。臥竜探偵さんが見つけた証拠とやらを」

呆れたという口調で話しているが、高村としては必死の、そして最後の、金子に対する挑戦状である。もし、ここで言い訳無用の物的証拠が出てきたら、文字通り彼らは終わりだからである。

第二十二章　最後の惨劇

「その前に一つ聞きたいことがある。なるほど君の推理は優れているし、そうだろうとは思うが、悦子さんの動機が財産狙いだけというのは少し弱くないか？　今の牧村家の内情では放っておいても、かなりの財産が入ったろう。血のつながった両親と妹をその手にかけるほどの動機となり得るだろうか？　いかにこの家の財産が莫大であったとしても……」

金子美香が先を話そうとする前に警部が尋ねた。

「私もそれを今、話そうと思ったところです。確かにいかに希代の殺人鬼であるとしても、恭子さんを含めると四人もの身内を手にかけるには、心理上の障壁と殺人という罪を犯すことのリスクが大きすぎます。この点は私も頭を悩ませました。しかし、田中医師との会話の中で、恭三氏に易代さんという奥さんがいたことを知り、私はこれだと思いました。大石弁護士の残したメモをもう一度思い出してください。悲運の万葉歌人、額田王を易代さん、権力者の天智天皇を恭一氏、妻を奪われた男、大海人皇子を恭三氏と考えることも可能ではありませんか」

一同は再び凍りついた。何と恭三の妻易代は恭一に寝取られたというのだ。だが、悦子の動機に関する話題である。これが何の関係があると言うのだろうか？

まさか……。

「何を言い出すかと思ったら、また夢物語のような話を」

と高村が再び批判めいた口調で言うが、当事者の恭三の顔面は蒼白である。

「恭三さんにとっては辛い話ですね。いかに奥さんが問題の多かった人であるとしても、とても許せる話ではありません。しかし、あなたは沈黙を守るしかなかった。事業に関しては鬼のようになる兄恭一氏と、その盟友である大石弁護士を敵に回す選択肢はあり得なかった。そこで易代さんが恭一氏に取りつけた、自分の娘である悦子さんを恭一氏の長女にするという約束と引き換えに、あなたは、精神障害者として沈黙を守る決意を固めたのです」

金子美香は同情的な口調で恭三に言った。

「そ、そんなことは知らない。私は何も知らない」

恭三は全身を震わせながら言ったが、誰の目にも彼の動揺は明らかであった。田中医師がすぐに容態を心配して近寄ったが、恭三は大丈夫というポーズを作り座り直した。娘の瀬戸際とあってはこの場を去るわけにはいかないという様子である。

「ふん、バカバカしい。一人の精神病患者を動揺させてみたところで、どんな証拠になるというんだ」

高村は言下に否定してみせたが、ここで悦子に小さな変化が起こった。ほんの少しだが苦渋の表情を見せたのだ。

「悦子さんが恭三さんと奥さんの娘である証拠を示しましょう。田中医師のお話からこの可能性を思いついた私は、易代さんの故郷である島根県のM町まで出張して易代さんのある試料を手に入れました。そして、ある確信のもと都内に戻って調査を行いました。それは、お二人はどうやってこの疑惑を確信まで高めたかという疑問から考えたことです。この仮説が事実なら、悦子さんの動機に納得できる要素が加わりますし、おそらく事実だということまでは高村弁護士の調査で推定できる線まではいったことでしょう。しかし、確信を得るとなると科学的な判定が必要となります。それは言うまでもなくＤＮＡ鑑定です。お二人は事件の計画を立てる過程で、必ずＤＮＡ鑑定を行っていると考えたのです。そこで最初の一日は良美さんの親子鑑定を行いましたが、出張後はお二人の依頼を受けた鑑定所を捜して回ったのです。一般のビジネスと違って、ＤＮＡ鑑定を行っている所は限られますからね。もちろん大学病院にしろ、民間の会社にしろ、プライバシー保護にはやかましいですから簡単ではなかったのですが、事情をよく説明して調べてもらいました。その結果、恭三氏、易代さん、悦子さんの三人と一致する試料の検査データを発見することができました。これはすぐに提出できますし、必要なら警察で改めて鑑定してもいいと思います」

「ＤＮＡ鑑定の依頼者がこの二人だということは判明しましたか？」

「いえ、お二人は後日のことを考えてか直接の依頼はしていません。ここからは警察で調べれば判るかもしれませんが、そこまではまだ調べておりません。さて、Ｍ町での調査ですが、易代さんの実家とその周辺を調べた結果、実家に戻った易代さんは既に妊娠していたことが判りました。もちろん恭三さんの子であり、それが悦子さんです。また易代さんは子供の将来を考えたのか、恭一氏の子供だと言い張り、恭一氏も最後にはそれを受け入れたようです。そして、易代さんと時をほぼ同じくして良子さんも、出産のためと称して近所に来ているのです。つまり、良子さんもこの工作に協力しているのです」

一同は再び呆然となった。ただ、田中医師のみが、

「そうか、それであの時奥さんは、病院でなく田舎で出産ということになったのか」

と呟いた。

「こうした事実が判れば、良子さんが良美さんの財産分与にあれだけ熱心だった理由も理解できますね。当家において四人の子供がいるものの、自分の血を分けた子は二人だけなのですから。悦子さんの入籍の際は、あれだけの屈辱を受けながら、あそこまでの協力を強いられています。そのくらいのことは当然、いや最低限の恭一氏の義務だと思ったのではないでしょうか」

この点は良子の立場に立てばその通りである。一同も納得した様子だ。

「さて、今度は悦子さんの立場で考えてみましょう。牧村家の長女として何不自由なく暮らしていても、常に母親であるはずの良子さんのある種の意図を持った態度、視線にさらされ続けて成長していくうちに、自分の出生の秘密を知ります。そうなると悦子さんにとって牧村家の人々は、並木さんとは別の意味で敵ということになってきます。特に昨日まで父親だと思っていた恭一氏は、自分の母をぼろぞうきんのように捨て、死に追いやった憎むべき伯父であり、父を吉川薬品乗っ取りで心身症になるまで利用した挙げ句、母まで奪い、そのうえ秘密が洩れるのを怖れて、邸内に軟禁している男ではありませんか。そうなると大石弁護士も父の敵《かたき》であり、良子さんも良美さんも恭一氏も血のつながらない他人になってきます。したがって悦子さんの気持ちのなかでは、肉親を殺しているという感情はほとんどなかったと思います。この点、例の予告状に書いてあったことは決して嘘ではありません。

二十年来の呪いというのは真実だったのです。黒魔術を事件の主題として使ったのも、父の趣味を使って仇《あだ》を討つという意味あいもあったのではないでしょうか」

「お見事、お見事、さすが諸葛孔明にもたとえられる探偵殿の推理ですな。確かに面白いストーリーですよ。その素晴らしい才能を生かして、いっそ推理小説家に転職したらどうだ」

　高村は皮肉交じりのほめ殺し作戦に出た。

「では高村弁護士の希望に応えて証拠を出しましょう。私はそれを考えるに当たり、お二人の間で必需品は何かと考えました。それは何といっても携帯電話です。二人が不和であるという演技を続けるために必要ですし、大石事件の場合では連携上も必需品ですね。良美さん殺しのような突発事態の際にも欠かせません。ただ、普通の携帯電話は使えません。通話記録が残りますし、持つにも登録が必要ですからね。そうなると現状ではプリペイド携帯しかありません。これなら本人確認や登録が不要だからです。そこで、良美さん殺しの意味あいが判った時に、お二人は必ず連絡を取り、会うはずだと考えました。これだけの重大事ですから電話連絡だけでは用が足りないと思ったからです。次の恭一氏の殺人に関しても打ち合わせをしなければいけませんからね」

「ほう、それで私と悦子さんが密会している現場を押さえたとでも言うのかな？」

　高村が不敵な表情で問う。密会を見られていないという自信があるのだろう。

「それで、高村さんが出張先からこの家に来て、恭一氏に会えずに帰った時に、同業者に頼んで尾行をつけました」

　私はここで、あの時彼女が、用事があると言って邸内から出ていったのを思い出した。その時に手配をしたのだろう。

「その後、悦子さんも大学病院で検査を受けると言って出ていったので、いよいよ打ち合わせだと確信し、こちらの方も尾行を手配しました」

「それで尾行はどうなったかね」

「その点は万事抜かりのないお二人です。両方とも見事に尾行は撒かれてしまいました。しかし、これにてお二人が犯人であることをますます確信することができました」

「ハハハハハ……」

高村の哄笑《こう》が起こった。

「尾行が撒かれたから犯人だとは、とんだ笑い話じゃないですか。笑点の大喜利なら座ぶとん三枚といったところかね。自分たちの腕が未熟だから、私を犯人だとは失礼にもほどがあるぞ！」

哄笑は怒気に変わっている。が、金子はまったく怯むことなく、

「その点は本当に慙愧《ざんき》の到りです。もしもこの時にお二人の密会を押さえられたら、恭一氏の命だけは守れたかもしれないからです。この時、お二人は一時間ほど打ち合わせをして、その際に古いプリペイド携帯を処分して、新しいプリペイド携帯を持ち合ったに違いありません。ですから今、お二人の所持品を、令状を元に捜査すれば、ほとんど使われていないプリペイド携帯を二つ押収できることでしょう」

後日談であるが、彼女の予言はその通りとなった。しかし、これでは証拠としては弱いと言わざるを得ない。

「悦子さんは何と言うか判りませんが、私の方は所持品検査をしてもらっても一向に構いませんよ。しかし、言っておきますが、仮にそんな携帯が出てきたところで一連の事件の何の証拠になるって言うんですか」

　高村はこう言ったが、それはその通りである。ほとんど使用されていない携帯が二本出てきても疑惑は深まるが、偶然と強弁されれば証拠とまではならないだろう。

「この時に証拠を得られなかったので、私は再び証拠捜しの旅に出ることにしました。何しろこれだけの犯罪を実行するのです。お二人は不和の演技を続けつつも、どこかで定期的に会い、綿密な打ち合わせをしていたに違いありません。その密会場所を捜し出そうというのが今回の目的でした。そうはいっても闇雲に捜しても見つかるはずはないでしょうし、時間も二日しかありません。そこでまず、悦子さんの行動を使用人の佐々木さんに聞いてみたら一、二ヶ月に一度の割合で温泉旅行に行くということが判りました。良子さんの事件の時に友人たちと一緒に行ったのもそうですね。そこでさらにいつも友人たちと一緒かと聞いてみたら、一人で行く時もあることが判りました。ハハア、ここだなと思った私は、二名の同業者を連れて現地に向かいました」

「そこが二人の密会場所と判ったのですか？」

「そう簡単にいけば今日の犯罪は防げたのですが……。そこは周到なお二人のことです。その宿は密会場所ではありませんでした。ただ、宿の者に聞くと、悦子さんは一人で来た時はもちろん、友人たちと来た時も一人で行動することが必ずあったそうなので、いよいよこれは間違いないなと思いました。ちなみに高村弁護士も悦子さんが旅行している時には必ず一日はスケジュールを空けています。

そこで私たちはお二人の顔写真を持って、日帰り可能な範囲から密会場所を捜しました。そこからは本当に時間との闘いで、まさに不眠不休の作業でしたが、本日の夜、ようやくそこを探り当てることができました。しかし、いくつかの不運もあり、恭一氏が殺されてしまったのは無念と言うしかありません」

ここで金子は携帯のEメールを確認して、

「その宿は本当に人里離れた秘湯の宿で『いのちの湯』というのですが、そこの女将《おかみ》と従業員がお二人の顔写真を確認しております。今到着したEメールには、彼らが証言をしにこれからこちらに向かうということが書いてありました」

と言った時、何か物音がして、そこに目をやると悦子が崩れ落ちた。美しい顔が歪み、汗が流れ、苦痛の表情を浮かべている。

毒を飲んだ！

もはや誰の目にも明らかだった。

田中医師がすぐに駆けつけたが、悦子はそれを手で制すと気息も絶え絶えの中から声を絞り出した。

「殺人ゲームは終わったようね。金子さん、あなたを甘く見たのが敗因ね。だから私はあなたを引き込んじゃいけないと言ったのに……。ただ、父が私のために病気を装っていたのだけは知らなかった……こんな私だけれど……それを思うと涙が出てくる……悪魔になったつもりだけど……ハァッハァッ……まだ本当の涙は残っていたようね……お父さん……娘として話をしたかった……今度生まれてくる時は……」

悦子はここまで言うと呼吸を止めた。その美しい顔に涙とかすかな笑みを残して……。

田中医師が首を横に振った。

恭三は号泣している。それは見ていられないものだった。

一方、高村は悦子のそばに行こうとしたが、四方から刑事たちに押さえられている。が、その中で声を絞り出した。

「頼む、お願いだ。悦子のそばに行かせてくれないか。そのかわり認める、自白するよ、一連の事件の犯人だと」

騒然とした一同が沈黙した。

「だから頼むよ、警部さん。悦子と最後の別れをさせてくれ」

警部が頷いた時、金子が、

「その前に二人の身体検査をして毒薬を持っているか確認してください。悦子さんの口の中も」

すぐに警官と田中医師の手によって検査が行われ、高村の所持していた毒薬と悦子がまだ口に含んでいた毒薬は没収された。

「さすがは諸葛亮子と呼ばれた金子女史だ。抜け目がないな」

「あなたまで死なせるわけにはいかない」

苦笑しながら声をかけた高村に、金子美香が応じた。

「確かに悦子の言う通りだった。あんたを引き込むことは危ないと、いつも言っていたよ。あまり捜査当局をバカにするような演出も控えた方がいいとも言ってたな。あんたを引き込むと決めたのは俺だ。だけど臥竜探偵さん、あまり図に乗らない方がいいぞ。全て悦子の言う通りにやっていたら、あんたにシッポをつかまれることもなかったかもしれないんだからな」

「そうかもしれない」

金子もその可能性は認めた。

高村はまだぬくもりがある悦子を抱きしめると、嘆くように言った。

「これだけのリアリストが、なんでここで死ぬんだよ。宿の女将や従業員が証言したところで、俺たちがまだ続いているという証明でしかないじゃないか。殺人の証拠がどこにあるって言うんだよ。俺は弁護士だぞ。俺の弁護士としての腕も少しは信用してくれても良かったじゃないか」

別れを惜しむ長い抱擁が終わると、高村は立ち上がって一同に向かって言った。

「皆、事件の真相はこの女探偵さんの言う通りだよ。ただ俺たちの名誉のために一つだけ言っておくことがある。今日の恭子の事件、これだけは俺たちの仕業じゃない。俺も悦子も関知しない。つまり、この呪われた牧村家の中には、俺たちのほかにも、もう一人悪魔がいるってことだ。何が面白いってこんな面白いことはないじゃないか。当家は知らず知らずのうちに、もう一人の悪魔を育てていたんだよ。臥竜探偵だけは判っているかもしれないが、ハッハッハッハ」

牧村家の者には耐え難い高笑いだった。

「悪魔め、黙らんか！」

恭三が怒鳴ったが、高村も負けてはいない。

「俺以上の悪魔を作った父親に言われる筋合いはないぞ。俺が悪魔だというなら、お前の娘は魔王サタンじゃないか！」

　さすがにこれ以上の暴言は許されなかった。高村は刑事たちに連行され、そのまま留置場行きとなった。

「高村はああ言ってますが、本当のところはどうでしょうか」

　予想外の結末になったので自分の考えに自信が持てなくなったのか、警部は金子に尋ねた。

「おそらく本当です。彼らには恭子を殺す必要はありませんからね」

「その犯人の目星は付いていますか」

「はい、判っています。ただ、その追及は明日でもいいと思います。恭子さんは病院ですので、恭三氏を田中医師のところに預ければ事件は起こりません。今日は恭一氏の事件を片付けて終わりにしましょう」

「あなたがそう言うのならそうしましょう。ただ、その犯人の名前だけは教えておいていただけますか」

「判りました。では犯人の名前を言ってから帰らせていただきます。その名前は……」

　と言って金子は警部に耳打ちした。警部はやや驚いた顔をしたが、

「判りました。それでは明日」

　と言ってから、再び部下たちを集め、テキパキと事後処理の指示を与えた。

　こうして長い『血まみれの安息日』は終わった。私は金子を送る車中で、色々と聞いてみたが、

「モートクさん、今日はごめん。かなり疲れているので明日にしましょう」

と言って、あとは黙り込んでしまった。確かに疲れ切っていることは私にも判ったので、私もあとは無言で彼女を自宅まで送り届けた。

結論から先に言うと、高村も金子も正しかった。牧村家にはもう一人悪魔がいたのだった。この物語は本筋は金子の推理をもって、この日で解決したのであるが、運命はもう一つの悲劇を牧村家に対して用意していたのである。

再び読者への挑戦

この物語の解決編、いかがだったでしょうか？

筆者としては全力を尽くして読者の皆様に謎解きを挑んで参りました。

見事に真相を見破った方には素直に敬意を表します。残念ながら真相に到達できなかった方、
悔しいでしょうね。しかし、まだ名誉回復の、リベンジの道が残っています。

そう、言うまでもなく、第六の惨劇時に恭子を殺すべく、部屋のガス栓を開けた犯人捜しです。

筆者はここで再び読者に挑戦します。

この事件の犯人ははたして誰？

本編で正解に達した読者はその勢いでもう一度、そして、正解できなかった読者は名誉挽回の
ためにもう一度、頭脳をフル回転させてください。それでは次章で……。

第二十三章　最終の悲劇

明けて二十三日、世間ではこれまでで最大の騒ぎになっていたことは言うまでもない。テレビ局では昨夜十一時半頃からテロップが入り始め、十二時を過ぎてからはどの局も特番を組み、報道合戦は今も続いていた。

新聞の見出しは、

「美しき悪魔自決、殺人鬼逮捕」

といった調子のものが多い。

報道の過熱は一躍時の人となった金子美香にも及び、自宅周辺には報道陣が溢れたので、彼女は早朝から私の家に避難してきた。

「どうだい、渦中のヒロインになった心境は？　もっとも選手時代に慣れっこになってるかもしれないけど」

「そういう下らないことばっかり言ってるからオヤジと言われるのよ。この家も危ないから、朝食を摂ったらCDショップの方に行きましょう」

彼女は私の冷やかしを咎《とが》めると、こう促した。

「判った。お昼頃まで店は開けないから隠れ場所にはいいかもしれないな。だけどBGMはどうする？　オジー・オズボーンの『シャーロック・ホームズ』にでもするかい？」

「勘弁してよ。しばらくはブラック・サバスとかオジー・オズボーンはノー・サンキューよ。かけるならさわやかなのがいいわね。フリートウッド・マックとか……。初期は駄目よ、『ブラック・マジック・ウーマン』てのがあるから。スティーヴィー・ニックスの時がいいでしょう」

「でも魔女のことを歌った『リアノン』ていうのもあるぜ」

「そういう意地の悪い記憶力は凄いのね。どうして『ドリームス』とか『ゴー・ユア・オウン・ウェイ』とか言えないの」

「さてと、バカはこれぐらいにして出掛けようか」

私たちはCD店に寄って、午前八時半を過ぎてから牧村邸に向かった。

牧村邸に着くと木村警部と田中医師が私たちを出迎えた。

「ご苦労さまです。用意はできています。しかし、何ともやり切れない気持ちですね」

「昨日の今日ですからね。しかし、判っているのに放置しておくわけにもいきませんからね」

警部の言葉に金子も応じたが、田中医師も、車中で真相を聞いた私も同じ気持ちであった。

私たちが応接間に入ると、そこにはまだあどけない表情の牧村恭平が座っていた。

「恭平君、朝から何故ここに呼ばれたか判っているね」

警部が静かに口を開いた。

「そ、それは……」

「昨日、お父さんが殺された時、恭子姉さんの部屋のガス栓を開けたのは君だね」

恭平の顔色がみるみるうちに蒼白になった。全身がガタガタと震えている。

「君は病弱なので、牧村家の跡取りは無理だと君自身も周りもそう思っていた。しかし、一人一人家族が殺されていき、最近体調の方も回復してきたので、恭子姉さんさえいなくなれば自分にも充分に可能性があると思ったんだね。それで昨日の事件のドサクサに紛れて……」

「ごめんなさい。その通りです。僕がやりました。だけど、その後は恐ろしくて恐ろしくて……」

恭平が泣きながら罪を認めた時、彼は突然腹を押さえて苦しみ出した。田中医師の指示ですぐに救急車が呼ばれ、恭平は病院に運ばれた。田中医師はすぐに恭平の部屋に入り、薬袋の中を確認したが、

「思った通りステロイド剤の内服薬が激減しています。おそらく過剰服用によるステロイド性の胃潰瘍でしょう。罪の意識からくるストレスに耐え切れなくなって、多量に飲んでしまったのではないでしょうか」

と診断した。

病院から、手当ての甲斐なく死亡と連絡が来たのは、それから一時間ほど経ってのことであった。

何とも痛ましい事件の真相であり、その結末であった。

騒ぎが一段落すると、金子が語り始めた。

「恭平君が恭子さんに殺意を抱いたのは、先ほど警部がおっしゃった通りでしょう。しかし、彼が殺意を抱くまでの経過は、牧村家の家庭環境と一連の事件なくして考えられません。彼が本来嫡男であるべきはずが病弱ということで、事実上相続権がない形になっていたのはご承知の通りですが、姉たちがいずれも正夫、正妻の子ではないという異常な牧村家の中では、さほどに異常なことではなかっ

たのかもしれません。しかし、この家庭内の雰囲気が成長過程の少年に大きな影響を与えるであろうことは、悦子さん一人を見ても容易に理解できますね。したがって彼がかなり屈折した心理の持ち主だったことは事実だと思います。田中先生の前では釈迦に説法でしたね」

田中医師も大きく頷いた。

「しかし、それだけではこの犯行はなかったでしょう。高村氏と悦子さんによる希代の連続殺人が、彼の心の中の悪魔を呼びさましたのです。彼らの手によって一人一人家族が殺されていくうちに、彼自身の相続権の可能性が徐々に出てきます。自分だって牧村家の人間だぞ、という自覚も強くなってきたでしょう。そして、事件が進む中で自分の存在価値が上がると同時に、それ以上に恭子さんの存在価値が上がってきているのに気づきます。今のところ相続権がない恭子さんですが、仮に牧村家に恭子さんと恭平君しかいないという事態になったとしたら、健康の問題を考えると、恭子さんの方を推す声の方が高くなるのではないでしょうか。これが恭平君を犯行に走らせた最大の動機だと思います。加えて牧村家では連続殺人事件が進行中です。このドサクサに紛れて犯行を行えば、容疑が真犯人である二人か並木氏にかかってくるのは誰にでも計算できることですね」

「金子さんの言うことはよく判った。だが、一つ判らないことがある。それは悦子と高村の存在だ。恭平は彼らが犯人だと見抜いていたのだろうか？　だとしたら仮に恭子を殺せても、あまりメリットはない。直接対決ではあの姉に対しては勝ち目はないだろうからね」

警部が疑問を口にした。私もそれを聞こうとしたところだった。

「もっともな疑問ですね。彼が死んでしまった今となっては正確なことは言えませんが、おおよその推定はできると思います。彼が事件の真相をどこまで見抜いていたかは判りません。しかし、遅くとも良美さんが殺された時には大体のことが判っていたと思います。そうでなければ恭子さんを殺そうという意思が生じるはずがありません。少なくとも犯人にとって、恭子さんと自分は員数外であるという前提だけは理解できていなければ」

「財産継承者が一人一人死んでいくことによって、自分の価値が上がってきたという認識だね」

「そうです。犯人である悦子から見れば、恭子さんと恭平君は相手にする価値のない人間です。利用する価値はあっても。恭平君がそれを理解していたということは、すなわち犯人は悦子だと見抜いていたということです。それが論理的にか直観的にかは別にして」

「でも恭子さんを殺すというリスクを冒すには、悦子という恐ろしい存在と対決する覚悟がなければできない決断じゃないのかな」

私が質問した。

「そこは彼の屈折した心理と周囲の状況を考えなければなりません。仮に彼が論理的に悦子が犯人だと見抜いていたとします。だとすれば、アリバイの関連から共犯者の存在も推理していたはずです。しかし、そこまで判っても彼は犯人二人と対決できるでしょうか？　下手な脅迫では逆に殺されます。警察に告発しても証拠を示すことができません。自分の健康に自信が持てる状況でもありません。結論として自分の健康状態を見ながら様子を見るという形になったのではないでしょうか。そして捜査当局が二人を捕らえてくれることを期待するという一面もあったでしょう。ただ、彼自身が犯人の証拠をつかんだ場合でも、警察が証拠をつかんだ場合でも、それから恭子さんを殺しては、いわば証文の出し遅れで自分が犯人だと発覚してしまいます。そこで恭子さん殺害だけは待てなかったのではないでしょうか。直観的に見抜いていた場合だと、なおさらそうする必要があるでしょう。論理的には、何ら根拠を私たちに示すことができないのですから」

「けれども恭子さんに手を出すと、恭平君が真相に感づいたと犯人二人に判ってしまう危険があるだろう」

私が再び聞く。

「確かにその危険はあります。もしも、犯人の思惑通り並木氏が犯人ということで決着が付いてしまったとしたら、彼ら二人が恭平君の存在に気づくのは必然です。ですが、そこが恭平君の屈折した心理をよく表していると私は思います。彼自身は先ほどあっさりと犯行を自白したことから見ても、決して確固たる信念を持って恭子さん殺しに踏み切っているわけではありません。ある種の切迫した観念に押される形で事に及んでいるのです。人間というものは常に理論的に整理したうえで行動できるわけではありません。矛盾を抱えて行動する場合も案外多いものです。このケースはその典型ではないかと思います。それと、同じ悦子たちに気づかれるパターンでも、前に言った脅迫、告発という直接的な形と、恭子さん殺害によって気づかせるという間接的な形とでは、犯人の側の対処が変わってくる可能性もありますね。それから、ある種の切迫した観念を恭平君が抱いた理由は、日向美智子さんの存在もあったでしょう。彼女が常駐して付かず離れずで恭子を守っている状況では、殺すといってても容易ではないですね。そこであの事件の時は、最初で最後のチャンスかもしれないと思ったんでしょうね」

彼女はここまで言うと、

「あとは警部にお願いして失礼しましょうよ」

と私を誘い、牧村邸をあとにした。

本事件の結末は私にとっても衝撃的で悲しいことであったが、事件が解決しすっきりした気分になったことも事実であった。

「食事には少し早いが、レストランにでも行って感想戦でもしようじゃないか。聞きたいことがまだいくつかあるし……」

私の提案を金子も了承したので、私は車を行きつけの店の駐車場に入れた。

第二十四章　終幕

お昼まで、まだ時間があったので、私も金子美香もコーヒーを頼んだ。

「大変な事件だったが、さすがに臥竜先生だ。山上経済同友会理事の信頼にも応えて見事に解決したじゃないか」

「事件は解決できたけど、うまくやれば助けられたはずの人を助けられなかった。手放しで喜ぶわけにもいかないわ」

「そうかもしれないが、君の推理がなければまだ犯人は判らなかったはずだ。そんなに卑下することもないよ。それより、まだ判らないことがいくつもある。それを教えてもらうからね」

「アハハ、だいぶあるようね。答えましょう、知ってる範囲でなら」

「まず聞きたいのは、大石はどこまで牧村家の秘密を知っていたかということだね。残したメモ書きは、どこまで我々に秘密を物語っていたのだろうか？」

「大石が事件発生時から自分が殺される可能性を予期していたのは事実よね。ただ、その時点では誰が自分を殺そうとしているのかあまり見当は付いていなかったと思うの。それでメモ書きだけど、あそこに書いてあることは事実だと自分では判っていたし、良美が自分の娘ではと考えるようになったので、娘を守りたいという気持ちと、あわよくば財産を狙おうと思ったことも前に説明したわよね。

それに、恭一が恭三の妻易代に手を出したことは大石も知っていたと考えるのが自然でしょう。当時の人間関係の中で、大石がそれを知らないという方が不自然ね。ただし、悦子が成長して自分の出生を知ったということは、高村しか知らなかった。これは大変重要なことだからよく覚えておいてね。つまり、大石は自分の命に漠然とした不安は感じていたものの、それが何なのか具体的には判らない。そこで、この不倫関係が、自分が殺されることと関連している場合もあるよという意味を込めて、つまり暗号としてあのメモ書きに託したのよ」

「すると万が一自分が殺された場合、この不倫関係が闇に葬られる。それは許し難いとの気持ちを込めて、あのメモ書きを残したというのか。それが自分を殺す理由と関連があるのなら許さんぞという犯人に対するメッセージというわけだ。随分とひねくれた方法だね」

「だけど、その発想が正しかったことは、その後の事件の推移が証明しているじゃない。直接あの不倫関係をメモに書いていたら、悦子は必ずメモを処分したでしょうね。大石と良子の不倫関係を暗示したメモだから、悦子はそのままにしておいたのよ。あの記述なら良美が疑われ、ひいては並木も疑われることに将来なるでしょう。それからもう一つの意味として、大石は高村を疑うあまり、もしや悦子と高村はまだ切れていないかもしれないとも考えていたと私は思うの」

「何だって！　それなら大石は犯人を見抜いていたことになるじゃないか。君がいう漠然とした不安とはかなり違うことになってくるぜ」

私は驚いてこう聞き返した。

「そこは犯人が、特に悦子が巧妙だったのよ。犯罪計画を立てていく中で、大石が高村にとって一番厄介な存在だったことは誰もが認めることでしょう。牧村家と会社の秘密を一番知っている人間でもあるし。そこで喧嘩別れまでして不和を装ったけど、まだ足りないと考えた悦子は、大石に縁談の斡旋を依頼したのよ。このためすっかり安心した大石は、悦子を疑いから外し、共犯関係も除外した。つまり、高村が単独で自分を殺すことだけを注意すればいいということになったのよ。この策略がいかに効果を発揮したかは、第三の惨劇の経過を見れば明らかでしょう。悦子に殺されるとは夢にも思わなかった大石は、悦子を安心して家に入れ、あっさりと殺されてしまったわけだから。どう？　恐ろしい狡智でしょう？　二十四歳にしてあの海千山千の大石より役者が上なんだものね」

私は言葉が出なかった。が、気を取り直して次の質問をした。

「ところで主人の恭一は、良美が自分の娘ではないと知っていたのだろうか」

「知っていたと考えるのが自然だと思うけど、良子自身は恭一や大石の前では絶対に認めなかったと思う。万が一認めれば良美の立場は恭子以上に悪くなることは明らかだから。恭一の方も悦子、恭子と良子に対しては無理強いしているわけだから、うすうす知りつつも黙認という形だったんじゃないかしら。それがまた、牧村家独特の異様な雰囲気につながっていったんでしょうけどね」

「それから悦子の本当の父親恭三は、精神病の演技を二十年以上も続けてきたわけだが、彼はこの事件の犯人が悦子だと知っていたのだろうか」

「恭三は自分と娘である悦子を守るために精神病を装い、黒魔術崇拝に逃避していったんだけど、その黒魔術を主題とした連続殺人が始まった時には本当に驚いたことでしょうね。でも、悦子が自分の出生を知らないということに関して絶対の自信を持っていた彼は、悦子だけを犯人として疑うことはなかったでしょう。第一の惨劇では完璧なアリバイもあったことだし。ただ、誰だか判らないけど黒魔術の演出を使って自分を陥れようとしているという思いと、吉川一族の復讐ではないかという怖れを持っていたんじゃないかと思うわ。それが証拠に私が、並木が犯人ではない、吉川一族の復讐ではないと言い切った時の安堵がそれを示しているじゃない？　悦子が犯人だとは夢にも思っていなかったでしょうね」

「そういえばあのあと恭三は田中医師の病院に入院して体調が良くないみたいだね。回復する方向に行けばいいんだが……。ところで君が出張から帰ってきてから、携帯で何回かやりとりしたのは高村と悦子に尾行をつけるためだったんだね」

「その通りよ。結果は大惨敗といったところだったけどね」

「それで『うまくいかないものね』と苦笑していたわけだな。だけど君はあの時、ＤＮＡ鑑定の調査で、少なくとも良美の出生の秘密は知っていた。何故警部にそれを話して注意を促さなかったんだ」

「それは昨日、警部にも言われたわ。だけどあの時の警部の言動を思い出してみて。良美が殺された事件の捜査と並木の取り調べに忙しくて、私の話を聞くという状況ではなかったでしょう？　それなら早く悦子の宿泊地へ行って証拠を捜した方がいいと思ったわけ」

「それは判るが、それならせめて良美や恭子、あるいは恭一に君の推理を聞かせて注意を促すということはできたんじゃないのか」

「それができたら一番苦労はしなかったでしょうけどね。心理の密室の効果で悦子と高村だけは犯人じゃないと皆が思っている状況で、たいした根拠も示さずにあの二人は怪しいから注意しろと言われて誰が信じると思う？　事実、昨日の私の話を聞いても、悦子が自殺するまでは皆、半信半疑という表情だったじゃないの。恭子が襲われる前は私も確信までは達していなかったし、良美が殺される直前に彼女の出生は知っていたけれど、この事件に関しては私より悦子の方が数段上で、高村がいないことで安心しきっていた私は完全に裏をかかれてしまったわけよ。その状態で旅先からわざわざ良美に連絡するという発想が浮かばなかったとしても、そう責められるいわれはないと自己弁護しておくわ。悦子が単独で動く可能性を軽く見たことに関しては、いかなる批判も甘んじて受けるつもりだけど……」

「いや、その点は誰も君を批判できないと思うよ。確かにあの場合、悦子が機敏すぎたと思う。君だって神様じゃない」

「そう言ってもらえるといくらかは救われた気になるわ。ただし、旅先でそのことに気がついても、別の理由で良美に『悦子が怪しいから注意しろ』とは言えない。良美だけじゃないわ。恭子にもモートクさんにも言えない」

「どうしてだ？」

金子は私の問いに、少し申し訳なさそうな表情をしながら答えた。

「モートクさんにしても良美、恭子にしても正直すぎるのよ。それ自体は良いことなんだけど、この場合はまずい。モートクさんも娘たちも、もし悦子と高村が犯人だと聞かされたら、必ず彼らの前で表情で表してしまう。さらにまずいのは、あの時点では誰もが私より悦子を信用していることから、私の推理を悦子に話してしまうかもしれないこと。そうなったら殺す予定にはない恭子や恭平まで危なくなってくる。私が自分の推論を誰にも言わなかった理由はこれで判ったでしょう？」

　私は納得しつつも、何か割り切れぬ思いになり沈黙した。

「それで話を少し前に戻すと、田中医師の口から恭三とその妻易代の話を聞いた時は本当に驚いたのよ」

「そうだね。君にしては珍しいと思ったよ。たしかその時に悦子の動機に関して納得できる考えを得たんだったね」

「その通りよ。親や妹たちを殺していけるほどの動機は財産だけでは説明しにくいものね。私は三姉妹の第一印象の影響で、悦子と恭子は父親似だから、二人の父親は恭一だと勝手に思い込んでしまった。だから推理で悦子を怪しいと思っても、動機の点で懐疑的にならざるを得なかった。だけど、恭三に易代という妻がいて毒婦だったということになると、話がまるで違ってくるでしょう？　父親似の顔は、実は恭一ではなく弟の恭三譲りだった。そして、殺人鬼としての残酷性は、母親の易代の血を引き継いでいる。こう考えると、全ての辻褄《つじつま》が合ってくるじゃないの。そうなったらすぐにでも確認のため、易代の実家のある島根県に行く必要が出てきたわけよ。ただし、悦子と高村に警戒心を持たせてはいけないので、その件は警部に頼んで秘密にしてもらわなければならなかった」

「なるほど。それで警部があまり関心を示していないことをいいことに、秘密事項にしてしまったんだね。だけど、すぐには出張を決めなかったね」

「あの話を聞いた直後は、東京を離れられるかどうか、まだ判断できなかったの。だけど翌日十七日に予告状が来て、次の犯行は二十二日と書いてあったこと、それから少しすると高村が二、三日東北に出張すると言ってきたので、この時が最大のチャンスと思って島根行きを決心したのよ」

「なるほど。その時の君の考えがようやく判ってきたよ。さっき君は、悦子が単独で動く可能性を軽く見たと自己批判してみせたが、そうではなく、一応対策は打って行ったわけだ。つまり、俺が申し付かった三姉妹のお相手というわけだね。要するに俺が悦子にくっついていれば犯行がしにくいと……。それと並木がその時勾留されていたのも、予告状と高村の出張と並ぶ安全要因だったしね。そうか、あの時彼が勾留されている限り、まず事件が起きないと言ったのは……」

「もちろん彼が犯人だという意味ではないわ。彼を犯人に仕立てあげるためには、勾留時に事を起こすわけにはいかないという原則のためよ。ただし、その後の展開によって、悦子は共犯者の高村さえ出し抜いて良美を殺してしまった。この点はやむを得ないと考える理屈と、何か他に手はなかったかと思う気持ちとが今でもぶつかるところね」

「臥竜先生が理屈で割りきれないのは判るような気がするよ。良美という貴重な人命が失われてしまったんだからね。だけど君も人が悪いな。俺が悦子を守るために彼女にくっつくことを逆利用して、他の姉妹を守ろうとするなんて……」

「それはこの場を借りてお詫びするわ。ただ、あの時の事情をよく理解したうえで許しを請うしかないわね」

「それは判っている。もう責めないが、もし俺が悦子を疑っている様子を見せたり、種々の条件が整わなかったりしたら、彼女は当然犯行を見送ったろうな」

「全てを高村に任せて、予定通りに二十二日に良美を殺そうとしたでしょうね」

「それだけあの日は好条件が整い、悦子が巧妙に動いたということだね」

「確かにそうだけど、悦子はあの時、うまくやりすぎたところもある。そのために共犯者の高村が驚いてしまい、かえって二人が犯人だという私の確信が高まってしまった。悦子は自分のレベルから考えて、高村が自分の考えにすぐ気づくと思ったのよ。だけど高村にしてみれば事件が起きないはずの日に、本来自分が殺す予定だった良美が殺されてしまった。東京はどんな事態になっているのか？　もしや自分たちとは別の犯人が現れて犯行に及んだのか？　などという思いが、ついモートクさんとの電話の中で出てしまったのよ」

「なるほど、あの時君がすぐ高村に連絡しろと言ったのは、彼の反応が知りたかったからなんだね」

「そうよ。それで彼も驚いていると知って、自分の推理が間違っていないと思えるようになったのよ。悦子がうまくやりすぎたというのはそういう意味」

「彼らは事件全体を黒魔術色に染めるため、そして第二の事件で悦子を被害者にして高村にアリバイを作るために、ブラック・サバスやオジー・オズボーンの曲を利用したが、良子の事件と恭子の事件では使われていないね。ここにも何か意味があるのだろうか。恭子の事件の場合は犯人に余裕がなかったことになっているので想像はつくが……」

「恭子の事件に関してはモートクさんの想像通りよ。犯人は悦子に発見され、慌てて逃げたというストーリーなので、タイマーセットできる余裕なんかあってはいけないからね。良子の事件では次の悦子の事件をやり損なったと思わせるために、地味だけど確実に実行したと印象づけたかったのよ。良子殺しの時に派手に大音量を鳴らしては、次の事件の時に悦子がオジー・オズボーンを聴いている時に犯人に襲われるという設定が不自然になってしまう怖れがあるのよ。自分の母親が殺された後、その時に使われた系統の音楽を長女が聴いていた時に襲われたというのは、歌詞の研究をしていたという理由では不自然でしょ。それよりは実際にそうだったように、良子は地味だけど確実に殺されたという形を作っておいてから、次の事件が失敗したという状況を作った方が自然でしょう。オジー・オズボーンを聴いていた理由も、私たちの事務所に『クレイジー・トレイン』を使った挑発の電話がかかってきたので興味を持ったということにしておけば筋は通る。おまけにその時悦子が倒れ込んだ時にヴォリューム・ノブを大きく上げてしまい、あの大音響になったという形を作っておけば、次回からこの偶然の演出効果を気に入った犯人が、タイマーセットと犯行を同時に行うようになったという筋書きが成立することになる。第二の惨劇の後、最初の事件との性質の違いを検討したのを覚えてる？」

「たしか良子殺しに較べて、第二の事件は困難で失敗しやすい状況で行われているという点について検討したんだったね。この性質の違いについて、君は犯人がかなりの自信家で、二つ目の事件の時はより困難な状況であえて挑戦してきたという可能性を論じ、次いで結果として悦子殺害に失敗している点から、この犯人が本当に頭の良い奴なら、犯行の難度が高くなったのには必ず理由があるはずだと言った。ただ、この問題は答えが出ず、また明日ということになったんだが、最後に君がもう一つ別の考え方があると言ったところで車が着いて、この日はお開きになったんだ」

「その通りよ。素晴らしい記憶力ね。ここで私が言い残したもう一つの考え方というのが、犯人はこの事件をわざと失敗する予定だったという考え方なのよ」

私は愕然とした。金子はこの時、早くも真相に肉迫していたのだ。

「ただし、その後の事件の推移ですっかりこの線を忘れてしまったけど……」

「それじゃ、あとで心理の密室を破った時はさぞかし後悔したろうね」

「そうなのよ。もっと早くこの線を思い出していれば、これほどは犠牲者を出さずに済んだかもしれないとね」

彼女は再び悲しげな表情で言った。

「それも判るが良美が殺されたとなると、いよいよ事態が切迫してきたんだね。落ち込んでいる暇もないくらいにね」

「その通りよ。彼らが予告日を変えないとしたら、私たちには二日しか時間がない。そこで同業者も二人頼んで、まずは悦子がいつも泊まっている宿に行って状況を確認し、それからあとは二人の顔写真で周辺の宿を一つ一つ当たっていったのよ」

「大変な作業だったね。時間との勝負だからね。だけどその時に勝算はあったかね？　彼らが毎回宿を変えていたら、宿の者は顔を覚えられなかったかもしれないし」

「その心配はもちろんあった。ただし、毎回宿を変えるというのも、彼らの立場から考えるとやりにくい手よ。いたるところに手掛かりを残すことにもなりかねないものね。だから一箇所にしていると読んで勝負を賭けるしかないと思った。それに宿を毎回変えているとしても、こちらとしては捜査方法は変わらないしね」

「それもそうだね。確かに一軒一軒当たるしか手がないことには変わらないからね。それで二日目の夜に発見できたわけだ、彼らの会合場所をね」

「そうなんだけど、確実に顔を確認できたのは高村の方だけなのよ。悦子の方はまともに来ると、何しろあの美貌でしょ。目立ってすぐ覚えられてしまうから、彼女も気を遣って地味な服装にして髪型も控えめなものにして、もちろんサングラス着用で来て、帰るまで部屋を出ないようにしていたらしいわ。だから女将も使用人も、はっきりとは断言できなかったようね」

「なるほど。そうなると高村も言っていたように二人で開き直られたら、果たして彼らに引導を渡すことができたか判らないね。それはともかくとして、君はすぐに警部に電話を入れたが、あいにく電波事情とバッテリー切れで恭一が殺されるのを防ぐことができなかった。しかし、電波事情はやむを得ないとしても、バッテリー切れというのは君らしくもないチョンボだったね」

「こんな状況なので予備のバッテリーはもちろん持っていたのよ。だけど限られた人数と時間で宿を回らなければならなかったし、移動しながら常に車の中で連絡を取り合っていたから、消費量も多くて充電もできなかった。宿は協力してくれた同業者が発見したんだけれど、その連絡を受けてから警部に電話した時にバッテリーが切れてしまった。それで民家か公衆電話を見つけようとしたけど、あいにく山の中を走っていたのですぐには見つからなかった。やっと見つけて事情を話し、電話をした時には……」

「既に恭一は殺されていたということだね。それからの動きは大体判っているが、同時進行の形で恭子も殺されかけたと聞いた時は、やはり驚いたろうね」

「もちろん驚いたけど、こちらへ来て警部の話を聞いて、恭子の件は恭一殺しに便乗した付随的な犯行だとすぐに判ったわ。大勢はやはり高村と悦子の犯行だということになったので、一同を集めて真相を話すことにしたの」

「それじゃ、説明の前に恭子の件は恭平が犯人だと判っていたんだね」

「そうよ。高村と悦子に、もはや恭子を狙う動機も利用価値もなかったから。となると、恭子を狙う動機を持つ者は恭平だけだったでしょう。しかもガス栓を開けるという殺人方法は、高村と悦子の流儀ではない。そして身体の弱い恭平にでも簡単にできる方法よね。短刀を使って刺すという方法は、健康に自信がない恭平には選べない方法なのよ。だから高村が昨日、自分たちの名誉のために言っておくと発言したのは、彼なりの自尊心の発露なのよ」

「犯罪者には犯罪者なりのプライドがあるというのか」

「その通りよ。もちろん歪んだプライドだし、人を殺しておいて名誉も何もあったものじゃないけれど、高村の頭の中には、俺たちほどの殺人者ならガス栓を開けるなどという安易で愚劣な方法は採用しないぞ、という考えがあったんでしょうね」

「やれやれ、処置なしだな。ところで先ほど言ったことに話を戻すけど、高村が自白した時に言ったように、宿の者の証言があっても、それは彼らの仲がまだ続いていることの証明であって殺人事件の証拠ではない。つまり、二人で否認し続ければ我々は彼らを罪に問うことができないことになる。それなのに何故、悦子は犯行を認め、死を選んだのだろうか？」

　私はここで、昨日から一番不思議に思っていたことを質問してみた。

　それに対して彼女は苦笑しながら、

「モートクさんは、歴史探求が好きなわりには英雄の心を理解できないようね」

「英雄の心？」

「そうよ。私たちの基準では凶悪で冷酷な殺人鬼であったとしても、彼らの中では以前私が言ったように、歴代の犯罪者の中でも韓信や義経、ナポレオンにも匹敵する偉大な英雄であるという強烈な自負があったのよ。自分たちの実行した犯罪は完璧で美しい。だから並の人間に見破れるはずはないと……。私をこの事件に引き込むと決めたのは高村のようだけど、その目的の一つは挑発電話でオジー・オズボーンの声を聞かせることのほかに、私が事件の謎をちっともつかめずに苦悩する姿を見て嘲笑しようという意図だったのよ。つまり『何が臥竜探偵だ。所詮は愚かな女探偵じゃないか。本当の諸葛亮孔明は我々だ。この事件の謎を解けるものなら解いてみろ』という自信ね」

　彼女はここまで言うと一呼吸おいて続けた。

「だけどもね。彼らは忘れていたのよ。孔明にも司馬懿がいたことを。すなわち義経にも頼朝がいて、白起には范睢《はんしょ》が、そして韓信にも陳平や呂后がいたことをね。悦子にしてみれば、自分こそが犯罪界の女帝だと信じ切っていたのに、私にその完璧だった犯罪計画をことごとく暴かれて、その自信と自負を失ってしまったのよ。人間誰しも自分が秘かに思っていた信念と誇りを打ち砕かれてしまえば、失望するでしょう。しかも、それが絶対だと思っていればいるほど失望の度合いが大きい。そうなると彼女は死ぬしか選択肢がなかったのよ。もちろん高村が言ったようなことは彼女も判っていたでしょう。だけどそれじゃ救いにはならなかった。警察や法廷でただ否認し続ける自分の姿に耐え切れなかったのね」

金子は悦子と高村を孔明や韓信に例えつつ、自分のことを司馬懿や陳平になぞらえて自慢している。こんな時の彼女には悪戯《いたずら》っ子のような茶目っ気があり、それでいて少し言いすぎたかなという感じの照れ臭そうな様子もあり、何とも可愛らしい。

「その心理は判るが、じゃあ何故共犯者の高村はそう考えなかったのだろう。彼に言わせれば悦子の方がリアリストだったというのに」

「それはこう考えられると思うの。悦子は実際の行動では高村以上に現実主義で行動したけれども、心の奥底では犯罪にロマンや理想を求めた人間だったのよ。一方高村は、実際の犯行では演出を好んだけれども、究極的には現実主義者だったのよ。つまり、犯行が暴かれようと法で裁かれなければ、それは敗北ではないというふうにね」

「なるほどね。だけど二人は付き合い始めた時、お互いの資質を知って驚いたろうね」

「それはそうね。これこそ神の、いや悪魔の引き合わせだと、この時ばかりは運命論的に思ったことでしょうね」

「だけどその悦子にも、最後の最後に人間らしいところが残っていたから、少しは救われた気にはなったよ」

「そうね。悦子にしても、恭三が愛娘を守るために精神障害の演技を続けてきたことは判らなかったようね。考えてみれば、悦子は真の愛情のない家庭で二十四年過ごしてきたので、肉親の愛に一番飢えていたのかもしれないわね。恭子には日向美智子がいたし、良美にも良子と並木がいた。高村との関係は愛といえば愛だけど、普通のそれとはかなり違うものですものね。でもモートクさんが言ったように、最後の最後で父親の愛情を知ることができたのは、本当にわずかだけど救いという気がするわね。牧村家は表面的には事業が成功し、大富豪になったものの、その過程で犯罪があり、男女の愛情関係は目茶苦茶だった。恭一は事業家としては秀れていても、好色癖もあり子供の認知や家庭の運営も強引だった。このような家庭ではいかに富裕であっても、明るい幸せな家庭を築くのは無理だったということなんでしょうね」

彼女はここまで言うと、給仕を呼んで食事を注文した。ちょうどお昼であった。私たちは食後、一時間ほど雑談をしたが、何杯目かのコーヒーを飲んだ時、

「だけど恭一と恭三や大石が求めた野心とか富とかって、一体何だったんだろうか。結局は悪事を重ねて得た地位とか富は空しいものだね。家族を幸せにすることができなかったんだから……」

と最後を締めるべく私が言った。だが、

「確かにその通りだけど、それも一面的な見方よ。家庭的には崩壊したけど牧村製薬という大組織は残った。この会社もしばらくは大変だろうけど、残された人々の中には人材もいるでしょう。彼らが人心を一新して出直せば、これまでの様々な蓄積を生かして世の中の役に立つ企業活動をすることができるでしょう。そういう意味ではまったく空しいと決めつけるのも早計じゃないかしら」

と金子は言った。

「なるほど。大人の意見だね」

やや感心して私が言うと、

「何言ってるの。私もまだ若いつもりでいたけど、もう三十代よ。いつまでも十代、二十代の発想じ

ゃしょうがないでしょう」

「でも若い時の情熱も忘れたり失ったりしたら寂しいぜ。だから俺はこんな商売をやっているんだ」

「それもそうね。モートクさんも四十に近いのに、未だにジミヘンやロリー・ギャラガーですものね。でも世の中にはいるものね。ギタリストでいうと彼ら並みの才能を持った犯罪者というものが。それも二人も」

「だけど世の中、悪魔ばかりでもないよ。君の探偵としての才能は、悪魔ばかりが得をしないように神様が与えてくれたんだよ。それが今回の結論さ」

「最後にヨイショしてもらってありがとう。そろそろ終わりにしましょうよ。だいぶ疲れが出てきたようなので」

彼女はそう言うと伝票を持って立ち上がったが、私はそれを制して、

「お疲れのところ悪かったね。今日は俺が払うよ。論功行賞さ。秀吉でも家康でもないので百万石というわけにはいかないが……」

「これだけの論功が食事代だけ？　私の好きなＣＤを十枚くらい提供しなさい。リンダ・ロンシュタットなんかあるといいわね」

「お安い御用だ。あとで何枚かＣＤとＤＶＤを用意して持っていくよ」

私たちはここで家路についた。

最終章　エピローグ（無欲の勝利者）

長々と記してきたこの物語も、いよいよ終わりに近づいた。

ただ、牧村家と事件関係者のその後について少し書いておかねばならない。

恭三は事件の結末によるショックが大きく、今度は本当に精神を病んでしまった。

「演技を始める前から相当な抑圧を受けていたせいもあり、この頃から既に半分くらいは病んでいたと思います。決して言い訳するわけではありませんが……。ただ、今回は事件のショックからくる鬱病でして、そのマイナス心理から、かなり体調を崩しています。その点が本当に心配です」

田中医師はこう言っていたが、その心配は不幸にも当たり、約一ヶ月後、誰にも看取られず、四十五歳の若さでこの世を去った。

高村は悦子に殉《じゅん》ずるつもりか、全てを認め、取り調べにも素直に応じた。ただ物的証拠が少ないので公判が心配されたが、金子美香の指摘で薬害被害者の会の七月十三日の電話記録を調べたところ、大石が殺された時刻の少し後に高村が出張している地域からの受信が確認された。これは高村の供述とも一致しているので有力な傍証となるだろう。そして何より彼自身が自白していたため、しばらく後に死刑の判決が出た。ただ彼は、悦子の足跡を残すためと言い、現在、獄中でこの事件の手記を書いているという。それが公開される日がいつかくるかもしれない。

犯人の策謀により殺人の疑いを受けた須崎真也の容疑は完全に晴れた。ただ家宅侵入などいくつかの微罪はあったようであるが、本筋の事件とは直接の関係はなかったので、それは問われなかったようだ。

須崎本人はこれに懲《こ》りることなく、今後もステロイド薬害と闘っていくと宣言した。この活動には近年、免疫学の研究から追い風が吹いてきた。それは上越大学の高名な免疫学者、安部通夫《あべみちお》教授による研究である。その論文によると、ステロイド外用剤が徐々に効かなくなってくるのは、ステロイド成分が体内で酸化コレステロールに変成して蓄積されるためだという。この研究によってステロイド使用者の体感が科学的、医学的に証明されることになった。須崎は意気軒昂に語る。

「これで治療破綻した患者が救われる方向がようやく見えてきました。こうした研究は本来、吉原教授らの皮膚科で行われていなければならない性質のものですが、彼らはこうなることを見通していたのでできなかったのでしょう。かたくなな彼らが、自らの過ちを認めたうえで簡単に権益を手放すとは思えないので、いよいよこれからが本当の闘いの始まりです。彼ら医学者ならぬ算術家たちからの攻撃はさらに激しくなることが予想されますが、負けずに頑張っていきたいと思います」

多くの治療破綻した患者たちのためにも、この運動が実を結び、果てない副作用被害が止まることを切に祈る。

行方少年は、ガールフレンドの恭子が危うく殺されかけたことにショックを受けていたが、命に別状はなく、回復も順調に進んだので気持ちも安定し、残りの三段リーグも勝ち星を重ね、ついに高校生プロ棋士が誕生した。その棋才はプロ間でも既に評価が高く、今後の活躍が大いに期待されるところだ。

そして恭子であるが、彼女は今や牧村家でただ一人の生存者になってしまった。当初はまったく財産継承権のなかった彼女であるが、今ではこの巨万の富の所有者である。

恭子は当初、姉の悦子が犯人だったことや、弟の恭平に殺されかけたことを苦にして資産の相続を拒否していたが、牧村家の血を引く者は恭子しかいないこと、母親の日向美智子とも一緒に暮らせること、恋愛は自由意思でできることなどを周囲に説得されてこれを了承した。ただ、牧村製薬の経営はまだ高校生の彼女にできるはずはなく、この経営権をどうするかは議論になったが、何と恭子は、経営権は並木紹平に譲りたいと言い出して周囲を驚かせた。恭子曰《いわ》く、

「吉川薬品が父や叔父に乗っ取られたというのなら並木さんに返してもいいんじゃないでしょうか。並木さんは良美姉さんとも結婚することになっていたし、いくらかは財産が行くという話だったと聞いていています。並木さんの人間は問題ないですし、仕事にも詳しいでしょう」

純粋な女子高生らしい発想であるが、私は検討してみる価値があると思った。何も人情論で言っているのではない。今や大企業となっている牧村製薬であるが、創業者の恭一が殺され社内は動揺している。早急に後継者を立て人心を一新する必要がある。吉川薬品は社長が研究肌で開発力に定評がある会社であった。強引な経営手法と資金力で業績を伸ばしてきた社風を一新するには、吉川薬品系の人間である並木紹平をトップにするというのは良いアイデアである。同社の技術畑には旧吉川薬品系の人材も多い。また恭子が指摘したように、社長秘書をしていた並木は業務にも精通している。

しかしながら問題点もある。並木自身はまだ二十六歳の青年であるし、周辺を支える人材がいない。

彼自身まだ良美を失った心の傷と少し前まで犯人と疑われた心の傷が癒えておらず、そこへ経営者という大任の要請である。

「とても引き受けられる役目ではない」

と固辞したのも当然である。

しかし、意外なところから話は解決に向けて動き出した。それは山上昭一松山電産会長の存在であった。この話を聞いた同氏は、

「私が力になれることであれば、及ばずながら力を貸そう」

と言ってきたのだ。

こうなると話が進む。山上氏が後見役として会長に就任し、並木を社長に据えて社長業の修業と実践を行わせる。周辺を支える人材は、松山電産グループから出向や移籍で補うことにすれば問題点はほとんど解消するからだ。

あとは並木本人の決意次第ということになった。この点は並木もかなり悩んだようであるが、吉川薬品の事件を知ったのは最近のことであるうえに、恭一に対しては世話になったという思いが強いので、恨みという実感がどうしても起きなかったようだ。ただ良美を失ったことは依然として耐えがたいことであったようだが、この大役を引き受けることで仕事に没頭できるし、良美も生きていればそう望むだろうということで決意を固めたようだ。

並木が社長就任を引き受けると、恭子は牧村家の富の四分の一を並木に譲ると発表した。

「もともと私には権利のなかったお金です。並木さんには良美姉さんとの結婚の時にもらえるはずだ

ったお金ですし、父や叔父の罪の償いもするべきだと思うのです」

この発言は周囲を再び驚かせたが、世間の感動も呼んだ。

一方の並木は、経営権の移譲に当たる恭子所有の株式は受け取ったが、牧村家の個人財産は固辞した。理由は牧村家にはこれまでに充分世話になったので補償は要らないということと、社長業でハングリー精神を失うのが怖いということであった。だが、なおも恭子に、

「それなら並木さんで社会に役立つ使い道に使ってください」

と言われた並木は、

「それなら今、会社と社会が抱えているアトピー性皮膚炎に対するステロイド外用剤による治療破綻問題の解決に使わせてください」

と言い出した。

「患者への補償に使うのか？」

という声に対して並木は、

「いいえ、代替治療確立のための研究費に使いたいと思います。それが結果的に一番の補償になるでしょうから。それから前々から考えていたことですが、製薬会社が薬を開発することは当然なのですが、売上や利益が健保依存というのは問題です。そこで我が社は予防医学的観点から国民の健康増進に寄与する事業を展開して、こちらの分野で利益が確保できるようにリストラクチャリングしていこうと思っています。ただ、こういう資金は通常の会社の経費からはなかなか出せません。そのためにこの資金を使おうと考えています」

と、新社長としての経営方針まで示したのである。

こうして恭子と並木の信頼関係も生まれ、牧村家と会社との分離もうまく行われたので、やがて牧村家とその周辺にも明るい笑顔と笑い声が見聞できるようになった。

そんなある日、私と金子は牧村家に昼食に招待された。使用人の佐々木に案内されてあの食堂に入ると、中には恭子、日向美智子、並木、新四段になった行方少年の四人が待っていた。

「今回の事件では金子先生と立花さんには本当にお世話になりました。何かお礼をと皆でいつも話していたんですが、まずは感謝の気持ちを込めてお食事でもと思いまして、こうして来ていただきました」

四人を代表する形で新社長となった並木が言った。

「それから金子先生には会社の方も心配していただいて、山上会長にも口を利いていただいたということで、本当に何と言ったらいいのか判りません」

並木の言葉に私はなるほどと納得した。これまで山上氏と牧村製薬とはほとんど関係がなかったからだ。

「いえいえ、たまたまお話ししたことがこうなっただけですので」

それからは自然と食事と雑談になったが、恭子と日向美智子が席を外すと行方少年が私たちのそばに来て、

「今回は僕も少し疑いを受けたようで大変な目にあいました。だけど犯人の心理的トリックは凄かったですね。機械的トリックをわざとばれるようにして本当の目的を隠すとは。飛車角を捨て駒にして

寄せる詰め将棋の名作にも似ていますね」

と、いかにも棋士らしい感想を述べた。

まだ記憶に新しく、恭子にとっては家族に当たる人々が次々と死亡したこともあって、事件の話はそれ以外ほとんど出なかったが、日向美智子が示した母親らしい態度、行動は皆が絶賛した。

「日向さんが『娘を守るためにここに泊まらせていただきます』と言った時は、警部や恭一さんでさえ反論できないような迫力がありましたからね」

私がこう言うと一同は爆笑した。

「でもね。これが母の愛なんでしょうね。母は強しというのはこういうことを言うんじゃないでしょうか。私は母の顔を知らずに育ちましたから、何だかうらやましい気がしますね」

少し経ってから並木が感慨深そうに言った。彼の言葉だけに説得力があった。恭子も深く胆に入れた様子であった。

客観的に見て、確かに牧村家と並木の今後はまだまだ大変である。しかし、数多くの犠牲者は出たものの、人間的な悪要因は一掃された。あとは彼らが一歩ずつ築き上げていくしかない。少なくとも幸福への道筋はできたのだから……。

私と金子は牧村邸を辞すと、西新宿でコーヒーショップに入った。

「出直しの目途がついて一安心じゃないか」

私が話しかけると、金子は言った。

「そうね。あとは何とかやっていくでしょう。経済的にはまったく問題はないしね」

「だけど何ともやり切れない事件だったね。人間の欲と愛憎の醜さで一杯だったな」

「それはそうだったけど、皮肉なことに欲や打算に無縁だった人たちが生き残って富を得ている。彼らは財産の継承に権利がなかったり無関心だった人ばかりね。逆に愛情に関しては打算なく相手に注いだ。そういうところは呂后の迫害を免れて、漢王朝の継承者となる文帝を産んだ薄姫《はくひ》と似ているかもしれないわね」

「なるほど、劉邦の寵愛《ちょうあい》を受けなかったために、呂后に殺されずに済み、劉邦の子供を産み、その子が結果として漢王朝の皇帝になったという薄姫だね。確かにそういう面はあったと思うよ。もし、恭子に財産の継承権があったとしたら、『現代の呂后』である悦子に命を狙われたことは、誰が考えても明らかだだからね。この点は共通点だね」

「仮に薄姫や恭子や並木を勝利者であるとするなら、無欲の勝利者ということが言えるでしょうね」

「なるほど。そうかもしれないね。ところでもう一つ聞くが、悦子と高村は全てがうまくいったあと、どうやって偽りの不和を解消する算段だったのだろうか？　あのままでは高村が目的を達成できないだろう?」

「それはこういう段取りよ。家族を何人も失い、失意の当主となった悦子は、会社や財産のことを顧問弁護士である高村と相談せざるを得ない。最初は渋々だった悦子だけど、過去にこだわらず献身的に尽くす高村と接するうちに心のわだかまりが解け、二人の愛が復活するというストーリーよ」

「焼け木杭に火がついたという形か。よく考えてあるね。そういえばたった今、無欲の勝利という言葉が出たが、君と犯人との勝負ということになると、いったいどちらが勝者だろうか?」

私は彼女に率直に聞いてみた。

「これだけの犠牲者を出してしまった。それを防ぐという目的を達成できなかった。お世辞にも私の勝利とは言えないでしょうね」

彼女は浮かない顔でこう答えたので、

「だけど犯人の目的である財産奪取は阻止することができた。少なくとも彼らに戦略的勝利は与えなかった。そして何より並木を冤罪《えんざい》から救った。これがなければ無欲の善人を死刑台に送るところだった。これだけは自信を持って言えるよ」

と私は力強く言って、彼女を労《ねぎら》ったのであった。

さて、最後に私であるが、ここにきてブルーな気分にならざるを得ない。事件がこんな結末に終わってしまったため、私が秘かに抱いた悦子への恋心は、はかなくも見事に消えてしまった。

まあ、何事もなかったにせよ、元々年齢といい、相手の身分といい、およそ不釣り合いであることは最初から判っていたことであるが、それでも心の痛手であることに変わりはない。

理屈では割り切れぬのが恋と判ってはいるのだが、事件がこのような結末を迎えてもなお割り切れぬというのが今の私である。

私は彼女のことを一生忘れることがないだろう。

その後、私が自分の店でデレク・アンド・ザ・ドミノスの『イッツ・トゥ・レイト』やエリック・クラプトンの『シーズ・ゴーン』などを聴いている時、金子美香が来るとこう言った。

「まだ心の傷が癒えていないようね。だけど自分をパティ・ボイドに恋しているクラプトンに擬《ぎ》して満足しているようにも見えるわよ。思い切って合コンにでも行ってみたら？　新しい恋が見つかるかもしれないわよ」

（完）

後書き

本作品は私が十九歳の頃に本格推理小説が書きたくて書いたものの、挫折して、放置していたものを、十五年ほど前、長期療養をしていた時、構想を練り上げ、自分の趣味嗜好を全面に散りばめ、約半年ほどで書き上げました。

その後、三年ほど前からタクシーの乗務員として働いていますが、二〇一四年十二月四日に業務中、強盗殺人未遂事件の被害者となり、三十六箇所以上の刺傷を負い、九死に一生を得、それを機会に凶悪犯罪への怒りと被害者の受ける理不尽に憤慨し、何かの形でそれを示そうという思いのもと、今回の刊行となりました。

凶悪犯罪の被害者は、何の落ち度もないのに、凶悪犯の身勝手で理不尽な凶行により取り返しのつかないダメージを受けます。その後も、法曹界、特に加害者側弁護士と裁判官に、これでもかというくらいの精神的苦痛を与えられます。そして、罪の深さから考えると信じられない軽い判決に打ちのめされます。経済的にも苦しめられます。

加害者への更生、服役などに使われる金額は年間六八四億円にのぼりますが、被害者の支援に充てられる予算は五十八億円です。加害者と被害者の命の重さと人権、尊厳は対等でさえないのです。悪しき前例に縛られ、世間一般の常識と良識を失った裁判官は、凶悪犯に対して、三人の命を奪わななければ、死刑の判決を下しません。こんな理不尽が他にあるでしょうか。

こんな被害にあった私が、人が次々と殺されていく推理小説を発表するのはどんなものかと考えたこともありましたが、作品を通じて、凶悪犯罪への怒りと、被害者への支援の充実を訴えることには、社会的意義が十分にあると思い、刊行を決意しました。

作品は冒頭に述べたように、徹底的にエンターテイメントにこだわり、お化け屋敷的なオールドファッションスタイルにしました。私が十代の頃、興奮して愛読した探偵小説とも言われていた作品群の趣きを一九九五年くらいから二〇〇二年くらいの時代背景で表現しています。

読者への挑戦は、敬愛する高木彬光氏の推理作家としてのスピリットを踏襲し、挿入しました。金子美香と立花猛徳の会話のやり取りは、戦前に活躍した異色作家浜尾四郎氏の作品群のホームズ、ワトソン役である藤枝真太郎と小川雅夫の軽妙なやり取りから大いに影響を受けています。筆者としては、これらを含めて、本格推理小説好きな読者に堪能して頂ければ、これ以上の幸せはありません。

そして、ほんの少しでいいので、凶悪犯罪の被害者の無念と屈辱に思いをはせて頂ければと思います。ちなみに私にこれだけの被害を与えた犯人は、裁判において、一度も私に頭を下げることがなかったにもかかわらず、懲役十三年という極めて軽い判決を受けています。

二〇一七年七月五日

小林一成